木村勲

鉄幹と文壇照魔鏡事件

山川登美子及び「明星」異史

国書刊行会

鉄幹《てっかん》と文壇《ぶんだん》照魔鏡《しょうまきょう》事件《じけん》
——山川登美子及び「明星」異史

目次

第4章　登美子の慟哭　257

まえがき

明治三十四年（一九〇一）三月、『文壇照魔鏡《ぶんだんしょうまきょう》』なる書物が出版された。与謝野鉄幹《よさのてっかん》へのすさまじい非難が書き込まれていた。女性問題および金銭を巡る道徳性へのそれである。著者も発行者・発行地もすべて架空。新聞・雑誌が一斉にとりあげ、同調する立場から鉄幹非難を展開し、ほぼその年中続くことになった。明らかに急伸する「明星《みょうじょう》」への同業メディアからの反感も窺われた。

前年四月、二十七歳の鉄幹は月刊の文芸紙「明星」（八月号まで新聞型）を創刊した。明星の花と謳われる二女性、二十一歳の鳳晶子《ほうあきこ》と山川登美子《やまかわとみこ》（晶子が七カ月年長）が相並んで明確に姿を現すのは七月の第四号である。十二ページに登美子九首、晶子七首の順で掲載され、晶子の次ぎに旧知の文学青年、二十歳の梅溪《ばいけい》こと高須芳次郎《たかすよしじろう》の五首が続く。鉄幹の雑誌のなかでのこの配置、および登美子と梅溪の次の掲載作は登美子にとって不吉な運命の予告となった。

手作りのいちごよ君にふくませんその口紅《くちべに》の色あせぬまで　登美子
山里の夕焼あかき野に立ちて草笛吹けば蛇慕ひよる　梅溪

翌八月、鉄幹が来阪し、関西の文学青年七人とともに堺の高師《たかし》の浜（浜寺公園）で歌蓆《うたむしろ》（短歌の会）を開く。晶子、登美子、そして梅溪も参加し、応答歌が交わされる。彼は東京の新進有力誌「新声《しんせい》」の社員だが、もともと大阪の文学誌「よしあし草《くさ》」出身で、「明星」にも協力していた。浜辺の宴で晶子・登美子の心は急速に鉄幹に引き寄せられる。登美子はすでに数年来「新声」への投稿者であり、編集の席で密かに心惹かれていたのが梅溪であった。儀礼の歌いかけに純な青年の血は沸騰してしまう。――暮れなずむ夏の夕映えの中で閉じた歌会の記憶は、それぞれの作品に彩りを加え、陰影を深めていく。

「明星」の九、十、十一月号には歌会を反映した二女性の恋の賛歌が誌面に息づく。しかし、親の強いる結婚を受け入れた登美子の歌は悲哀感を増していく。他方、晶子に同情の歌が現れ、星よ菫《すみれ》よと高く歌い上げた。「明星」のイメージを規定した満開のラブ・ロマンである。同じ時期、何人《なんびと》かへの慕情を綴る梅溪の美文や短歌が、「明星」と「新声」、大阪の「関西文学《かんさいぶんがく》」などに現れるが、次第に棘のある、憎悪を込めた気配を帯びてくる。

他方、鉄幹の露骨な梅溪批判の書簡が年末の「関西文学」第五号に載った。この雑誌はもともと梅溪が中心になって結成した浪華青年文学会《なにわせいねんぶんがくかい》が三年前の三十年（一八九七）七月に創刊した「よしあし草」で、歌会があった八月から「関西文学」と改名したものだ（会名はすでに前年「関西青年文学会」に）。男二人の間に――一方はすでに著名な文壇人だが逆境のなかを手練手管も辞さず生き抜いてきた人物――抜き差しならぬ確執があることを物語っていた。

翌年三月初旬、『文壇照魔鏡』が出た。四月末、鉄幹は梅溪の筆とめぼしをつけ背後に新声社ありとして提訴したが、証拠不十分で敗訴となる。法廷のメモを許された筆記者席には新入りの新声社員、ほどなく著名な作家となる田口掬汀《たぐちきくてい》がいた（梅溪と掬汀は翌春、メディア・議会が追及していた足尾《あしお》銅山《どうざん》鉱毒問題にコミットし、正義意識を前面に出した現地ルポの共著を出す）。

鉄幹との間にすでに男児を生していた妻・滝野《たきの》は晶子らの存在を知っており、郷里の山口県徳山の実家に帰る。六月、鳳晶子が鉄幹のもとに走る。八月、『みだれ髪』を刊行、メディアの鉄幹袋叩き状況の中で愛の賛歌による対抗であった。

この間、『文壇照魔鏡』が何に起因するかに気づいた女性がいた。登美子である。おりしも新婚早々、驚天動地の思いが彼女を打ちのめす。しかも夫の発病と死で結婚生活は二年で終わる。明治三十七年春、二十四歳で上京して日本女子大学生となり、晶子・鉄幹らとの交わりが再始動するが、ほどなく自身が肺疾になり満二十九歳の生涯を郷里の若狭で終えた。初期のラブ・ソング時代とは異なる、人間観照の深みをたたえた作品が残された。

いまはあまり記憶されていない高須梅溪は水戸学《みとがく》研究者として第二次大戦後まで生きて膨大な量の書物を著した（国会図書館で検索すると百四十件がヒットする）。大上段から義を論ずる硬派の評論家なのだが、その中に揺曳《ようえい》するのが若き美女の面影である。心の痛手を露わにした明治の狂瀾怒濤《きょうらんどとう》期に始まり、江戸の頽廃芸術やフランス革命へ傾倒した大正期、そして水戸学研究の国家主義者と多才・器用にこなしながら、ふと姿を現すその幻影――。

登美子の作品と人生を事件とすりあわせていくと彼女特有の感受性が分かる。世を揺るがす大事件で師を傷つけてしまったという自責の念だ。鉄幹慕情だけで語られるにはあまりに不足――生命への哲学的認識に達したとも思える人間像である。その死の床の歌には豪雨のような響きを立てて襲い来る魔的なものがある――。

『文壇照魔鏡』事件についてはこれまでは犯人（複数）捜しであり推定もされていたが、そこに留まっていた（どぎつい表現が研究者の心理を躊躇させるところがあったと思われる）。本書はその裏付けをしたが、肝心なのはそれがどういう動機・意識でなされ、各人の生き方にどういう影響を与え、また社会にどういう問題をもたらしたか（自ずと従来の明星史の再検討）という点にある。一個人の情念が一つの時代相さえたやすく創り出す――メディア時代の劈頭《へきとう》に生じた一件が今の世にも示唆を与えている。

文壇照魔鏡を讀みて江湖の諸氏に愬ふ

高須芳二郎

従來文壇の腐敗せることは、吾人の筆を禿にして、痛罵したるところ、毒惡の氣、天下に充ちて、醜、殆ど云ふに堪へざる也。苟くも筆を執りて、その一隅に起つものは天地に咨嗟して痛慨せさるを得ず。此時に當りて『文壇照魔鏡』の出でたるを見ては、驚愕よりも、浩嘆よりも、今の文壇の如何ばかり公德に乏しきか、又今の文壇が如何ばかり社會的罪惡を犯せるもの多きかを憂へざるを得ざる也。

（鉄幹提訴の因となった「新声」の高須論文）

第１章　『文壇照魔鏡』の出現

1　魔書と高須梅溪

明治三十四年（一九〇一）三月、『文壇照魔鏡　第壱』が刊行された。A5判で百三十頁ほど。奥付の発行日は「三月十日」だが、十と日の間に墨書きで「二」が加えられている（図A）。当時の出版者には発行日付けの正確さにこだわる気風があったようなので「十二日」が実際の刊行日と思われるが、あるいは後に触れる他の思惑もあったのかも知れない。異様な「轉載を許す」も。世論を揺るがす騒動の始まりである。

すでに詩歌集『東西南北』『天地玄黄《てんちげんこう》』などで名をあげ、前年には雑誌「明星」を創刊して脚光を浴びる若手歌人・詩人、与謝野鉄幹（本名・寛《ひろし》　一八七三―一九三五＝以下本書では

明治三十四年三月八日印刷
明治三十四年三月十二日發行
定價金貳拾五錢
著作兼發行者　横濱市販町五丁目十九番地　大日本廓清會
右代表者　仝　所　田中重太郎
印刷者　横濱市松ケ枝町百八十六番地　伊藤繁松
轉載を許す

図A　『文壇照魔鏡』の奥付

鉄幹と寛の両方を使う）を激しく誹謗する書だった。巻末には「近刊予告」として「二編　硯友社《けんゆうしゃ》附録小栗風葉《おぐりふうよう》　四月十日発行」を掲載し、シリーズものであることを示していた。実際は第一のこの鉄幹編だけで終わったのだが、それはあまりの反響に刊行側もたじろいでしまったことにもよるのだろう。

東京市麹町上六番町の借家を新詩社とする鉄幹宅に出入りしていた十八歳の水野葉舟《ようしゅう》（一八八三―一九四七）はその瞬間のことを後年以下のように回顧している。この記述中で鉄幹と「惨として対座」している内海《うつみ》月杖《げつじょう》は帝国大学国文科卒の一歳上、明星の創刊時から協力した人物で後に明大教授、国文学者として名を残す。

私は偶然にこの本が出た日か次の日かに、先生を訪ねようと思つて麻布の寄宿舎から、その時分まだ鉄道馬車であつた乗ものに乗り、遠まはりをして九段から麹町の、今の大橋図書館の辺だつた先生の家にゆく途で、九段下の本屋で立ち止ると、白い紙表紙に大きな活字に、前にあげた表題の本が並んでゐるのを見た。そして随分激しく心を刺された。先生が暴力にあつて怪我をされたのを見たやうな感じを受けた。それで急いで坂を上つて先生の家に行くと、先生の前にはその時分『明星』の特別の協力者であるやうに思はれてゐた内海月杖氏が対座して惨として居られた処であつた。私のやうな子供がその場に行きあはせて、多分先生も内海さんも迷惑された事であつたらう。先生からは或一派の人たちからやられたのだといふ話を聞かされて、悲しいやうな憤激を感じながら座つてゐたのを覚えている。

（「新詩社の思い出」＝「立命館文学」二巻六号所収、昭和十年六月）

『文壇照魔鏡』（以後、照魔鏡とも略す）は前年四月に創刊されて急伸長していた雑誌「明星」の主宰者、与謝野鉄幹の人間性・倫理性を激しく非難する内容だった。刊行と同時に少なからずの新聞・雑誌が食いつき、ほぼ一年間にわたり文壇のみならず論壇の話題の種となる。もう一つの要因は、奥付に書かれた発行地の「横浜市賑町五丁目十九番地」、著作兼発行者の「大日本廓清会」、そして代表者「田中重太郎」、印刷者の「横浜市松ケ枝町百八十六番地　伊藤繁松」などすべて架空であることがほどなく判明したことだ。むろん詐称の出版条例違反である。正体を隠すということが内情に通じる身近な者のしわざであることを予測させ（実際、鉄幹は大阪文壇以来の縁者の高須梅溪とすぐ目星をつける）、非難されている者とする側の双方のスキャンダラス性を増幅させることになった。

「序」文を紹介するが、生硬な漢字書き下し文であることを感じてもらえばいい。野心に燃えた初心の文学少年らによく見られた文体であり、とりわけ難字多用のがんばりは独学者を予測させる。「魔」とは鉄幹のこと、その魔に正義の剣を振るうと仰々しくいっているにすぎない。

〈本書では、主要な引用は原文を原則とするが、改行や句読点・ルビを適宜入れ、全く使われなくなった旧字を改めたものもある。原文重視のため原文中の明白な誤記と思われるものには該当字の脇にルビで「ママ」を付した（そのままの意）。また後の展開へ繋ぐために提示しておいた方がいい引用には現代文にしたものもある〉。

嘲罵《ちょうば》排す可く誹毀《ひき》斥《しりぞ》く可しと雖《いえども》、剽盗《ひょうとう》を捉へて法語を操つるは今世の態《てい》に非ず。佞臣《ねいしん》朝に瀰《はびこ》り奸邪《かんじゃ》野に漲《みなぎ》るの時、豈《あに》迂遠なる論議を以て、此頽風《たいふう》を回すを得んや。其醜《そのしゅう》を清くしその奸を攘《はら》ふの道、須《すべか》らく法と縄とに俟《ま》たざる可《べ》からず。千の法話何の用をか為《な》す、万の徳論将《ま》た何の用かあらん、唯《ただ》頼むべきは降魔の利刃あるのみ。嗚呼《ああ》剣なる哉、剣なる哉。魔神の跳梁《ちょうりょう》を制すべきもの唯之あるのみ。

一　予輩尚《よはいなお》修業中の徒、好んで名を売るの愚を学ぶ者に非ずと雖《いえども》、文壇の醜態座視するに忍びず、慨然《がいぜん》此言を為して、自ら廓清の重任を担へるもの也。

一　文壇照魔鏡に掲ぐる記事は、本会の精査詳聞を悉《ことごと》くしたるものにして、各正確なる証拠を有するものなれば、予輩の槍玉にかゝれる者にして、假令《かりそめ》千百の弁疏《べんそ》を敢てするも、虚構を以て事実は塗抹《とまつ》し得べきものに非ず。

一　本会には豪胆にして烱眼《けいがん》なる、且《かつ》判断力に富み文壇及《および》社会の内情に通じたる、有力なる探偵二十余名を有す。

一　本会の発表せる事実を誣妄《ふもう》なりとするものは、一々反証を挙げて戦を挑め、叨《みだり》に予輩の態度を誹議《ひき》するものには、予輩は更に改めて正義の誅罰《ちゅうばつ》を加ふべし。

一　望むものは社会制裁の声なるのみ。

明治三十四年三月　大日本横浜港に於て

廓清会幹事　武島春嶺　三浦孤剣　田中狂庵

「廓清」はかくせいと読み悪いものを取り払って清めること、つまり粛清を意味し当時の政論に使われた語であり、正義を前面に立てた怒りの気分が込められているようである。革新にも通ずる（これも使われた）が、それが廓清の意を含めて普通に使われるようになるのは少し後になる感じをわたしはもっている。――なお十年後の明治四十四年（一九一一）のことになるが「廓清会」という組織が実際に発足している。横浜選出の衆議院議員で毎日新聞（大阪をルーツとする現在の同名紙とは無関係）社長・主筆の島田三郎（一八五二―一九二三）を会長とする廃娼運動団体である。ユニテリアン・キリスト教徒の島田は明治三十三年、つまり照魔鏡の前年から廃娼演説会などを社として展開し、演説のなかで廓清の語は使われていた――。照魔鏡の側がこの運動にイメージを重ねようとした節がうかがわれるのだ。三人の署名は何者とも知れぬ偽名。そこには複数の人間の合作、つまり組織的な行為であることは示唆されていた。

「利刃」「剣」の強調には五年前の出世作『東西南北』以来、「虎剣《こけん》の鉄幹」「丈夫《ますらを》ぶり」などとももてはやされていた鉄幹への皮肉も込められている。あるいは、この悲憤慷慨調自体が「ますらをぶり」を逆手にとった揶揄なのかもしれない。目次からして以下のような刺激的かつ攻撃的なものであった（「第三」の節部分の洋数字は引用者・木村が付した）。

文壇照魔鏡第一編目次

第一　照魔鏡の宣言

第二　詩人と品性

第三　与謝野鉄幹　鉄幹は如何《いか》なるものぞ

1 鉄幹は妻を売れり　2 鉄幹は處女を狂せしめたり　3 鉄幹は強姦を働けり　4 鉄幹は少女を銃殺せんとせり　5 鉄幹は強盗放火の大罪を犯せり　6 鉄幹は金庫の鑰《かぎ》を奪へり　7 鉄幹は喰逃に巧妙なり　8 鉄幹は詩を売りて詐欺を働けり　9 鉄幹は教育に藉口して詐欺を働けり　10 鉄幹は恐喝取財を働けり　11 鉄幹は明星を舞台として天下の青年を欺罔《ぎもう》せり　12 鉄幹は投機師なり　13 鉄幹は素封家に哀を乞へり　14 鉄幹は無効手形を濫用せり　15 鉄幹は師を売る者なり　16 鉄幹は友を売る者なり

第四　文筆に於ける鉄幹

一　鉄幹は詩思の剽窃者なり

二　鉄幹は文法を知らず

三　鉄幹は学校を放逐せられたり

四　鉄幹は心理上の畸形者なり

五　鉄幹と詩

第五　敢えて文壇と社会の諸君子に与ふ

第六　敢えて与謝野鉄幹に与ふ

「第一　照魔鏡の宣言」は「いかなる濁流も久しく停まるときは、汚穢の分子が沈殿して……」で始まる。「第二　詩人と品性」とともに「序」を今一つ踏み込んだ社会的責務としての自己の正当化の弁であり、悲憤慷慨、詠嘆調のいわば能書き的総論部だ。ただ正義への強いこだわりは感じさせる（従ってこういうやり方が正義かという反問を即誘発するのだが）。全十六項目からなる第三章が核心部で、全項を通じ女性と金銭問題がベースになっているのが分かる。理解のため鉄幹のこの時点までの歩みを書いておく。

明治六年（一八七三）、京都の僧・与謝野礼厳《れいごん》（一八二三―一九八）の第六子四男として生まれた。礼厳は丹後国の出で国学・漢学など学才豊かで、岡崎の西本願寺系願成寺の住職を任される。寛自叙の「年譜」（昭和八年刊『与謝野寛短歌全集』巻末に記載）では「寺は岡崎神社の前にあり。もと真言宗の寺院にして無住なりしを西本願寺の僧（の某）入りて……没後その友なる僧礼厳これを継承し、寺格を西本願寺の支院たらしめ、既にある東本願寺の支院を岡崎御坊と称するに対し、西の岡崎御坊と称せり。寺と云へども一戸の檀越《だんおつ》も無く、唯一町歩の敷地と、付近に小許の付属林地あるのみ」と記す（後述のように礼厳は明治の早い段階で寺を手放す）。ちなみに明星ロマンのピークをなす晶子と登美子を秋の京の宿に誘った「粟田山の一夜」の粟田山は、南に指呼の間である。

慶応四年（一八六八）の「京町御絵図《おんえず》細見大成」（『慶長　昭和　京都地図集成　一六一一―一九四〇』所収、柏書房）で見ると、満願寺と黒谷金戒光明寺《こんかいこうみょうじ》の間、周囲の家屋なしを示す余白のなかに黒枠で「御坊《ごぼう》」と明記されている（岡崎神社の表記はないがほぼ重なる位置）。「東の岡崎御坊」は宗祖・親鸞が越後の流罪から帰って結んだ草庵に起源するといい、今も「真宗大谷派（東本願寺）岡崎別院」としてある。その東隣が岡崎神社（平安遷都時に由来をもつ）で、寛の書く「西の岡崎御坊」は同神社前というから現在は市立岡崎中学校の場所に当たる。慶応の京町絵図の「御坊」はどちらを指すか分からないが、真宗の歴史からいえば東と思われる。が、双方を意味しているかも知れない。

当時としては洛外であり、礼厳は幕末時、討幕派を支援し匿《かくま》うこともあったらしく自らも勤王の志士を任じていたという。岡崎神社のすぐ北側は京都守護職となった会津藩が宿館とした金戒光明寺であることを考えると、ただの学者でなかったことは確かのようだ。

寛の教育はこの父による。「神童だった」と自ら誇っているが、事実には違いない。しかし、明治十年に東京帝国大学が開設されるなど新たな教育体制のエリートが創出されていたときであり、学歴を得られなかった寛の青春の鬱屈の一つとなる。意欲旺盛な父は維新後に事業で失敗し、困窮から「西の岡崎御坊」を手放し流浪、寛らを連れ鹿児島で暮らしたこともある。薩摩藩士との縁からしい。十歳ころ京都に戻った後、大阪南郊、大和川右岸の遠里小野《おりおの》の安養寺の養子に入る。

この養子時代、大和川対岸の堺の学習塾に通い、近くの覚応寺の若僧・河野通該（鉄南《てつなん》）と知り合う。寺同士のよしみもあったようだ。彼を通じ北旅籠町の呉服商「川又《かわまた》」の〝ぼんち〟、河井幸三郎（酔茗《すいめい》）の存在を知る。みな文学好きの同年代。これが後に晶子とつながる伏線となる。数年で養家を出奔、山口県徳山の徳応寺（真宗の改革者・赤松連城住職）に婿入りした次兄に頼る。徳山では徳応寺が経営する徳山女学校の国語漢文教師となる。明治二十二年、十六歳のとき。

明治二十五年（一八九二）十九歳で上京、落合直文《おちあいなおふみ》（一八六一―一九〇三）門に入り、師のつてで当時の有力紙「二六新報」の記者となる。国権論と民権論が未分化のなかで朝鮮の民衆反乱に共感する論を展開した新聞だ。侵略の自覚なき侵略性、自己陶酔的心情に特徴がある。丈夫ぶりである。翌年、同紙に旧派和歌を攻撃した「亡国の音」を書き、短歌革新の先鋒の評価を得る。日清戦争直後、下関条約交渉中の同二十八年（一八九五）四月、同新報を辞して落合の実弟・鮎貝《あゆがい》房之進《ふさのしん》（槐《かい》園《えん》）が主管する日本学校、韓国政府学部省「乙未《いつび》義塾」の教師となる。本心は商売にあったようだが、同年十月八日の閔妃《みんび》暗殺事件に関与して挫折。

事件は同日早暁、特命全権公使・三浦梧楼《ごろう》（観樹《かんじゅ》）の主導で軍人、外交官、浪人と称された在留邦人の一団が王宮内に高宗の王后で親ロシア派の閔妃を襲って惨殺し、ただちに親日派政権が作られた。欧米諸国からの非難を受けるが、日本政府（外務大臣は陸奥宗光《むつむねみつ》だが事件時に病臥中で西園寺公望《さいおんじきんもち》が大臣代理）は対朝鮮治外法権を使って――朝鮮政府法部顧問は陸奥をバックにもつ星亨《ほしとおる》――被疑者を広島地裁で一応公判に付した。公使館に出入りしていた鉄幹も広島に送られたが、最初の取り調べで即放免された。三浦以下の被疑者四十八名は拘置されたが、三カ月後の翌年一月に全員が無罪放免となった。

三浦は長州の奇兵隊《きへいたい》出身、戊辰《ぼしん》戦争・萩の乱・西南戦争などの鎮定で活躍し、陸軍中将・貴族院議員となり、事件二カ月前の八月、井上馨《いのうえかおる》の後を受けて朝鮮国駐在特命全権公使となった。後年こういう趣旨を語っている――広島の裁判所に引っ張られ一応事実尋問されたが、誰か内閣員が来て聴くのが当然でありそれまでは言うべき筋ではないと刎ね付け、一切答弁しなかった。日が暮れて身は獄窓の人となった。その後一度裁判所に呼び出されたが大した尋問もなかった。「呑気に日を暮した。さうして丸々九十日経つと、無罪放免と来た。……監獄から出ると、アノ辺の有志者の歓迎会に招かれた。それから汽車で帰つたが、沿道到る処、多人数群衆して、万歳々々の声を浴せ掛けるやうな事であつた」（『観樹将軍回顧録』三四二―四頁、一九二五年、政教社）。枢密院顧問官となり政界に隠然たる力をもった。

寛は主要人物の一人、領事官補の堀口九万一《くまいち》（詩人・堀口大學の父）と親しかったため広島まで送られ聴取を受けたのだが、公判前に対象から外された。使い走りの若い衆扱いであった。だが彼自身は、事件を自ら「画策」したのだとする主張を生涯変えなかった（拙稿「鉄幹と閔后暗殺事件――明星ロマン主義のアポリア」＝巻末参考文献表中）。一人前の国士扱いされなかったことにプライドが傷つけられ、それが翌年刊の『東西南北』の主要な動機付けとなる。この詩歌集で「ますらお」ぶりの〝名誉〟を獲得した。芝居調が漂う作――

韓山《からやま》に、秋風立つや、太刀なでて、われ思ふこと、無きにしもあらず。

から山に、吼ゆてふ虎の、声はきかず。さびしき秋の、風たちにけり。

いでおのれ、向はば向へ。逆剝《さかは》ぎて、わが佩《は》く太刀の、尻鞘《しりざや》にせむ。


数年後に始まる「明星」のロマンは丈夫ぶりからの転調だが、そこでは女性との恋愛が基調をなしていた。徳山女学校教師を経て彼は、徳応寺の門徒総代であった浅田家の娘で同校卒業生の三歳上のさた（信子とも書く）、そしてやはり資産家の娘で直接の教え子である林滝野《はやしたきの》を順次事実上の妻としていく。二十五年の上京前後から意欲的に「婦女雑誌」（二十四年、博文館創刊）への投稿を始める。堺から同じく盛んに出稿していたのが酔茗（このころ「袖月」名が多い）で、その名は少年投稿誌として人気の「少年文庫」（後に「文庫」＝山県悌三郎《やまがたていさぶろう》刊）にもよく見られた。

やや驚くのは上京直後の二十五年末、一号だけで終わるものの、雑誌「鳳雛《ほうすう》」を出したことだ。自身の評論類や落合直文、袖月《しゅうげつ》（酔茗）、北村透谷《きたむらとうこく》などの稿も含む六十頁ほど。資金の出所を「年譜」では「異母兄に十金を乞い得て」と書くが、生活は「駒込吉祥寺の学寮付属の空房で一室十五銭なのを（他の学生の米飯炊爨《すいさん》をすることで負担してもらい）……代作や筆耕で何とか飢えをしのぎ、それも無いときには焼き芋をもって一日一食」の窮状にあった（落合方への寄食は翌年二月と記す）。さた（信子）との時期でもあり浅田家からの資と考えるのが妥当だろう。ともかく尋常ならざる意欲と行動力には違いない。

女学校からの出奔も生徒らとのことが関係していた。二十六年（一八九三）二月一日刊の「婦女雑誌」に「東京　与謝野寛」として「周防《すおう》徳山女学校の生徒諸嬢に贈りたる書中に」が載る。彼の行動パターンをよく示すと思われるのでここは現代文になおして引用しておく（傍線引用者）。

教室に寄宿舎に朝夕みなで集まって、道徳談や文学論など、さまざまに語り合ったことが瞼に浮かんで、つい昨日のことのような気がします。けれど時間をかぞえればもう六カ月が過ぎ、距離でいえば三百里も離れてしまったことになります。一緒にいたときでさえ、少し会わないだけでも本当に残念だったのに、ましてこのように別れてしまっては、懐かしく侘しいこと、どう言葉でいい表すことができるでしょう。（この苦しさを）想像してみてください。

月の夕べや雪の早朝など、物に触れ事に感じるにつけ、必ず思い浮かべるのは、

国弘隆子　藤井久子　北川道子　浅田悦子　入江眞子　野村種子　大村雪子　林たき子

升繁掉子　山根関子　山内清子　豊島公子　渡辺里子　藤田冬子

また、

吉村文子　児玉睦子　磯崎栄子　国弘祥子　石田静子　佐田雪子　尾中富子　河野梅子

清水雪子　藤村歌子　松村芳子　伊藤愛子　藤田麻子　神力石子

六月たって私はこの都で読書する人になってます。三百里遠くにいる君たちはどうお過ごしでしょう。朝起き就寝もちゃんとできてますか。勉強怠けずに励んでますか。その勉強はどれほど進みましたか。早くその成果を聞きたいものです。

このほどよんだ歌の中で私は次のように言ってます。ここをお読みになれば、私の心の重しがどこにあるかお分かりになるでしょう。

花見れば、あゝとし呼ばひ　月見れば、あはれとなげき
かゝる時、しかこそ有けれ　しかる折、かくぞ有りしと
文の屋に、むつひかはしゝ　そのかみを、思ひうかべて
別れ来し、をしへの子等を　しの竹の、しのび出づれば
怪しくも、なみだもよほす　なにとはなしに。

会えば、別れもあります。別れたなら、また会うこともあるのです。こう思うと、君たちと遠く別れていても、それほど嘆き悲しむほどのことでしょうか。そうして君たちと再び会って、あの道徳談を継なげ、あの文学論を続けるのは、いつの年、どの月になるでしょうか。私はそのことが、一日も早いことを切望しているのです。あなかしこ。

計二十八人のマメな実名掲示。浅田悦子（サタのこと）、林たき子はどう読んだか。二人以外のそれぞれが、密かに自分あて…と受けとめたかも。島本久恵は「ここに綴られた言葉の純粋を先ず信じよう。……教え子の中から、浅田悦子を、それから林たき子を、その故郷から誘い出す手段になった、これもその策略の一つと受け取ってしまうおそれが大きいのである。（多分）底抜けといいたいほどの正直、その正直があらわしている多情の告白で、何か明るく罪が浅い」（『明治詩人伝』中

の「与謝野鉄幹」（=巻末文献）とここは朗らか気に書く。国語漢文といっても前代の黴臭《かびくさ》いそれではなく、猛々しいマスラオ調は控え目に、ロマン纏綿《てんめん》の文学論だったと思われる。英国留学をして、教育改革に取り組んだ赤松連城経営下の学園はかなり自由な空気だったはずで、熱血ハイティーンが女生徒の人気教師役をこなしていた姿は容易に想像できる。

二カ月前の年末一日刊の同誌には、「山蔭の侘しき庵に剣太刀《つるぎたち》年老いませる垂乳根《たらちね》を独《ひと》留めて……」と前書きして、反歌《はんか》「小手なで、常に誇れる益荒男《ますらお》も涙こぼれぬ父をし思へば」と旅立つ男の歌。マスラオぶりは四年後の『東西南北』で満開、一見の剛直さとラブ・ロマン調との柔軟（器用）なトーン切り替えは寛の特意技である。

さたとの間には明治三十二年八月に一女ができ、一カ月余で死去した。「死出の山くらきあなたに誰を喚ぶ親の名も知らず己が名も知らず」など悼児《とうじ》短歌五首を十月刊の大阪の「よしあし草」十九号に、確かに正直に発表した。その十月末、滝野を伴って上京、麴町上六番町に借家する（さたは終生独身で教員生活を送ったという）。翌三十三年（一九〇〇）四月、林家の資金援助のもとここで「明星」を創刊した。新聞型で一面の題字下に「発行兼編集人　林滝野」と印刷され、鉄幹は「社幹」として十面の下段に小さく出ている。この家が編集所でもあり水野葉舟ら文学青年のたむろする場となった。その八月、鉄幹は自紙（誌）の大きな市場となり得る大阪へ地元の文学会の招きもあり赴く。ここですでに投稿者のなかで注目していた鳳晶子・山川登美子とも会う。

女性問題が『文壇照魔鏡』の核心である。

既述のように東京に出る前後から寛は「婦女雑誌」などへの投稿を始めた。同誌などを通じて大阪から寄稿する河井酔茗（一八七四―一九六五、本名・幸三郎、袖月・ちぬ男・無縫などの筆名も）を意識する。関西人である寛は関西文壇の動向を承知しており、酔茗は「明星」成立史においてかなり重要な位置を占めることになる。当人は直接明星の人間ではないが、寛の方が一目置いたのだ。

一歳下で堺老舗の若主人、幼くして父を亡くし母も逝き、祖母嘱望の跡継ぎ孫だった。だが呉服業を嫌い早くから投稿雑誌「文庫」などに投稿、東京への家出を繰り返す。多くの筆名も正体を隠す韜晦《とうかい》の意味があった。文学少年・少女によく見られたことではあったが。「文庫」経営の山県悌三郎はこの家出少年を鷹揚に受け入れたが、祖母自身や知人の手でその度に連れ戻される始末で、妥協的に在阪のまま同誌記者となる（次述のように寛は二十八年春の渡韓の途次に自ら酔茗を訪ねた）。

大阪の「よしあし草」にも実質編集長として協力した酔茗は、三十三年（一九〇〇）春、ついに店をたたんで上京、「文庫」編集者として伊良子清白《いらこせいはく》、横瀬夜雨《よこせやう》、島木赤彦《しまぎあかひこ》、小島烏水《こじまうすい》、北原白秋《きたはらはくしゅう》らの活躍に道を開く。「明星」とは違って、つまり鉄幹とは違って、清閑で地味な作風の詩人だが、雑誌「女子文壇」などを通じて山田くに子（今井邦子）、小笠原貞子、神近《かみちか》市子、そして妻となる島《しま》本久恵《もとひさえ》らを巣立たせるなど、編集者としての仕事が主の人生となる。

詩人としては後輩になる三歳下の伊良子清白が「漂泊」（『孔雀船』所収）など底光りする作品で今なお磁力をもつ。筑波山下で田園の憂愁を歌った四歳下の横瀬夜雨は障害があり歩行も自由でなかったが、「生涯お側で仕へさせて」と文学少女が次々訪ねてきては（後に名をなす歌人も）すぐU

ターンしていくことで傷つき動揺するが、名を成す詩人となった。酔茗自身は文学的魔性の希薄さが作品の印象を弱めた感がある。

さて寛の徳山女学校生徒諸嬢が載った「婦女雑誌」の半年ほど前、明治二十五年六月十五日号の同誌に「堺　酔茗軒」署名の「僕婢を使ふ事に附て」が載り、使用人について主婦の心得をこんな風に説いている。現代文にすると、「乱暴に扱っては反発を生むばかりですから、叱責は人のいない時に言葉態度を正してすべきです。彼等は朝まだ星の光るうちから起き、夕に月を見てもなお仕事を続け、終日半時も労を休めるときもない――わずかにでも寛大な心があれば仕事の合間に簡易な学科を授けるのがいいし、修身斉家の道を教えることもできます」。

十八歳の若者が使用者としての心構えを説いているのであり、前代以来の心学の道徳観が漂う。おそらく素行に目を光らせる祖母向けの恭順アピールの作と見た方がよさそうだ。ともかくルン・プロ寛にはあり得ない文章である。「酔茗」とは茶の葉を噛んで酔うの意であり、仙人自認の名。互いに対極の人間であることを認め合った仲だったと思える。

寛が堺の呉服店「川又」をいつ訪ねたかははっきりしないが、第一回訪韓（このときは大阪南郊の村で酔茗と会う）から明星創刊までの間（この間、二、三回訪韓）だろう。このとき「幸三郎《こうざぶろう》はん、いまの人は、悪党でっせえ、気いつけなはれや」と祖母が言ったと島本は書く（『明治詩人伝』中の「与謝野鉄幹」）。――島本の自伝的大河小説『長流』第四巻（みすず書房版）中の、若き酔茗伝となっている「北旅籠《きたはたご》町」中の「よしあしくさ」の章に記された雑誌「よしあし草」などからの引用・読みは極めて正確である。多くある寛・晶子、伊良子清白らからの酔茗宛て書簡類も、資料的信頼度は高いとわたしは考えている。祖母はもともと孫の文学仲間を不良青年視していて、唯一人、厚意をもって遇したのが医学生そして医師となる伊良子清白だった。寛来宅のそのとき、酔茗自身は友あり遠方より…の心境だったようだが。人のよい夫の語りや親書類をもとに、距離感をもって書く久恵の姿勢が窺われる。岡崎に育ち寛とは二十年の隔たりがあるが、土地の空間感覚は共有していた。

寛は「明星」創刊以前に、三十年（一八九七）七月創刊の「よしあし草」の中心人物である高須梅溪や堺の酔茗らと交流をもった。酔茗については「少年文庫（のち「文庫」）」に登場する堺からの稿に早くから関心を持ち、一つ下ながら気位の高いこの男が自ら訪ねたのだろう。大和川の北岸、養子先の寺近くの農家（あるいは寺）に設えられた席、酔茗の方は後年こう回顧する。

第一印象は英姿颯爽と云はうか、意気軒昂といはうか、その自由人らしい態度は少からず我々を羨ましがらせた。……（海岸の淋しい村の寺で五、六人で送別会をしたがこちらは）知名の歌人の前に出たことはないのだから（寛は二六新報記者ではあったがまだ『東西南北』を出して著名になる前で酔茗に記憶のずれがある）鞠窮《きっきゅうじょ》如として談話を傾聴するだけだが氏は且飲み且吟じ盛んに気焔をあげた……一つはその頃氏には政治的野心もあつたらしく青春の客気に駆られて渡韓を企てたほどだから気焔の高かつたのも尤もだと……席上、私のために即興の歌を詠じてくれたが今だに覚えてゐる。
　ましみずの和泉にすめる君なれば清きしらべの歌もあるらむ
（『酔茗詩話』三〇七頁、人文書院、昭和十二年刊所収の「与謝野寛」）

　晶子は明治三十二年二月、酔茗が実質編集長であった「よしあし草」（通巻十一号）に鳳小舟の筆名で二連の詩「春月《しゅんげつ》」を発表した。第一連が、「別れてながき君とわれ　今宵あひみし嬉しさを　汲てもつきぬうま酒に　薄くれなゐの染いでし　君が片頬にびんの毛の　春風ゆるくそよぐかな」。二年前に出た島崎藤村《しまざきとうそん》の『若菜集《わかなしゅう》』調であることが分かる。「関西青年文学会」堺支会員としての登場だった。
　酔茗は上記回想でこう書く。「此雑誌に初めて鳳晶子氏が登場したのである。そして私は同じ堺の街にもこんな秀才が居るのかといふことに気附いた……与謝野氏も『よしあし草』に於て初めて鳳晶子の名を知り歌を見たであらう」（前掲書三〇九頁）。むろん酔茗によるデビューであり、これがなければ鉄幹・晶子の明星ロマンは生じなかったという意味で彼は重大な役割を果たしたといえる。晶子の疾風怒濤《しっぷうどとう》の行動が始まる二年前のこと――。酔茗について久恵は『長流』で詳しく描いた、というより酔茗と自分（暁子《ぎょうこ》）の縁を五百年昔の戦国時代の安芸《あき》国からたどった物語といえる。大作というにふさわしい構想と表現力、なにより市井の一庶民として生きる主人公（時代により代る）らの視線は静かでぶれることがない。衒《てら》いや時流への迎合、それに浮薄な輝きとは無縁、自ずと地味な作風となり評価となったのだろう。当代に至り晶子らも登場することになる。

そこで照魔鏡の「第三　与謝野鉄幹　鉄幹は如何《いか》なるものぞ」の十六の各項を見ていく。なかでも核をなすのが「罪状の一　鉄幹は妻を売れり」である。予めいっておくと金額など個別データはともかくとして基本的な事実経過は大筋この通りであることが、新たな資料が出た第二次大戦後の研究でわかっている。書くにためらうところがあるが、ここを抜いては照魔鏡を語れないので長きに渡るが原文で紹介する（……は中略、傍線は引用者）。

……ことの基因は丁度拾年程以前、鉄幹は山口県徳山で女學校の教員を勤めたときのことである。鉄幹の兄は徳山に（入り婿して）佛教の女学校を開いて居たのだが、鉄幹は多少国語をかじつた經歴もあり、繋がる縁のことではあり、旁々《かたがた》好都合と言ふ處《ところ》から、其女学校に国語の教員を勤むる事になつた。丁度其節、山口県徳山在の淺田某といふ豪農の娘で、某子（現に淺香町に居る薄幸の婦人であるからとくに名は秘して置く）といふ女性徒があつた。彼女は何時しか柔懦《にやけ》た鉄幹の姿に想を寄せて、校舎の中でさへ折々流す秋波に、心の丈を通はして見せたのだ。元来多情淫奔《いんぽん》なる鉄幹は、何で頭を横にふらう、かてゝ某子が屈指の豪家の娘なので、何かの利益もあるだらうと、寧ろ慾の方の重い両天秤が傾きかゝッて遂に割なき間となつたが、学生と教員と云ふ間柄、公然と巫山戯た（フザケタの戯れ書き、巫山《ふざん》には遊女また情事の意も）眞似も出來ぬので、人に知られぬ戀にこそ楽はあれなど、、密かに肉交をしてゐたのだ。……何時しか兄法師の関知するところとなり……遂に東京に出す事となつたのである。……（鉄幹は）所詮某子をさへ手のうちに入れて仕舞へば、多少の金錢は強請的にも獲られるのだと見込んだので、「優しい君の面影は片時忘るゝ暇がないの、君と夫婦になれぬなら寧《いつ》そ死んで仕舞ふ」のと、心にもない文句を並べて、密に文通をしたのである。

かかる奸計ありとは露知らざる某子は、堪えやらぬ煩悩の焔に焦されて、前後の分別もなく、遠い四國の海を渡ッて、遥々東京に來たのである。鉄幹は仕済ましたりと喜んで……（淺田家から迎えの者が来ると、親の言うことは聞かねばならぬからと、ひとまず帰国を涙を流して勧めて見せるが、某子は死んでしまうと騒いで拒否）……淺田家では到々鉄幹が奸計の罠に陥つて、何卒《なにとぞ》娘を貰うて呉れと手を下げて哀願する始末になつた。となると鉄幹は某子を煽立てゝ、資本さへ出して呉れるならと、真綿で首を縊《し》めつけたので、つまり一万円の資本を与へやうと云ふ、果報は天から落ちて来るとい云ふ事になつたのだ。

……待遠しさの余り、三五百宛せびり取つては、身分不相応の驕奢《きょうしゃ》をしてゐた……それから愈々《いよいよ》残額金の請求となつたが、淺田家にても一万円の大金を手離す事ゆゑ、将来の安堵が見えねば迂闊《うかつ》に金も送られず、東京に人を派して秘密に鉄幹の性行を探つて見ると、背徳淫奔の無頼なる事が分つたので、已《すで》に渡した一千余圓は、落したものと諦めて、娘の眼が覺めるまで棄てゝ置けと、後金は見合はせると云ふ事になつたのだ。

豫想が外れかゝつたので、鉄幹は茲《ここ》に一策を案出し、これと仝《どう》縣の林某とて、相應の資産あるものゝ娘で、滝野（当年二十三歳）と云ふのが、教員時代に自分に心を寄せた風があつたのを僥倖に、一番利用して呉やうと、滝野を妻に呉れよと申し込んだ。（某子と同棲中なりしにも拘らず）而して一面には淺田家に対し、林家より滝野を持参金附きで娶つて呉れと申込まれたから、某子は御返却申すと、何の事はない借りた茶碗でも戻すやうな文句を申送つた。然する時は淺田家では驚いて出金するだらうと思ひの外、なか〱強硬な挨拶なので、稍々《やや》当惑の状態になつて頻りに後策を考へて居る中に、一方では縁談申込みを聞いた滝野……彼女は意外にも恋人よりの要求に、狂せん斗りに喜んで、親御は定めし二つ返事をして呉れるだらうと思ひの外、きつぱりと断ると云ふ事なので、遂に堪り難ねて、独りで上京して駆け込み女房を極め込んだのだ。思はぬ處から金の蔓が下つて来たので、鉄幹は何の罪もない某子をバ、約束の金が来ぬからと云ふ、暴虐無道な言草で追出し、滝野を迎へて女房にした。

……何處迄も残虐の爪牙を逞《たくま》しふする悪魔鉄幹は、前同様の奸策で、滝野の方から強請《だだ》をこねさせて、無理往生に親を承知させて、四五千円の金を引出し、麹町上六番丁四十五番地に転居して、東京新詩社《しんししや》の看板を掲げたのは昨年のことである。滝野は其間に懐胎して男児を生落した。（その大金も放逸淫行で失くしてしまいなお際限もなく強請したがそう〱出はしない）手許も冷やかに成行くので、鉄幹は例の筆法でそろ〱滝野を冷遇し初めた。滝野は現今の境遇のあまりに予想と反するので、日夜涙に昏《く》れて居るのである。

淺田さたが「某子」となっているのに対して、滝野は実名が頻繁に出ており、うち五カ所は黒々した強調の黒点付き（傍線部）に注目しておきたい。滝野については確信をもって、あるいは遠慮なく、ひょっとすると同情・共感のつもりで書いている節さえある（梅溪は新詩社に出入りし彼女と面識がある）。

「罪状二」以下については要点だけ書く。「２ 鉄幹は處女を狂せしめたり」＝罪状一以前に東京に借家住まいした寛は、下婢キサを口説き落として獣慾を恣《ほしい》まゝにした。しかし、借金取り立てにあい一人朝鮮に逃亡、キサは発狂した。「３ 強姦を働けり」＝明治二十七、二十八年の日清戦争前後、同地において良家の処女で彼の獣慾の犠牲となったものは、殆んど数えきれぬ程。「４ 少女を銃殺せんとせり」＝同時期のある夜、京城で十六歳ほどの少女に挑みかかるが、撥《は》ね付けられて短銃を発射。飛弾は少女の腕を貫いた。強姦せられた処女、内外両国で無量《むりょう》八十人。「５ 強盗放火の大罪を犯せり」＝韓国のあぶれ者の親分と交わり六十余の人馬を得て徒党を組んで国営の人参畑に押し寄せた。獲物を得た後、倉庫や建造物に火を放つ。韓国政府の財産を略奪した悪人である。「６ 金庫の鑰《かぎ》を奪へり」＝帰国後伝手を求めて東京の某銀行に職を得る。同役の二人を自家薬籠中に入れて、金庫を開き百円、二百円、計三千円の大穴を明け、一人を自首させて、自分は逃げた。「７ 鉄幹は喰逃に巧妙なり」＝上等下宿「美土代館」に住み仲間も呼んで飲み食い。売れ筋作家を装うがばれて姿を消す。「８ 詩を売りて詐欺を働けり」＝原稿料を前取りしながら何もせず踏み倒す。大阪の矢島誠進堂から歌集『鉄幹子《てつかんし》』を出すと四十円受け取ったが、いまだに広告が出たのみ（同歌集は奥付で三月十五日刊、つまり照魔鏡の三日後に刊行されている）。「9 教育に藉口して詐欺を働けり」＝京城に韓国独立の原動力となる子弟の教育のため「日韓義塾」を作るといいふらして金を集め、使い込んでしまった。「10 鉄幹は恐喝取財を働けり」＝出版社の都合の悪い内情を押さえては、二百円出さばよし、拒絶するなら明星で素っ破抜くぞと恐喝し、金を巻き上げる。「11 明星を舞台として天下の青年を欺罔《ぎもう》せり」＝詩を利用して満天下の青年子弟を騙し、親泣かせの馬鹿息子を作る。親の脛《すね》をかじらせて、己の財布を肥やしている者である。「12 投機師なり」＝手口も世間に見破られてきたので、株投機で一獲〝万金〟を狙い出した。かろうじて青年から巻き上げた金が、ここにつぎ込まれているのだ。「13 素封家に哀を乞へり」＝一面識もない安田家を訪ね、米搗《こめつ》きバッタのように頭を下げて、国詩改革の必要から金策を申し出る。愚弄《ぐろう》して騙すつもりが、赤恥をかかされ逃げ帰った。「14 無効手形を濫用せり」＝三十三年暮れ、押し寄せる借金取りに手形を握らせ、関西へ逃げた。そこには新詩社の会員で○○子という情婦がいるので一挙両得。手形はむろん、空だった。「15 師を売る者なり」＝師の落合直文を盲目たらしめ、悪逆醜行の極を働いて、師の顔に泥を塗り、豁然《かつぜん》として顧みる処がない。「16 友を売る者なり」＝内海月杖、一条成美《いちじょうなるみ》ら善意の友人を利用するだけ利用する。青年文士として多少名のある高須梅溪や河井酔茗なども彼の網にかかった間抜け鳥の一類（むろん寛が梅溪主犯にピンときたところだ）。

以上、一読して荒唐無稽のものが多い。二カ月後に「明星」で鉄幹が「事実を小説的に捏造し列挙している」という通りの怪文書である。ただ女性問題、経済的苦境、韓国での行状が濃い影を落としており、鉄幹のプライベートに通じている者の仕業であることを示していた。第四章の「五鉄幹と詩」では鉄幹が自らを日蓮、秀吉、業平《なりひら》に比した「日本を去る歌」（一月一日刊の「明星」第十号掲載）の暴慢不遜を非難し、第六章「敢えて与謝野鉄幹に与ふ」は結論として「去れ悪魔鉄幹！速に自殺を遂げて、せめては汝の末路だけでも潔くせよ」と断罪する。

百年を経た目には滑稽味の方が先立つが、何ともあこぎな表現ながら尋常でない筆力の凄みは感じさせる（自ずと書き手の必死さも滲む）。当の鉄幹はタフだったが、知られることなく、生じた余波を悪夢の地鳴りとして（被害者なのに）心奥にかかえ込んでしまった存在が陰にいた――。

2　波紋

三月十日（あるいは十二日）刊の『文壇照魔鏡』に対してマスコミは敏感に反応した。その論に乗っかった論調を展開していく。いささかわずらわしいが現在確認しているところの掲載紙誌・日付を資料として列記しておく。

三月十七日、「万朝報《よろずちょうほう》」が新刊紹介欄で▽三月二十一日、「毎日新聞」は「新刊紹介」欄で▽三月二十五日、「週報日本」が「新刊紹介」で▽四月一日、「新佛教」は「新刊批評」欄で▽四月五日、「太陽」が文学博士・大町桂月《おおまちけいげつ》の署名で「文芸時評」に▽四月十日、「帝国文学」が「批評」欄で▽四月十五日、「新声」が高須芳二郎の署名で「文壇照魔鏡を読みて江湖《こうこ》の諸氏に愬《うった》ふ」掲載▽四月二十日、「国学院雑誌」が「新刊」紹介欄で▽五月十日、「帝国文学」が「鉄幹に学ふ」▽五月十日、大阪の「小天地《しょうてんち》」が「雑俎《ざつそ》」欄に。

五月十五日、「新声」が田口掬汀筆の裁判傍聴報告「与謝野鉄幹対新声社誹毀《ひき》事件顚末」を掲載した。そして同二十五日、「明星」が初めて鉄幹筆で「魔書『文壇照魔鏡』に就《つい》て」を掲載し反論した▽六月一日、保守派の短歌誌「こゝろの花」が「雑俎　鉄幹對新声社」を掲載▽六月十日、「小天地」が「月曜文学の序」に▽六月十一日、「新声」が改めて「獵矢《さつや》　鉄幹の妄言を戒む　高須梅溪」および無署名の「江湖《こうこ》の声」も▽六月二十七日、「新声」が「甘言苦言」で▽七月十日、「帝国文学」が「鉄幹が弁解の妄」▽七月十五日、「新声」が「甘言苦言」で▽八月十五日、「新声」が「嘲罵に對する見解」で▽十一月四日、「こゝろの花」が「歌壇警語録」欄で再論。

論調を見ると――。最初の三月十七日「万朝報」は「よろず文学」の欄に「新刊便り」として「鳥墨」の署名で書いている。「露白《ろはく》君足下、驚くべき、然り、実に驚くべき仰山なる新刊発行せられ候」で始まる千二百字余のもの。十六の罪状の刺激的部分を巧みに引用しながら同調して非難していく。鉄幹について、「目下文学雑誌『明星』の主幹にて、兎に角にも新派詩人として名を知られ居る人に候。此人にして此罪状を具するといふ事ハ我等頓と承知不仕《つかまつらず》、聞いてびつくり、見てびつくりと申す諺も候へば何でも知らぬが花に候」と。さらに、明星が前年秋に裸体画で発禁処分（十一月刊の第八号）を受けたこと、それへの憤懣として作った鉄幹の「日本を去る歌」を併せて揶揄しつつ指弾する。「万朝報」のこの論調がその後の世論を方向付けたといっていい。

三月二十一日「毎日新聞」はいくつかの「罪状」を例示した後、「万朝報」より抑えたトーンでこう書く。「吾人《ごじん》は元より事実の如何を知らざれども、兎に角、此の事実の十分の一だにあらば鉄幹彼は確かに文壇の隅にも置けぬ代物と言ふべし、之に対する鉄幹の態度如何、近来文壇誠に物騒になれり……御用心々々々」。文中の「事実の十分の一だにあらば」という指摘が、鉄幹非難の論拠となっていく。執筆は前年から廃娼運動を展開していた社長の島田三郎自身か記者の木下尚江《きのしたなおえ》だろう。同紙は並行して星亨《ほしとおる》にかかわる東京市議会汚職問題、さらに足尾銅山鉱毒問題という政治的・社会的不正義を鋭く追及してきた経緯があり、オピニオンリーダーとしての同紙の影響は大きかったと思われる。

三月二十五日「週報日本」も「新刊紹介」で、「◎与謝野鉄幹（廓清会）文壇照魔鏡の第一巻として出でたり。似而非《エセ》歌人与謝野鉄幹が強姦詐欺放火窃盗等の極悪非道の獣類なる事を暴きしもの。読むに大方事実なり。是書の如き今の腐敗せる文壇を一洗するに与つて力なしとせんや」

四月一日刊の雑誌「新佛教」（佛教清徒同志会発行）の新刊批評は、「鉄幹氏の人物につきては、余輩も多少已に探知する所なり、唯か丶る手段によりて、人の悪を挙ぐるは少しく余輩の遺憾とする所」と照魔鏡へ眉をひそめるポーズをとる。だが、すぐに「しかれ共……若し今の文学界なるもの、果たしてか丶る外科的荒療治を要するものあらば、余輩は唯太息するの外を知らず。一文学者曰く、『今度与謝野鉄幹といふ書物が出たそうじやな、実に治安妨害じやないか、そんなことをしてどうするつもりなんだらう』と。今の文学者は皆こんなものなり、荒療治も已むを得ざるか」と非難の側に転ずる。

四月五日刊の雑誌「太陽」掲載の大町桂月《おおまちけいげつ》の「文芸時評」は、「人身攻撃の声」と小見出しを立ててこう書く。「その説く所、全く架空の漫罵とは見えざるまでに精密也。鉄幹たるもの、苟くも、文壇に立つ以上は、か丶る攻撃をよそに看過すべきに非ず、照魔鏡の説く所非なるか、鉄幹の行是なる乎。余は鉄幹の一種の詩才あるを愛するもの、また鉄幹とは文筆上の交際あるもの、而してこの書の説く所の果たして事実なりや否やを判断し得るまでに鉄幹の素行を知らず」。一応、客観的立場を示す。

しかし、一転、照魔鏡筆者の筆力賛美に向かう。「斯る文筆の大手腕を有しながら、区区たる鉄幹一輩の徒を打撃するに急なるは、牛刀雛を割くに類するを免れざれども、社会の制裁極めて微なる今日、正当なる制裁を加えて、文壇を廓清せむとの宣言、真に筆者等の肺腑より出でたる言なりとせば、われ筆者等の意のある所を諒とせざるを得ず」。で、こう結論する。「此書の如きは、もとより醜悪なる文字を臚列《ろれつ》せりもの、然れども毒を以て毒を消すとやら、この書出でたるが為め、文人として、制裁恐るべく、悪事は出来ぬものとの念を懐かしめ、かくて天を畏れ、良心を畏れ、其行を慎むに至らしむれば、社会の風教上、多少の裨益なしとせざる也」。ここに現れた桂月流の道徳観は三年後、晶子の「君死にたまふこと勿れ」の攻撃に向かうことになる。

　四月十日刊、「帝国文学」の無署名の「批評」も、廓清会なる存在がいかなるものかは知らないが、「予輩は此の如き書としては可なりに善く書かれたりといふに躊躇せず、其の真歟《か》似而非《えせ》歟《か》は知らず著者は其熱誠の点に於て其舞文《ぶぶん》の妙に於て慥《たし》かに読者を感情激昂せしめ彼鉄幹なる新詩人を悪まざるを得ざるに至らしむるものあり（中略）万一此書の所言にして責めて半ばなりとも事実を伝ふるものならば余輩は彼鉄幹を社会の外に駆逐するの尽力を惜しまざるべし」と書く。この段階ではまだ「廓清会」及び著者が架空の存在であることが分かっていない。「帝国文学」は東京帝大文科大学の関係者により明治二十八年に刊行されたもので、文壇アカデミズムを代表する雑誌と目されていた。「批評」の書き方には前掲の大町桂月と同様のトーンが感じられ、あるいはこれも大町の筆かも知れない。彼は「帝国文学」の中心的な書き手であり、既述のように鉄幹とは落合直文のあさ香社で同門であった。両者はすでに微妙な関係にあることが推察される。

　四月十五日刊「新声」に掲載された高須芳二郎（梅溪）の「文壇照魔鏡を読みて江湖の諸氏に愬ふ」は事態をさらにヒートアップさせた。鉄幹は東京地裁に告訴し、文字通り事件となる。追い打ちをかけるように「新声」はこの公判の弁論経過を五月十五号の「与謝野鉄幹対新声社誹毀事件顚末」で詳述する。ここに至って初めて鉄幹は五月二十五日刊の「明星」で「魔書『文壇照魔鏡』に就て」と題して誌上で弁明する。こうして正面から「新声」対「明星」バトルとなっていくのだが、その経緯は次項「裁判」でまとめて扱う。

四月二十日、「国学院雑誌」の「新刊」欄。「人身攻撃はいやしむべきなり。然も文士の不品行も亦いやしむべきものなり。文壇照魔鏡といふおそろしげなる表題をかゝげて、歌壇の流行児鉄幹に痛棒を与へたるは、書物を売るに於いては、尤《もっとも》よき思つきなりしなるべし。……嗚呼文士の裏面には、果してかくの如き悪徳を包容せるか。はた、人身攻撃を以て得々たる青年の筆端いたづらにはせて、其の声を大にするものに非ざるか。余輩は、其の孰《いず》れが是にして、孰れが非なるかをしらず」。非難される側する側、双方への慨嘆である。

「帝国文学」は五月十日号で再び「鉄幹に学ふ」と題し取り上げた。千八百字ほどのかなり長文のもの。筆者、出版社などがすべて架空と判明したことを受けて、「心術卑劣極まれる奴輩の寄合」と義憤を示す。だが、再び「煙の起るや、その下必ず火の燃ゆるあり鉄幹にして、かばかり激烈なる批難を受けしを見れば、その十分の一を真とするも、決して完人に非ざることは、容易に推測さるべきなり」と転じる。しかし、「翻然《ほんぜん》悔悟の後、飽くまで清廉の生活をなし、自ら詩神の壇前に浄化し、更に幾許《いくばく》の蘊蓄《うんちく》を積み、和歌の革新にその後半生を委ぬるの大勇猛心を起し、之を成就することあらむには、独り其身の為のみならず、亦た以て文壇の慶となすに足らずといはむや」と結ぶ。鉄幹のデビュー作「亡国の音」の論調を踏まえて皮肉をきかせて言っているのだが、とってつけた感がないではない。大町の筆か、高所に立っての学足らざる者への説諭だろう。

同じ五月十日刊の大阪の雑誌「小天地」の「雑俎」欄。「我輩は照魔鏡に現はれたる鉄幹子の事実の如何を問はず、否彼れが如き醜行は鉄幹子として、あり得べからざる事実と信ずるが故に、我輩は彼書を以て捏造の悪徳文字と呼ぶに躊躇しない……我輩は事実は無根なりと信ぜんとするも、鉄幹子が彼の如く恨みを買ふまでに一部の人に嫌忌せらる事を子の為めに惜まざるを得ない。（とはいえ）多くの崇拝者を有する鉄幹子が斯る悪罵を買ふといふこと丈けでも、既に文士として人格に欠《か》げないとはいへぬ。此の点に於ては鉄幹子たるものも大に反省しなければなるまい」。

無署名だが明らかに寛と親しい同誌編集者・薄田泣菫《すすきだきゅうきん》の筆だ。彼は鉄幹のとかくの行状を聞くことがあったのだろうが、「捏造の悪徳文字」などの語に鉄幹への強い弁護がある。管見の限り、騒動中に鉄幹サイドに立って書かれた唯一の文章である。「小天地」は六月十日号の「月曜文学の序」欄の末尾で、「とかくの論議……概《おおむ》ね雷同付和、憶測揣摩《しま》を逞うするもの丶み。（このような消息を伝えるのは本意ではないので）ここにて筆を擱《お》きつ」と同誌としてこの問題への決着をつけた。

3 裁判

一連の報道のなかで局面を変えたのが四月十五日刊「新声」の高須芳二郎（梅溪）名の評論「文

壇照魔鏡を読みて江湖の諸氏に愬ふ」だった。「吾人は廓清会諸氏の意気を壮とし、その見地に同せんと欲す」として書いた四百字原稿用紙十枚ほどの稿で、『文壇照魔鏡』記載の「罪状」を巧みに引用しながら内容紹介するものだ。梅溪こそがことの総合プロデューサーであるという視点から見ると、客観的立場を装った、えげつないやりかたに違いない。

万朝報や毎日の「十分の一」論に同調しつつ、「若し鉄幹にして猶その鉄面皮を楯として、自己の非を蔽はんとせば、最早吾人は渠《かれ》に向て少しも斟酌《しんしゃく》を加ふることを要せず、飽迄も社会外に放逐せずんば止まざるべし」ときめつける。その十日後の四月二十五日、寛が新声社と梅溪を民事告訴し公判が始まるのだが（数日で敗訴）、その一カ月前、つまり照魔鏡が出た直後に以下のことがあった（——寛が敗訴後の五月二十五日刊「明星」第十二号に「魔書『文壇照魔鏡』に就て」と題して書いたことである）。

三月十一日、十二日の両日、高須梅溪から続けて書状が届いた。十一日は葉書きで「貴兄の御名誉に関し明朝田口掬汀《たぐちきくてい》兄と共に御訪問申上ぐべし」との趣旨。翌日は封書で「田口兄病気につき本日は参上し難し、病気回復次第御訪問すべきも、かの廓清会の著書に就ては、公然たる告訴の処分に出でられん事を両人より勧告する」という文意だった。十六日夕、実際に梅溪が田口ではなく中村春雨《しゅんう》と一緒にやってきた。「田口氏は固《もと》より余とは一面識も無い人である」と書く。梅溪が文面でも書いてきた速やかな告訴を勧告した。寛は、その必要はない、こういうものを出した者に輿論の制裁がある、もし自分がそのような罪悪を犯しているなら司法上の処分がある、いずれにしろ自ら騒ぐことではない、と。

逆に「それとも君は書中の罪悪の幾分にても余に認め給ふか」と聞くと、梅溪は「決して左様な事は思はぬ。貴兄の平生を能く承知してゐる僕は勿論、新声社の佐藤、田口なども大に如此き讒誣《ざんぶ》の書について憤慨して居ります」。そこで、「大丈夫の世に処するのは、或る一面に於ては常に孤立の積りである。世を挙げて我を誤解するとも、我を殺さうとするとも、悠然として驚かず、隻手能く之と戦ふのは男子の本領である。況《ま》して君一人の知己がありとすれば僕は幸福の子」と笑いあった――。蓋世の丈夫ぶりだが実にキツネとタヌキの化かし合いである。

ここで梅溪が意外なことを口にした。「貴兄は彼書を以て新声社の秘密出版だと云はれる相だが夫は冤罪である」と。「余は同夜まで未だ何人に向ても本書の著者に就て発言を為《し》なかつた、のみならず、本書が秘密出版であるとは知らなかつた。『何人から然う云ふ事を聴いたか』と反問したが、梅溪君の答は曖昧で有つた」。発行日から「一週間立たぬ内に新声社には本書の秘密出版が分つて居り、世間の一部には新声社の嫌疑が噂に成つて居たと見える」と皮肉をきかせる。つまり寛は梅溪と新声社の犯行を改めて確信したわけだ。

そして梅溪らとの関係をこう振り返る。「私の交際の徳義より見るもここに最も奇怪なのは神田区にある雑誌『新声』の社員諸氏である。同社の佐藤橘香《きつこう》氏と余とは明治三十年（一八九七）頃からの知合である。高須梅溪氏とは三十一年の十月頃からの知合である。梅溪氏は法廷で昨年六月からの交際と云つて居る（実際これは梅溪の偽証言）が、三十二年の夏に関西青年文学会で出した『紅蓮《ぐれん》白蓮《びゃくれん》』（同年八月、「よしあし草」第十七号にこのタイトルが冠された）へ書いた余の原稿（「傘のうち」と題して少年時の堺での体験を回想）は梅溪氏の依頼であった。昨年四月一日に発行した『明星』には「梅溪を送る」と云ふ余の短歌が載せて有る。同年五月一日発行の『明星』には梅溪君の「某に与ふる書」が載せてある。梅溪氏は『明星』の編集をも助けて呉れて、余を兄の如く思ひ、余も氏を弟の如くに親密にした仲である」。梅溪の訪問は犯罪者は現場に戻るという捜査上の格言を思い起こさせる（鉄幹と縁のない田口はさすがに対面する気になれず〝病気〟になったのだろう）。

こうして鉄幹は東京地方裁判所検事局に誹毀罪《ひき》、つまり名誉棄損で新声社（発行人・中根駒十郎）と梅溪を民事告訴した。後述する前年秋以来のいきさつで梅溪への心証は十二分だったものの、そのことを直接証明できない状況では不本意ながら一段レベルダウンした「照魔鏡の引用者」として提訴したわけだ。四月二十五日に公判が始まり二日後に早々と結審、無罪判決で鉄幹の敗訴だった。裁判の経過を「新声」五月十五日号は「与謝野寛対新声社　誹毀事件顚末」と題して以下詳報する。四百字五十枚余の大作、メモを許されていた田口掬汀の筆だ。秋田から上京して新声社入りしたたばかりの二十六歳、梅溪より五歳上、寛の二歳下。数年を経ずして家庭小説作家として有名になる――。田口リポートに記載された鉄幹の申立は次の通り。

私訴申立書

東京市麴町区上六番町四十五番地　民事原告人　与謝野寛
東京市麴町区一番町四十四番地　弁護士　右訴訟代理人　櫻井熊太郎
東京市牛込区馬場下町村上方　民事被告人　高須芳二郎
東京市神田区錦町二丁目六番地　民事被告人　中根《なかね》駒十郎《こまじゅうろう》（新声社編集兼発行人、
社長・佐藤儀助の義弟）

請求の目的

一金　五百五拾八円四拾銭也

一定の申立

民事被告人等は連帯して民事原告人に対し民事原告人名誉毀損の損害賠償として「日本」「人民」「東京朝日新聞」「毎日新聞」「二六新報」「時事新報」「万朝報」「読売新聞」「太平洋」の九新聞及び「明星」「太陽」「帝国文学」「文庫」「新聲」「中学世界」の六雑誌の各誌上に

謝罪文

拙者儀　文学雑誌新声誌上に於て「文壇照魔鏡ヲ読ミテ江湖ニ愬フ」と題する一文を掲げて荒唐無稽の譏誣を逞《たくましう》し　貴下の名誉を毀損したるは貴下に負へる平素の高義を忘却したる所為と存じ深ク慚愧の念ニ禁へず候　依てここに日本（などの）九新聞及び明星（などの）六雑誌の上に於て貴下

の冤名を雪ぎ　併せて謝罪の意を表し候也

高須芳二郎
中根駒十郎

与謝野寛殿貴下

具体的要求が、「この謝罪広告文を上記十五の紙誌に各五回ずつ掲載することを承認し、その費用として当方に五百五十八円四十銭を支払い、この訴訟の費用は被告人側が負担せよ」だ。

田口リポートは冒頭で照魔境を引用する正当性についてこう書く。「本件の顚末を明らかにせんとするには、彼の『文壇照魔鏡』の内容は如何なるものにして、且又該書の文章の価値は如何《いかん》。之れが刊行せられたる後、文壇及社会は如何なる反動を来したか、評家が之れに加へし是非の声は如何なりしか等の事実を、至当の順序として掲げざるを得ざる也」。つまり、すでに世論の争点となっている問題を論ずるにはその内容・反響等を引用説明するのは当然のこと――というわけだ。レポート執筆の時点では勝訴している安心感があり、改めて照魔鏡始め諸紙誌からふんだに引用して論を展開する。なにより公判の一問一答の提示がアピール効果を上げている（田口と佐藤儀助が筆記席を与えられていた）。例えば裁判長の高須梅溪に対する被告尋問のやりとり――

（問）……一体此文章は如何《どう》云ふ心持で書いたのか。

(答)それは『文壇照魔鏡』を批評したに過ぎないのです。

(問)……なおまた其次ぎの所に「若し鉄幹にして猶その鉄面皮を楯として、自己の非を蔽はんとせば、最早吾人は彼に向て少しも斟酌を加ふるを要せず、飽迄も社会外に放逐せずんば止まざるべし」かふ云ふ文章があるが、これは如何云ふ趣意で書いたのか。

(答)それも『照魔鏡』の事実を信じて批評を加へたのです。

(問)しかし「尚一歩を進めて、鉄幹を知れる人々に質すに大抵事実なり」と云ふ所から、「鉄幹なるものは、吾人の間にある可からざる悪徳漢也、腐敗漢也」と云ふ所までは、批評と云へないではないか。

(答)其点は与謝野に対して、反省を求むる為めに書いたのです。

(問)被告と与謝野とは、特別の交際でもあるのか、朋友とか何とか云ふ関係か。

(答)左様です昨年から(梅溪の偽証、彼からの寄稿依頼で二年前から鉄幹は「よしあし草」に登場している)交際して居つたので、今でも絶交したと云ふ訳ではないのです。

(問)さうすると、先づ友人だな、其友人に反省を求むるならば、斯のやうな文章を、公衆の眼に触れる雑誌の上に掲げなくても可いぢやないか、手紙をやるなり、面会して忠告するなり、如何様にしても反省を求むる事が出来るだろう、其点は何うだな。

(答)与謝野は『照魔鏡』の事実に対して、一言弁解もしません、つまり弁解する事が、出来……

(問)いや、其事ではない、つまり友人間の情誼だから、悪いとは公然発表するに到らん事だと思ふが、どうか。

(答) 私はもう忠告の必要がないと思ひました。また面会しても効がないと思ひました。もう公然評論壇に発表されて仕舞ッたから。

(問) で、公然と文壇で、此文章で以て反省を促したと云ふのだな。

(答) 左様であります。

(問) すると被告は、『文壇照魔鏡』に掲げてあると云つて此所に書いた、即ち……『鉄幹は妻を売れり』『彼は処女を狂せしめたり』『彼は強姦を働けり』『彼は少女を銃殺せんとせり』と云ふ所から、以下『彼は師を売るものなり』『彼は友を売るものなり』と云ふ、つまり罪状の項目の終まで、被告は此を事実であると認めたのか。

(答) それは文学界の輿論に因つたのです。

梅溪側の沼田宇源太弁護士は梅溪論文がすでに多くの新聞・雑誌が掲げた論調をデータに使って書いた批評文であるに過ぎないことを強調した後、鉄幹の事件に対する沈黙をこう突いた。「鉄幹の機関誌なる『明星』で、本年三月二十三日の発行(第十一号)に係るのです。立証の趣意は、三月十日に『文壇照魔鏡』が発行されたのであるから、鉄幹にしてかつて罪悪を犯した覚えがないとすると、充分弁疏《べんそ》しなけりやならん、殊に自分に専属して居る機関雑誌があるから、当然弁解せねばならんのに、一言の之に及ばなかつたのは、鉄幹は慥に弁疏の辞がないのだと云ふ事を証明するのに宜《よろし》い」。十日余の時間があったのだからなぜ自誌で弁じなかったのか――それは弁解できない事情があるからだろう、というわけである。確かにこれは言論人の在り方としての本質を突いている。鉄幹が「魔書『文壇照魔鏡』に就て」で初めて誌上発言するのは五月二十五日刊の「明星」第十二号である（四月号は休刊）。照魔鏡からすでに二カ月半、つまり彼は言論より司法を優先（それも敗訴）していたわけだ。

一方、寛側の検事論告は、「もし人が彼は泥棒であると云ふを聞いて、その事実の如何を問はずに彼は泥棒であると書いたならば、直ちに誹毀が成立するのである。『照魔鏡』を引用したにしろ之と同様であつて、その引用したのが、悪事醜行である以上は誹毀の罪が構成するのである」。さらに「被告は反省を求める為にしたと云ふが、それなら何も雑誌に掲げる必要はない、密に反省を促す方法が何程もあるのに、殊更《ことさら》に堂々たる雑誌に掲げて、その罵言悪口を天下公衆の眼に曝す必要がない。故に被告は最初より誹毀の意志があつたと云ふに少しも差支はない」とし、高須側に刑法第三百五十八条第二号の適用を裁判長に要望した。

高須側の沼田弁護士の最終弁論の結びはこうだ。「元来『照魔鏡』なるものは、歌人としての鉄幹のキャラクターを論じたものでつまり一種の評論である、それを基として、尚其他各新聞雑誌の声を聞いて書いた、評論の評論である。検事は悪毒文字を列べてある以上は、訐發《くはつ》（いつわり）の内容を言はなくとも、誹毀が構成すると云はれたが、元来評論なる『照魔鏡』の中から、自分の評論を為す所の準備として引證して来た文字に過ぎないのである。要するに被告の文章は純然たる評論であつて、毫も誹毀の意志が含まれてないのである」。他方、鉄幹側の櫻井熊太郎弁護士は、十六項の罪名なるものを掲げて新声が「鉄幹なるものは吾人の間にあるべからざる悪徳者也、腐敗者也」と書いたのは明らかに誹毀に当たり申立書通りの処置を要求すると結んだ。

二日後の判決は「両被告人を無罪とし、私訴申立は之を却下す、訴訟費用は原告（与謝野寛）の負担たるべし」、主理由は「与謝野寛を誹毀するの意思に出たる者と認むるに足る証拠十分ならず」。沼田弁論が全面的に取り入れられた。田口レポートは判決前の裁判長と高須被告および鉄幹側の櫻井弁護士とのこんなやりとりを逃さない。


（裁判長）被告は寛の罪悪を事実と思つて居るのか。

（答）幾分かは認めて居ります。

（問）如何程まで認めて居るな。

（答）十分の一位は慥にあると信じてゐます。

（櫻弁）なお尋ねたい事がありますが。

（裁判長）大抵にしたら可ゝでせう、もう必要がないから。えゝ此私訴と云ふのは、主に金の請求ですな。

（櫻弁）ま、まあ、そんなものです。

こういう弁護士に頼った鉄幹も運が悪いには違いない。と同時に、鉄幹の狙いは詰まるところ金だという余韻をにじませて記述を締めくくる田口の筆は、いかにも落とし所を心得ている。この櫻井弁護士について五月の「明星」第十二号の弁明のなかで鉄幹は「友人櫻井法学士（弁護士二六新報記者）」と書く。寛自身が同報記者だった縁からだろう。ただ、今一つ力が入らないところがあったのか（後述の足尾銅山鉱毒事件の被害農民側には無償を含め延べ百人もの弁護士が応じたといい、そのなかに櫻井熊太郎の名がある）。ポイントは梅溪の論「文壇照魔鏡を読みて江湖の諸氏に愬ふ」が評論であることを認めた点にある。その判断の根底には『文壇照魔鏡』自体が評論であるという認識が伏在している。現在の感覚では照魔鏡はもとより、梅溪の文についても名誉棄損罪が成立すると思う。だが、一般に人権意識がずっと希薄であった時代（基本的人権を定めた現行憲法の公布は一九四六年）である。

レポートからうかがえる裁判長の態度は、表現の自由への傾斜（明治憲法第二十九条は「法律の範囲内」で言論・著作等の自由を明記）をにじませ、どこか「味わい」がある。まさに読者にそう印象づけるレポーター田口の腕（筆）に違いないにしても――。裁判長には「文壇のことは文壇で決着すればいい」という判断があったと読める。梅溪側の沼田弁護士が突いたところに心証を得たのではないか。『文壇照魔鏡』事件で一番の問題は、言論をなし得る立場にある者（組織）が、言論に対するに言論をもってしなかった態度にある。言論（報道）界に残る悪しき伝統の一つのルーツとなったと思う。

鉄幹は難敵を相手にしていた――梅溪の背後に控えていた人物だ。梅溪は呑んでかかっていたにしても、こちらの認識はまだ希薄だっただろう。その相手も必死だったに違いない（むろん佐藤儀助とメモのつきあわせや弁護士資料の参照もあった）。有罪なら自ずと本格追及は避けられない、彼の作家としての活動は始まろうとしていたその端で終わっていたはずである。筆記者席での凝視の眼差しが浮かんでくる。レポートからは自ずと気迫が伝わるのだ。

4　寛の弁明と「明星」二月号

先述のように寛の弁明「魔書『文壇照魔鏡』に就て」は、敗訴から一カ月、照魔鏡からは二カ月半後の五月二十五日刊の「明星」第十二号である。四百字十二枚ほど。こう書きだす。「これは余一身の私事である。名を文壇の廓清に仮つて余一人を讒訴したる二三狡奴の所為である。決して文壇の問題では無い、文壇の問題として騒ぐべき事件でない。これを軽々しく文壇の問題にせられたのは頗《すこぶ》る今の批評家の慎重の態度に向つて疑はねば成らぬ」。不逞の輩の空騒ぎに乗って大騒ぎしなさんな、ということだ。

十六の罪状については、「本書の記事は大抵刑法上の犯罪である。之が十分の一にても事実とすれば余は当《まさ》に日本の司法処分を受くべき身分である」。つまり、自分は刑事上何ら問われてはない、これこそ十分の一の事実もないということであって晴天白日の身であることの証明ではないかと、十分の一論を逆手にとっての宣言である。これまでのことについて、「区々たる余の如き者の為めに、これ程文壇の御注意を惹いたかと思へば、誠に過分の栄誉であると感激致して居る。が、余は到底此問題に就いて自ら弁明の地に立つの必要を認めない。日本の司法官は夫程《それほど》までに迂闊で無い、本書の立証が真実であるならば、余は一日も警視庁の管下に安住し得べきでない」。つまり、安住できているのは該書が嘘であることの証明である、と。

寛がこの主張通り無視し切っていたなら、それなり筋は通った（実際そうしていたらこれほどの炎上はなかったはずで、わたしは寛が戦術を誤ったと思う）。行き着くところ、書いた側が顰蹙《ひんしゅく》を買わざるを得ない文章なのである。しかし事実は既述の通り寛が司法に訴えていたのだ。「既に本書に就いては友人櫻井法学士を代人として東京地方裁判所検事局に毀誹罪の告訴を為し、殊に犯人（本書の真実の筆者等）の所在と認められたる神田警察署の捜査を煩して居る今日であるから、余は別に文筆上の論議を要せないと信じて居る」と、言論より司法に早々と（次に述べるように）頼ったことを明言する。直前の「悠然無視」と矛盾することに自身で気づいていない。なお「神田警察署の捜査」とは新声社のことを指す。同社の所在地は神田区錦町二丁目六番地である。

そして、「三月二十日頃に至つて断然打捨て置くべきで無いと決心した。就ては第一に本書の発行者発行所及び印刷所を取調べたが神奈川県警察本部の神田署への回答を初め、その他の報告で見ると……全く跡方も無い署名であって（云々）」。三月二十日という早い段階で、つまりマスコミがようやく動き始めた時点で、無視どころか断然と警察と接触していたことを明かす。しかしその三日後の二十三日に出た「明星」第十一号では照魔鏡について一切触れていない。法廷で梅溪側の弁護士が「本年三月二十三日の発行の自分の雑誌で、三月十日に出た『文壇照魔鏡』に対して当然弁解すべきではないか」と突いたところである。明らかに痛いところを突かれていた。

この三月刊の「明星」は通巻第十一号で、本来は「二月号」として出されるはずのものだった。しかし二月には出ず、つまり二月号は休刊となった（後述の関西文壇での葛藤があった）。だが奇妙なことに三月二十三日刊のこの号の表紙は「二月二十三日」発行であり裏表紙にある奥付も「二月二十三日」である。ただし、巻末の社告には「本号の表紙は発行の日付を誤って『二月二十三日』と印刷してしまい、たいていは訂正致したが、中には訂正洩れもあると思うので一言申しそえておく。（三月二十三日鉄幹）」とある。ほとんど目に入らない雑誌の最末尾、とくに最後のカッコ内の日付は極小さな活字でふつう見過ごしてしまうだろう。こういう場合、少なくともまず「本号は発行の日付を三月二十三日とすべきところ…」と書き始めるべきなのである。奇妙なことに第一ページの扉面では「三月十五日発行」となっている（照魔鏡出現の数日後で何らかの余波からの乱れか）。

ともかく常識的に「二月号」と受け取られる号なのだ。だが実際は照魔鏡刊行から十日は経った三月二十三日に出た「三月号」なのである。梅溪の弁護士はその点をしっかり踏まえて、この号で弁明したらよかったではないかと言っている。弁明といっても「反論に値せず、無視する」の一言でよかったのだ。が、寛はすでに警察に駆け込んでいたので、それはできなかったのだ。

わたしは表紙・奥付の「二月二十三日発行」には意図的なものを感じる。もし「三月二十三日刊」（当時は二十三日発行が定着）で出したなら、なぜ反駁《はんばく》・弁明しないかという論を公然と誘発する恐れがある——ということだ。実際、寛自身が五月刊第十二号の弁明では「余に自ら弁明せよとの声が各處から起きてゐる」と書いている。たとえば今この事件を調べようとした人がいるとして、この「二月号」を見たとき当然、事件前の刊行物と思うだろう。それこそ狙いなのだ。わたし自身が照魔鏡に関心をもって調べる前はそう思っていた、件の本の出現前だから当然と。表紙の作り変えはやや手がかかるにしろ、編集上の対応は可能なのだ。だから姑息な意図を感じざるを得ないところ（後世への情報操作といえる）。梅溪の弁護士が突いた所である。それでもそのときは、ここに書いてますと——。小っちゃな記載でも確かにあるにはある。いかにも寛である。

照魔鏡の刊行日については別の証言がある。妻の滝野がこういっている。「私の記憶によれば、この三月より早く書店に出た」（夫の正富汪洋《まさとみおうよう》著『晶子の恋と歌』一一八頁）。「三月より早く」といってても二月とは考えられないので、三月に入って「表紙・奥付」の十日（または十二日）よりは早く、ということだろうか。わたしは滝野の証言は信用できると思っている。実名で天下にさらされた身には、強烈に不快な印象で記憶に残らざるをえなかっただろう。この本は寛が五月の「弁明」で書くように、「余の友人及び各新聞雑誌社に配布せられ、且つ書肆《しょし》に於て発売せられた」。これは事実に違いない。店頭に並ぶ前に文壇関係者とマスコミ各社に送り届けられたことを示す（奥付の発行日の「十日」を墨書きで「二」を挿入し「十二日」としたのも店頭に置く時間に猶予をもたせる為もあったのか）。寛宅にも来ていただろう、あるいは知人がいち早く届けたかもしれない。

本章冒頭で引用したように水野葉舟はその瞬間を、「私は偶然にこの本が出た日か次の日かに、先生を訪ねようと思つて……先生の家にゆく途で、九段下の本屋で立ち止ると、白い紙表紙に大きな活字に、前にあげた表題の本が並んでゐるのを見た。……急いで坂を上つて先生の家に行くと、先生の前にはその時分『明星』の特別の協力者であるやうに思はれてゐた内海月杖氏が対座して惨として居られた」と書いていた。寛のところには店頭より早い段階で届いていたように読める。それが滝野の言葉になったとも推察される。わたしは少なくとも十日より何日か前には届いていたと考えている。直接に滝野宛てだった可能性さえある。

その日付は「明星」史の上ではかなり重要な意味を持っている。実名まで挙げられた滝野は、寛と別れる、つまり晶子に夫を譲る決心ができた。俗な表現で言えば、「愛想がつきて」である。三月十三日付けと推定される堺の晶子から滝野宛ての歓喜号泣の手紙が封書とともに残る（逸見久美編『鉄幹晶子書簡集成第1巻』六七頁）。明らかに滝野からの手紙（これ自体は不詳）への返信である。

〔封筒表〕東京市麹町区上六番町四十五　与謝野さまミうち　たきの様
〔同裏〕堺市甲斐町　鳳あき　十三日夕

うれしく候　ミ情うれしく候　君すゐし給へ　みたりこゝちの有に候　やさしの姉君は、そはすゐし給ふべく、か丶るかなしきことになりてきこえかはしまゐらすちきりとはおもはず候に人並ならぬつたなき手もつ子それひたすらはづかしとおもひながら　いつかはのとかにかきかはしまゐらすことゆるし給ふ世あるべくたのミ候ひし　おもひ候ひし　おのれか奇矯を売らむとてのうた　その為に師なる君にまであらぬまかつミかけまゐらせしこの子　にく丶こらし給ハぬがくるしく候　この後はたゞたゞひろきこゝろをのミたのミまゐらすべく候　ゆるさせ給ふべくや　つミの子この子かなしく候　御なつかしく候　やさしのミ文涙せきあへず候ひしけふまことそゞろがきゆるし給へ　何も何もゆるし給へ　御返しまで参候

この夕　晶子　姉君のミ前に

大意こうだろう。「お情け嬉しく存じます。ご推察くださいませ、（先生を譲っていただいて）心が乱れます。やさしいお姉さま、ご推察くださいませ、こんな哀しいことになってお手紙交換させて頂くご縁になろうとは思いもしませんでしたのに、人並み以下の拙い字しか書けません（確かに晶子の直筆は読みにくい）この小娘がとても恥ずかしいと思いながら、いつかは気持ちよく手紙の交換をさせていただけますことをお許しいただけますよう、お願いし、心より望んでおります。奇抜さを売りものにするような歌で、先生にまであらぬ災難をおかけしてしまいましたこの小娘を、憎んで懲らしめようともなさらない（やさしい）お気持ちが（却って）苦しいのでございます。これから

はただただ（お姉さまの）寛大なお気持ちを頼りにしてまいります。お許しいただけますでしょうか、罪ある私自身が悲しいのでございます。（お姉さま）なつかしく存じます。やさしいお手紙に涙が止まりません。今日、気もそぞろな文章でお許しくださいませ。何もかもお許しくださいませ。ご返信させていただきました。　この夕　　晶子　　お姉さまの御前に」。

堺の晶子が照魔境を入手できる段階ではないので、滝野便がことに触れていたのだろう。「師なる君にまであらぬまかつミ（禍罪）かけまゐらせ」がそのことを示している。三月十三日に堺から投函したとすると、数日前には滝野の便を落手していたことになる。ということは滝野は十日の少し前には出していたわけだ。ということは少なくもその数日前には照魔鏡を読んでいた——前述の寛宅には早い段階で届いていたという検証をした所以である。

滝野の「夫譲ります」便で晶子のエンジン始動、カウント・ダウン態勢に入る。実際、滝野は四月始めに生後七カ月の赤子を抱いて徳山に帰る。しかし、寛からは後を追うような「恋しく候」レターが続き、五月にまた東京に戻る。女心は揺れ動いていたのだろう。

寛は四月末（照魔鏡裁判敗訴のころ）、二人が住んだ麴町六番町の家から渋谷・道玄坂脇に転居（現在、東京新詩社跡の碑が建つところ）したので、再上京の滝野は初めてこの家に入る。彼女が同月末か六月始めに改めてこの家を出た後（四章で述べる登美子の未着の手紙問題が生じる）、堺を出奔した晶子が入れ替わる形で入った。この間、寛から晶子に「待てしばし」電報が何度も出され、晶子は秒読みやり直しを強いられた。

他方、誰に気づかれることもなく山川登美子の「地獄におつる」思いの早い晩年が始まっていた。『文壇照魔鏡』がなければ滝野が夫を譲ることはなかった。譲らなければ晶子が寛のもとに走ることはなかった。そうなら『みだれ髪』が書かれることもなかったことになる。登美子の早い後半生も心静かなものになっただろう。照魔鏡は「明星」の歴史を現在見るような形に決めた——三人の女性を巻き込み、その運命を変えながら。その転換点をシンボライズするのが「うれしく候　ミ情うれしく候」の晶子「三月十三日便」なのである。

敗訴後の五月二十五日刊の「明星」に出した寛の「魔書『文壇照魔鏡』に就て」の結びは、「幸福にも『証拠不充分』の理由の下に梅溪氏らは無罪となつた」と以下のように書く。「……高須氏は前にも述べた如く、本書の出た当時、第一に余を訪問して中村春雨君と共に魔書発行者を懲戒せよと勧められ、余の性行に就ても潔白を保証する余が知己の一人と自任せられた程の人ではないか。……余は高須氏の言動を以て、最早文士の言動とも親友の言動とも思われなかつた。（……そこで司法処分を仰いだが無罪となつたことで……）新声社の諸氏は之を以て再び余を攻撃するの材料とし、本月十五日の『新声』誌上に曲筆舞文（田口レポートのこと）の手段を尽して、さらに魔書の記事を真実なりと断定し、正面より余を文壇の醜類だと宣告して居る。余は最早如此き新声社の態度に就て文筆の上に是非を下すの要を見ない」。

指摘したように寛は相手にせずといいながら告訴したように、矛盾しているのだが、鉄幹信奉の新詩社員らには納得がいったのかもしれない。しかし田口レポートを前提に読むとき、やはり寛の迫力の欠如は否めない。一手の遅れがあるのだ。田口にすればこの裁判の時点では、判決がどうなるかは他人事では無かった。もし鉄幹の告訴が認められて梅溪の毀誹罪（名誉棄損）が成立すれば、当然、同罪の根源をなす照魔鏡の原著者を摘発する流れが生じる。必死の思いが自ずとレポートに迫力を生んでいた。

メディア的には寛の負けは明らかだが、寛自身がこの体験から学ぶところがあったのは三年後の秋の「君死にたまふこと勿れ」論争のときだ。乱臣・賊子と非難した大町桂月をその自宅に仲間と押し掛け、問い詰め桂月のギブアップ宣言を引き出すその一問一答レポートを、翌月の「明星」（明治三十八年二月号）に載せて局面を転換させた（拙稿「明星ロマン主義に見る国民国家意識」＝巻末文献）。

梅溪側の沼田弁護人の言に「政治上の方面も、また実業界の方面でも、乱脈極まる有様である、只、文学界のみは比較的純潔を保つて居る、其少数なる団体の中から、不義背徳言ふ可からざる鉄幹の如き者が出たとすれば、彼らは団体の神聖を保つ為に、鼓を打て責むるのが寧ろ当然の義務」とある。弁護の立場だから当然とはいえ、これは照魔鏡の「序」と「第一　宣言」と響きあっている。つまり「宣言」中に「公盗問題に対する攻撃の声……政界の清掃、社会の革新については兎に角、急先鋒が出陣して来たので……余輩は未だ世人の手を下さぬ方面……即ち腐敗したる文壇の刷新である」と。建前とはいえ寛にない社会情勢論である。

公盗問題とは前年秋以来、世論を揺るがせてきた剛腕政治家・星亨《ほしとおる》（一八五〇―一九〇一）の東京市会議員汚職事件を指す。明治三十三年（一九〇〇）十月、第四次伊藤博文内閣の発足直後、東京市への水道器財納入に絡み逓信大臣・星亨の配下の議員十数人が賄賂を受けた事件が明らかになり、島田三郎主導の毎日新聞は星を「公盗の巨魁」と決めつけ激しく追及した。他紙も続く。星は十二月に辞任し、警察・司法当局は星への追及を打ち切った。いわば曖昧決着であり星は逓相を辞したものの政友会院内総務、東京市会議長を務め、政治力は失われていなかった。この剛腕ぶりが悲運を招く。

鉄幹の「魔」に星の「巨魁」が重ねられている。毎日が三月二十一日紙面ですぐ応じた理由でもあろう。「十分の一」論が毎日の権威で浸透していく。星批判自体は三十四年（一九〇一）になると報道側の息切れ感もあり弱まったが、その分、くすぶる世の不満が「魔」に格好の代理標的を見いだしたともいえるだろう。六月、照魔鏡事件ピークのなか、星刺殺事件がおこる。教育者であった伊庭想太郎の凶行への背を押したのは、照魔鏡の焰にあぶられて改めて浮上した巨魁の姿であったかも知れない。メディアの時代であった。

5　足尾鉱毒問題と照魔鏡

世相はもう一つ、古河市兵衛《ふるかわいちべえ》が明治十年（一八七七）以来経営していた足尾銅山の鉱毒問題が大きく浮上していたときであった。在京メディアで中心になったのがやはり毎日新聞である。前年の三十三年（一九〇〇）二月十三日、やむにやまれず渡良瀬《わたらせ》河畔の村々から非暴力・非武装で大挙請願に繰り出した被害民に、憲兵・警察が利根川北岸の川俣村《かわまた》で死者一名を出す大弾大圧を加えたのが川俣事件だ。直後に現地を訪ねた三十一歳、木下尚江記者のルポが同十七日付け「佐野だより」で始まった。翌十八日「鉱毒事件（一）」、十九日「鉱毒飛沫」、二十日「鉱毒事件（二）」、二十一日「同（三）」、二十二日「雪中の日光より」と連載。

とくに「鉱毒飛沫」は警官の行動を被害者側からの直後の取材記だけにリアルだ。引き続き彼は古河側や政府行政が行ったとする「鉱毒防御工事」等の対応の杜撰さをデータでクールに検証した報告「足尾鉱毒問題」を二月二十六日から三月十七日まで計十七回連載した。こちらを修正加筆した『足尾鉱毒問題』を六月に自社から刊行し、彼の代表作の一つとなる。序文は社長の島田三郎が書いた。

残念なのはなぜか先立つ現地ルポが収録されてないことだ。本人か島田の判断だったのか。取締りサイド、つまり権力側からの広報的報道が多くなっていくなかで貴重なジャーナリズム報道であったのだが…。刊行本ではデータ中心の客観的報告となり、やや冷ややかな読後感が残る。指摘自体は百年余を経た東電福島第一原発の問題にそのまま通じているのに気づかされる。

請願は帝国憲法第三十条に明記された臣民の権利であり、栃木選出の衆議院議員・田中正造《たなかしょうぞう》（一八四一―一九一三）が常時強く説いたところだったが、川俣での逮捕・投獄者は六十八名にのぼり、予審を経て内五十一名が兇徒聚集《きょうとしゅうしゅう》罪・治安警察《ちあんけいさつ》法違反などで前橋地方裁判所の公判に付され、十二月に二十九名の有罪判決。彼らは農業が立ち行かないなか以後実質三年間にわたり法廷闘争の重圧にも苦しむことになった。

川俣事件の発生時に東京朝日もかなり詳しく伝えていた。翌十四日付け第一面で「鉱毒一揆」の見出しでこう書く。「鉱毒被害民が例の蓆旗《むしろばた》的運動は開始されたり。十三日午前一時、早川田なる鉱毒事務所即ち雲竜寺《うんりゅうじ》に於て警鐘を乱打するや予て期したる被害民は蓑笠《みのかさ》に身を固め三々五々同寺に指して来たり、午前三時頃には総勢五百余名……境内各所の篝火《かがりび》は天を焦し付近各町村にては盛んに警鐘を打鳴して……群馬県今《こん》館林署長は巡査五十名計りを率ゐ、栃木県より出張の山内足《あし》利《かが》警察署長に応援を求め相共に雲竜寺に至れり（……本堂で数十名が会議中のところに警官が解散させようと入ってきたところ、誰かが洋灯《ランプ》を消して真っ暗となったなかで火鉢を投げた）……堂の内外鼎沸《かなえわく》の如く、群馬県警部某は抜剣して制止せんとしたも被害民意とせず急潮の押寄する勢ひを以て警官を門外に押出し……（十三日午前六時雲竜寺発）」。

雲竜寺は渡瀬村（現・館林市）にある曹洞宗の寺で明治二十九年（一八九六）の大洪水を契機に鉱毒請願事務所が置かれた。若い住職の黒崎禅翁《くろさきぜんおう》が快く応じたもので地元での運動の拠点となった。川俣事件後、彼も裁判の被告の身となる。東京朝日は翌十五日も第一面で二本の続報を載せる。まず「鉱毒被害民大挙」の見出しで――。

「前報後、被害民の数は二千余名に達し（利根川を渡るため）小舟二艘《そう》を車に積み之を先鋒として……警部十数名に巡査二百余名を付し必ず川俣に於て喰止めんと……小川の石橋を挟みて暫くは対峙し居たるが被害民口々に路《みち》を開けと呼はり彼の荷車に積みたる小舟を先頭に……泥戦《どろいくさ》を開きしが此度は警官より被害民の中心に突貫し来たり。一人を捕ふる毎に大勢蟻集《ぎしゅう》して之を乱打せり。被害民等空拳にて之に敵する能はず右往左往に敗北せしに、警官は飽まで追撃し来り後より突倒して頭を蹴るもあり撲るもあり、甚しきは洋剣《サーベル》にて叩き伏せ一人の被害民を六七人にて手取り足取り身動きも出来ぬ程に縛り上げたるまゝ泥田の中へ顔面を撞込み半死半生に至らしめて得々たるもあり……被害民は全く解散され遂に上京の目的を達する能はざるに至れり（十三日夕館林発）」。農耕馬に乗り先頭に立つ安蘇《あそ》郡界《さかい》村（現・栃木県佐野市）の野口春蔵の姿が書かれている。

この記事の次に「鉱毒一揆公報」の見出しを立てこう続く。「（参加者に）運動禁止を命令すること三回。然るに彼等は……押し通らんとするに依り警察官も之に応じ……彼らの今回の挙動は殆ど暴民一揆に類し今後尚不穏の事ある見込警戒中（十三日午後五時館林発）」。公報と見出しにうたうように権力側からの広報記事である。「一揆」に着目したい。もともと心を一つにする、つまり連帯の意味で前代より農民自身が使った言葉だが、ここでは取締り側からする暴動の意になっている。毎日新聞の記事にこの語はない。朝日の記者は多分現場を見て書いているのだろう、確かに迫力はある。だがハプニングとしての事件報道である。なぜ彼らがそれをなすのかという毎日新聞が行った背景の検証がない。

読売は二月二十六日、「鉱毒被害民、巡査に撲《なぐ》り殺さる」の見出しでこう報じた。「栃木県安蘇郡植野村字船津村、落合巳之作の弟政四郎（二十歳）は……川俣迄来りしに巡査の無法なる抑留に遭い且《か》つ逃げ遅れしかば、警官に激しく頭部を打撲せられ遂に其が為《ため》去る十五日死去したるが、駐在所の巡査は家族を恐喝して若《も》し事を表立るに於ては却《かえっ》て其の為にならざるべしとて、今日迄隠匿し居りたる事発覚し、被害民一同の憤激一方ならずと。若《も》し果して事実とすれば誠に容易ならざる出来事……」（傍線引用者）。管見の限り政四郎の死を報じたのは読売のこの記事だけである。むろん事実であるが、「…為にならざるべし」という権力的ドスは当時にあって相当の効き目があったに違いなく、地元でも表立って語られることはなかったようだ。裁判でも毎日を含め政四郎の件は一切触れられていない。

年末十二月に前橋地裁で二十九名の有罪判決が出ると検事・被告双方が直ちに控訴し、翌年（一九〇二）九月に東京控訴院（現・高裁）で二審が開廷した。このとき毎日は、「被害民公判　明日の東京控訴院」の見出しのもと「……そもそも本件の真相を明らかにせんと欲せば所謂《いわゆる》鉱毒問題の由来を尋ね、遂に政府の責任まで到着せざるべからず、去れば是れ単純なる法律問題に非ずして社会問題政治問題たり……（鳩山和夫、花井卓蔵氏ら）五十余名の弁護士は自費を擲《なげう》って東京前橋間を往来すること十余回……」と。この報道姿勢は自ずと朝日などとは異なる紙面となった。

同控訴院では翌三十五年（一九〇二）三月に三名だけの有罪判決が出て双方また大審院（最高裁）に上告した。五月、同院が控訴院判決を破棄し宮城控訴院に差し戻し、結局十二月に控訴棄却・控訴不受理となった。分かりにくいが、「事件消滅」ということのようだ。事件発生から実質三年、朝日に結末のこの報道がないようにメディアの関心は明らかに薄れていた。ただ毎日はさすがに「黒崎禅翁等十一名に対する検事控訴は棄却」「野口春蔵等二十五名に対する公訴は受理せず……」と報じた。被害で生業が困難になったなか、時間と経費、とりわけ精神的重圧下に翻弄される日々――彼らにとって三年は何だったのか。無責任きわまる「事件消滅」である。田中正造は「行政、司法、立法の内部の精神死」と指摘した。

田中正造は川俣事件から四日後の二月十七日、つまり木下尚江が「佐野だより」で連載を開始した日、いまでは議員時代でももっとも高く評価される議会演説（いわゆる亡国演説）をした。「亡国に至るを知らざればこれ即ち亡国の儀」と題した政府の責任追及だ。帝国憲法に保障された国民の生命と生活の権利を、一私企業・政府・官僚らが自ら蹂躙《じゅうりん》していることを、明確な論理と事実提示で論難した（書面でも提出）。同調する議員と二人の演説はかなり長時間に及んだようだ。

朝日は翌十八日に「鉱毒の大親分且つ元祖たる田中正造氏は例の如く山林払い下げ及び亡国……の儀に関し」と揶揄《やゆ》調に三行ほど。毎日も同日付けで「……政府当局者が一個の豪商古河市兵衛の前に叩頭《こうとう》して不正の払下げを成したる事実を列挙し更に進んで鉱毒演説を繰り返したり」と八行ほどで済ませている。長大な演説は手に余ったところがあったのか。テレビもラジオもない時代、この時点での影響力は木下レポートの方があったかもしれない。

数日後、長州閥の首相・山県有朋《やまがたありとも》から「質問の趣旨その要領を得ず、依って答弁せず」という、三下り半にもならぬ答弁書が出た。薩長政権の本質を簡潔に宣言したという点では貴重である。

毎日はその秋の十一月二十二日から三十四歳の女性記者・松本英子《まつもとえいこ》が「みどり子」の筆名で「鉱毒地の惨状」を書き始め、翌年三月二十三日まで計五十九回にわたり連載した。第三面（社会面）のトップに挿絵も交えた大きな扱い。連動するように鉱毒地救済婦人会が潮田千勢子を会長に十一月に発足し、講演会や義捐活動を展開する。田中正造・島田三郎・木下尚江・巌本善治《いわもとよしはる》・安部磯雄《あべいそお》・内村鑑三《うちむらかんぞう》らがひんぱんに講師として演壇に立った。同月二十二日には万朝報社長の黒岩周六《くろいわしゅうろく》と記者幸徳秋水《こうとくしゅうすい》が現地訪問するなど他紙も追随するようになる。

明治女学校校長の巌本善治は早くからこの社会問題と取り組んでいた。巌本が発行する「女学雑誌」は二月二十五日号で「社説　鉱毒問題」を掲載。翌三月二十五日号に「鉱毒文学　田中正造（寄）」のタイトルで掲載された正造の文中の表現「（川俣事件の）入獄者は……忠臣義士なり、神なり……第二第三之請願を用意する者は、神の心なり……」が新聞紙条例違反となり、起訴された（七月に無罪）。赤上剛（巻末文献）によると「鉱毒文学」という表現は正造の寄稿文に巌本が編集者として付した見出しで、その後一つのジャンル名にもなる。それは近現代文学の主流には成り得なかったにしても、現在に至る確かな伏流水として存在する。上述の講演会の主な会場となったのが神田美土代町の神田青年会館であり、神田錦町の新声社はその近くにあった。

正造は翌三十四年（一九〇一）三月二十二日、議員辞職を期したうえで「農商務省と古河の関係を皮肉に攻撃」するなど前年と同趣旨の亡国演説を二時間にわたり行い、その翌々日も「大怒鳴りに怒鳴り、髪を逆立て声を励まして頻りに泥棒呼ばりを成せし……」（毎日、二十五日付け）。この演説を最後に十月、議員を辞職した。六十歳。

十二月十日昼前、今の日比谷公園角の交差点で天皇への直訴を決行。訴状をもって馬車に向けて駆けたが、すぐころんで警護官に取り押さえられた。麹町署で簡単な調べを受けた後、夕方釈放。翌日から各紙が大きく報道、メディア的には天皇直訴が正造生涯のもっとも有名な事件となる。

その十日ほど前にもショッキングな事件が起きていた。十二月一日付け各紙紙面は「古河市兵衛の妻入水」を報じた。朝日は「昨日午前九時ころ神田橋下に年齢六十前後の老婦人の死体漂着……取調べし所この老女こそ有名なる鉱山大尽……古河市兵衛の妻にておため（六十）と云うもの」と。心を病んでいたという記述をしている。毎日は「ため子」の表記で同趣旨の記事。大鹿卓《おおしかたく》（一八九八―一九五九）の『渡良瀬川』（一九四一年）はこう書く。「ことが新聞に報道されると、市井にはさまざまな取沙汰が行われた。……為子《ためこ》が、鉱毒事件の推移を非常に気に病み、打撃をうけて、怨嗟の声を一身に浴びる思いで鬱々としていたことも事実であった」（新泉社版、一九七二年、三一〇頁）。大鹿は詩人・金子光晴の実弟、足尾鉱毒事件と取り組んだ作家だ。

明治三十三年（一九〇〇）から翌年を経て三十五年（一九〇二）初頭がメディア的には足尾問題がもっとも盛り上がった時期といえる。いわばそのピークの時点である三十四年春に照魔鏡は刊行された。後述するがちょうど一年後の三十五年三月、梅溪・掬汀共著の現地ルポ『亡国の縮図』（新声社）が出ることになる。

先述のように川俣事件公判は、三十五年末に事件消滅という形で終わった。だが、メディアの関心が薄れていたにしても、権力側もそうだったなどということではまったくない。むしろたとえ請願が国民の権利であるにしろ、政府にもの申す行動は許さぬという権力意志を、生殺しのように知らしめた計算ずくの長期裁判だったことがわかる。

その秋も大洪水だった。政府は渡良瀬川下流の遊水池化をもくろみ、押し進める。同川は大河・利根川から見れば支流であり、その合流点近く、つまり渡良瀬川下流域を水だめ場にし（増水を利根川には捌《は》けさせないということ）、渡良瀬中流・上流の溢水を減らす。同時に利根川本流の負担を減らし、合流点近くから東京に向け流れ出す支流の江戸川の被害も防ぐ。そのため合流地点の利根川右岸沿いに中の島状の堰の増築までした。渡良瀬の流入を阻害する装置で、「棒出し」といわれた。

真の意図は明瞭だ。首都防災が最優先、端的に言って、帝都には鉱毒入り洪水お断り――そこから逆算した政策なのだ。中央の矛盾の地方への転嫁である。防水対策を前面に、地元の振興ということで喧伝された。わたしは「地方の時代」――地方創成など多少表現が変わることがあるにしろ――などと称される社会現象が明治以降、ある周期性をもって生ずることを分析したことがある

（拙稿「戦前における思潮としての『地方の時代』」＝巻末文献）。昭和五十年代初め、その言葉がブームであったとき、直接には大正末期の酷似した世相を論じたものだが、国際環境が重圧として観念され、国家意識が熾烈になるなか、メディアが介在して鼓吹する、矛盾転嫁の官制イデオロギーであることを指摘。中央集権体制下における共同体の破壊（生命・生活・人権の蹂躙）にも至り、人々はいつでもその対象となり得るのだが、「公」（お上《かみ》だが）の名でことは強行される。渡良瀬川は露骨で残酷な先例となった。

もともと渡良瀬流域の大洪水は利根川からの逆流で生じてはいた。洪水自体が悪いわけではない。ナイル河の原理で、幕政時代以来それが逆に豊かな実りをもたらした。施肥も不要で坪当たりの収穫は群を抜いていた。商業価値の高い芦や萱《かや》、竹も育ち、アユなど魚も豊富で漁業も成立していた。だが大雨は以前には考えられない速さの増水で襲ってきた。

水源域の足尾の山々が伐採と煙害で丸坊主になり一気に流れ下ってきたのだ。それには製錬所排出の鉱毒が濃厚に含まれていた。大水にかこつけて処分場に積まれた汚染土石類が会社により川に投棄されたことを、島田や木下は指摘していた。以前は滞留・逆流し、川幅を広げることで恵みをもたらした増水は、いまや大地に鉱毒を浸潤させる元凶となった。まずアユが浮き、萱・葦が枯れ、太い竹が造作もなく根ごと引き抜けた。田圃はこんもり毒塚（掻き上げた汚染土の堆積）風景となった。

遊水池化という言葉で、ことは治水事業となった。明らかに運動分断の狙いもある。当初、政府の意を受けた埼玉県が渡良瀬右岸域に計画していることが明らかになると、正造の指導のもと反対運動が起き、撤回される。彼は「問題は足尾銅山から排出される鉱毒であり、それを止めること、つまり操業停止が本質的なこと」、そして逆流増大の元となる「棒出しの撤去」を主張した。だが右岸の代わりに対象とされたのが、左岸、栃木県の谷中村（現・藤岡町）であった。そこは盆地状の広大な地形で周囲を幕政期以来の丹精をこめた堤防で囲われた輪中の村、巨大な水がめになる構造ではあった。行政による執拗な住民移住工作が進められ、確かに応じた村民が多く、村内が割れ、溝が生じた（やがて移住した人たちも説明と違う県内や北海道の不毛の地で新たな苦難を背負うことになる）。

行政に悪徳業者――排水機を設置するといって村民に資金を出させ使い物にならぬ旧式ポンプで金儲けし役所は責任を曖昧にする――地元の有力者もつるんでいた。意図的に堤が破られ、増水被害が増していく。残った農民はそのつど自前の修復作業をしたが、五年後の四十年（一九〇七）ついに強制執行で住居も破壊され、村は水底の運命となる。議員を辞職していた正造は身一つで最後まで残った十数軒の家族と生活を共にしていた。湧くように抗議に繰り出した人々の姿もすでになかった。

鉱毒問題について毎日新聞は一貫して筋を通す報道をした。同紙は明治三年（一八七〇）に日本初の日刊紙である「横浜毎日新聞」として創刊された。同十二年、これを自由民権運動におけるひとつの有力な思想を展開した嚶鳴社《おうめいしゃ》の領袖・沼間守一《ぬまもりかず》が買い取り、本拠を東京に移し「東京横浜毎日新聞」とした。同年末から社員の肥塚龍《こえづかりょう》（後に東京府知事）が先進的な国会論を長期連載。大《おお》隈重信《くましげのぶ》が党首となる立憲改進党系の代表的な大新聞《おお》となる（正造も入党）。十四年、開拓使官有物払《かいたくしかんゆうぶつはらい》下《さ》げ事件をスクープし（明治十四年の政変となる）、政府は十年後の国会開設を公約。国会開設要求にエネルギーを注いできた民権運動は肩透かしを食った形となり、分裂・低迷する。そんななか同紙は十九年、簡明に「毎日新聞」と改名。二十七年に衆議院議員の島田三郎（旧幕臣の出）が社長となり、廃娼運動に力を入れ、星亭疑獄事件や足尾銅山鉱毒事件を追及し、日露戦争非戦論も展開する。

足尾鉱毒問題については木下ルポから語られることが多いが、信州で記者をしていた彼の毎日入社（三十二年二月）の前から同紙は活発な報道を行っていた。とくに大洪水が度重なった二十九年の翌春、三十年四、五月には「鉱毒地巡見記」「鉱毒事件の真相」などの長期連載をし、四月二十日には島田自身の「鉱毒事件を概論し併せて関係者の躁妄を戒めむ」を一面トップで掲載した。被災民の租税減免と破壊堤防の修復について即実行を求める一方、経営側が鉱毒排除の装置と説明した鉱紛採収器については政府の責任で研究を深め、その間の採鉱は一時停止するという主張で、田中正造らの即廃鉱論とは違う立場を明らかにした。だが川俣事件が起こり、木下の採用とともに彼も田中の論に同調していく。

しかし、戯作調と社会面ネタを専らにした小《こ》新聞系が台頭するなかで硬派の大《おお》新聞は退潮を余儀なくされ、毎日では四十一年（一九〇八）島田が社を去り、実質同紙の終焉となる。明治三十年代前半は朝日など小新聞出自の現在の大手新聞社につながる社が、自らの小新聞の体質に政論を軸とした大新聞の特徴を取り込んで、その中間路線で商業的に成功していった時期であった。それは官との連携（取り込まれ）を前提とした取材・紙面作り体制であり、必然的に官の広報的役割を担うことになった。

紙面製作上は確かに効率的であり、それを可能にしたのがいわゆる記者クラブ制度である（これが確立する時期は大正期とする説もあるが、私見では日露戦争下の海軍においてである。この戦時下、後に東郷《とうごう》神話を流布させた軍令部参謀・小笠原長生《おがさわらながなり》が海軍省記者室で記者教育を行っている＝拙著『「坂の上の雲」の幻影』一二六頁、論創社）。端的に、記者が権力の後から肩越しに事態をのぞき見する態勢である。ことの総括は、事後に権力がこちらに向き直ってする訓令頼みとなる。時代が下がって大本営発表と称されることになる。――肩越しのぞき見は第二次大戦後も変わらない。今度は反体制的権力に対してもことが及び、メディア社会なるものの浸透とともに自らが生み出した虚の〝権威〟のそれ越しという、語るに落ちる事態まで生ずる。明治の創成期新聞には確かにあったジュルナル（記録・検証）性の喪失において骨格形成した体質は、自覚的であっていい。

照魔鏡「第一　宣言」にあった「いかなる濁流も久しく停まるときは、汚穢の分子が沈殿して……」には渡良瀬川の反照があり、「……いかに下劣な欲望の一方にのみ走る社会も、国民全体が挙げて良心を麻痺せられぬ限りは、早晩反省の態度を執つて来るのは当然の事で、近来新聞や雑誌や公会や団体や、時局の非を慨するもの、口より、除々《ママ》革新の声昂《おこ》ッて来たのは、頗る人意を強ふする次第……」は、田中正造らの活動および毎日の報道などを受けている。「魔」には古河市兵衛が重ねられている。一年後、梅溪と掬汀は現地ルポの共著『亡国の縮図』を新声社から出すことになる（後述）。正造から発された「亡国」は文筆を業とするものを確かに捉えていた。『文壇照魔鏡』が掲げる〝正義〟は品格を欠く表現ながら思潮の流れに棹さしていたのだ。

6　マスコミと犯人捜し

鉄幹は照魔鏡から二カ月後の五月二十五日刊「明星」にやっと「弁明」を出したことは書いた。その後のマスコミの動きを見ておこう。弁明が新たな論議を引き起こした面があるからだ。佐佐木《ささき》信綱《のぶつな》が主宰する六月一日刊の短歌雑誌「こころの花」は、「雑俎」欄で「鉄幹対新声社」の小見出しの下、「（鉄幹は）法廷に訴へたりしが公判の末証憑《しょうこ》不十分なりとして無罪を言渡されその訴訟費用は原告即鉄幹の負担となりたりとぞ」と。

同十一日刊の「新声」に梅溪がまた登場し「鉄幹の妄言を戒む」と題し「正義の審判に敗れしことも顧みず…」と弁明をこき下ろした。同誌には中村春雨（大阪時代から梅溪の友人）も「弁明」に自分の私信が断りもなく不正確に引用されたとして梅溪に同調する「開書」を寄せた。「江湖の声」として読者十五人の投書も特集している。司法を優先した鉄幹対応への批判が多く、田口レポートへの共感が読みとれる。お手盛り編集とはいえ勝ち鬨号といえるだろう。

七月十日刊の「帝国文学」は「鉄幹が弁解の妄《もう》」と題し、「其の言ひ草の如何にも幼稚にして、少しも尤らしき所なく、理義貫通せず、曖昧模糊の裡《うち》に…」で始まる手厳しい六枚余。「日清事件」中の罪として、「鉄幹が強盗・放火・強姦・詐欺・殺人・等、刑法上の犯罪は、多く朝鮮の地、殊に日清事件のごたごた最中に行ひし者たるに於てをや。余は鉄幹の言を以て、弁解として見るべき価値なき者と断定するに憚《はばか》らざるなり」と書いた。これは照魔鏡があげる「罪状の五」、「（強盗の列に加わり）韓国政府の財産を劫略《ごうりやく》した悪人である」を踏まえている。鉄幹のロマン主義には侵略性の濃い影があり、『文壇照魔鏡』は乱暴な仕方ながら、明星ロマン主義に伏在する問題性を切断面で見せつけたといえる。

「新声」はなお七月号、八月号と執拗に嚙み付く。八月号の巻頭論文「嘲罵に対する見解」（七枚）は論旨が抽象化して拡散する傾向が見え、「新声」における論文としての稿はこれで終わる。十一月四日刊、「こころの花」の「歌壇警語録」は「鉄幹は確かに詩壇に向つて滋強丸的興奮剤を与へたのに相違ない」云々。管見の限りこれがマスコミでの一連の照魔鏡報道の最後である（見落としはあると思うが）。発生から八カ月である。当時のメディア状況からいえば十分の集中豪雨報道であった。一犬吼えて万犬が同調する新たな世相の体質がはっきり出ていた。

ところで鉄幹はどの程度本気で提訴したのだろうか。明らかに狙いは「賠償金五百五拾八圓四十餞」にあった。しかし敗訴で「訴訟費用は原告負担」となった。ずしりとこたえたことだろう。彼には自分は司法・公権力から守られているという思いがあったのかも知れない。商用にしろ朝鮮流浪時代、日本人に対する民衆運動のなかで保護を求めて警察に駆け込んだことが、外交史料館所蔵の明治二十九年三月六日付け仁川領事館から外務次官・原敬あて報告書で分かる（拙稿「鉄幹と閔后暗殺事件」）。閔妃事件の広島法廷でも早々に放免となっていた、当人は〝公認〟国士にしてもらえず不本意であったにしろ……。

ともかく経済的にはどん底である。すでに晶子とは約束ができてしまっていた。実家に帰った滝野への未練の手紙は続く。従来、鉄幹の女性関係のだらしなさと説明されることが多いが、そしてそうには違いないのだが、まずは大ピンチ下の経済状態から考えるべきだろう。誰に、何に頼れるのか。身一つで家出してくる晶子は無理だ。銀行頭取の娘・登美子はすでに圏外に去っていた。滝野しかなかったのである。

六月に晶子との生活が始まるが、それ以後も窮状訴えの手紙を滝野に書き、あまっさえそれに白芙蓉の一輪を入れていたことが分かり、晶子の怒りが爆発したこともある。なお八月の手紙、「……当宅の品物は他の高利貸より来る二十六日に公売せられ申すべく候《そうろう》。もはや致方無之《しかたこれなく》候。落合先生へも種々昔から御迷惑相掛け候事故《ことゆえ》今日は、もはや御願ひ出来ず止むをえず覚悟相定め申し候、君もし御都合がつき候はゞ本月の末までに、こゝの家賃丈（基本金として）お送り被下度《くだされたき》やうお願い申上候。今日まで先月の払ひも出来ずこまりをり候。又かの質やの利子も来月の三日までに沢山払はねばならぬ事とおもひ候。何卒右願ひ上げ候へども……」（正富汪洋『明治の青春』）。

このなかで晶子の『みだれ髪』に四百円かかることも言っている。訴状の「賠償金五百五拾八圓四十錢」要求はあるいはこの費用を想定してのことか。おそらくこれより前の滝野あて八月七日付けで、「……高須君の公判又延期になり申候処、新聲社よりその弁護士を仲裁にして和睦を櫻井弁護士まで申来候故、十分にあやまらせて願下《ねがいさげ》する積りに御座候。かの魔書のために又世間の不景気な為に明星の売れ高二千五百部まで減り候ゆゑ（傍線引用者、なお伊藤整はそれまで「五千部も出ていた」と書く＝『日本文壇史6』八五頁）交友館は、毎月百円ほどの損になり候。夫故《それゆえ》小生は、収入もなく又借金は、この後一文もせぬ決心ゆゑ毎月の払にも困りをり候……」（正富著）。

すでに四月二十七日、つまり三カ月以上前に敗訴で結着しているのに「公判又延期」や「新声社からの和睦申し入れ」などと言っている。相手から謝罪の入金があるという示唆であり、借金してもこの担保があるので返せます…なのだろう。気の毒な窮状とはいえ、新たな犯罪性がある。九月に入って、もっと直接に金額を言っている手紙もある。引っ越し（たとえ荷物が少なくても）、新たな生活、そして活路の次の刊行物とに、金は必要だった。滝野側が応じたこともあると推定される。

鳳晶子は六月初め、ついに寛のもとへ出奔する。彼の仕事上のエネルギーは一冊の歌集刊行に向かっていた。八月、その『みだれ髪』が出る。九月に結婚（入籍は翌年一月）。晶子二十二歳、鉄幹二十八歳。すべて『文壇照魔鏡』事件の渦中でのこと――。逆境下の捨て身の攻勢、顰蹙を買うにしろ（前年秋の二女性を伴った京の宿の自誌公表で試行済み）有名性・話題性こそ力であることを、寛は知っていた。したたかな、自覚あるメディア時代の人なのである。

　照魔鏡は専ら犯人探しで語られてきた。そのなかで最も的確な推測をしたのが岡保生《おかやすお》の「『文壇照魔鏡』の著者」である（『明治文学論集2――水脈のうちそと』所収、新典社、一九八九年＝初出は「学苑」No426、一九七五年）。岡は、石丸久が行文修辞や語彙の表記の特徴などから四人執筆（序が梅溪、第一から第三の罪状八までが掬汀、罪状の九から第四までが正岡芸陽《まさおかげいよう》、第五と第六が佐藤橘香）を示唆した（「文学・語学」創刊号、一九五六年九月＝巻末文献）のに対して、「通読した印象では本書は唯一人の執筆にかかる、というのが偽らぬところ」とした。ただし岡も序は「梅溪が妥当かもしれない」とし、「第一」以下の本文（本書）は「全篇田口掬汀ただ一人で執筆したものと思う」と結論付ける。――わたし（木村）の判断も書いておくと、「序」と「第一　照魔鏡の宣言」が梅溪と考えている。ここには政治・社会問題など東京でリアルに感じていた者の情況認識がある。掬汀は秋田から出てきたばかり、東京からの雑誌類は読んでいたにしろ、感覚的にはまだおのぼりさんであった。作家として進む掬汀と評論の梅溪の差も読むことができそうだ。岡の想像は次のように続く。

　……加えて、わたしは『照魔鏡』の執筆当時の新声社の内部事情というものも、あわせて考えられるべきだと言いたい。当時の新声社は、社長の橘香・佐藤儀助は別として、梅溪や奥村梅皐《おくむらばいこう》、西村酔夢《にしむらすいむ》らは、いずれも大阪から上京して入社した人々だが、その経歴からみてかつて鉄幹となんらかの交渉があったかと思われなくもない。とくに梅溪の場合は、はっきりしていて、『照魔鏡』のなかにも、「其三　罪状の十六　鉄幹は友を売る者也」に、青年文士として多少名のある高須梅溪や河井酔茗なども彼（鉄幹）の網にかかった間抜け鳥の一類で、彼れが巧言に誑《たぶら》かされて今尚眼が覚めずにゐるのであると書かれている。これに反し、掬汀は、本書刊行の前年、明治三十三年の十二月に秋田県角館から上京して、新声社に入社したばかりであり、これまで『新声』の投書家で活躍していたとはいえ、新詩社や鉄幹と直接交渉はなかったはずで、むろん鉄幹に面識はなかったと思われる。それゆえにこそ、『照魔鏡』に見られるどぎつい表現、

彼に強姦せられた処女は、内外で両国で無量八拾人だと云ふ事である。（罪状の四）

ああ鉄幹は強盗の列に加はり、韓国政府の財産を劫略した悪人である。（罪状の五）

あるいは巻末の

ああ明治の文学史は汝に因つて穢され、明治の社会史は汝に因つて汚されたのである。（中略）ああ汝の命数は已に尽きて仕舞ッた。社会に棲息する資格を剝奪されて了つた。されば悪魔鉄幹！　速《すみやか》に自殺を遂げて、せめては汝の末路だけでも潔くせよ。（第六）

のように、悪口雑言としか言いようのない言葉を平然と鉄幹にたたきつけることができたのは、掬汀が地方から上京したばかりで、鉄幹その人をまったく知らず、ただ新声社で揃え挙げた資料だけをたよりに、がむしゃらに舞文曲筆《ぶぶんきょくひつ》していったからではないか。わたしはそのように

想像しているのである。

近年、岡の論について「研究史を辿り、表記文体の検討に基づき、田口掬汀と推定し、探索に終止符を打った感がある」と正当に評価したのが谷沢永一だ（『遊星群　時代を語る好書録　明治篇』三三六頁、和泉書院、二〇〇四年）。犯人捜しという点では確かに終止符といっていいのだが、岡の解釈でも依然欠けているのは、尋常でない怨念がにじむ動機である。それは寛とは縁のない掬汀のものであるはずがない。彼はいわば筆記マシーンなのだ（そうする事情があった）。

谷沢は上記引用に続けて一九七七年の小島吉雄の『山房雑記』（桜楓社）を孫引き引用する。「抑々《そもそも》『明星』は第六号から四六判になり、その表紙を一条成美《なるみ》が描いた。それが読者に大いに受けた。宣伝マッチのラベルにまで利用されるほどであった。……ところが、第八号〈明治三十三年十一月〉の発売禁止〈裸体画二面、風俗壊乱〉以来、成美と鉄幹との仲が今までのようにしっくり行かなくなった。……三十四年二月になって、成美は到頭『明星』を飛び出し、『明星』の競争相手であった『新声』に奔った。成美は胸中のうっぷんを晴らすために鉄幹の悪口を新声社の連中に話した。新声社の方では『明星』と鉄幹とに対する妬みと野次馬的心理とで成美の言を採りあげて、針小棒大にあることないことを面白おかしく書きあげたのが『文壇照魔鏡』一篇であった。……要するにこの事件はもと一条成美の私怨より出たこと……」（小島著の一九七頁、谷沢著で三三九頁）と。

じつは一条成美説は事件当初からあった。発禁を契機に明星を追われた形になったので彼は濡れ

図Ｂ　「明星」８号に乗った裸体画

衣を被せられやすい立場にあった。ただし、ペンで描いたその裸体画（図Ｂ＝おそらく西洋の画集からのリライト）にしても、編集・発行の責任は当の鉄幹にあるのであり、何よりそれは鉄幹と上田敏との対談「白馬会画評」のなかで「裸体画は美の神髄である」という寛の発言のすぐ脇にレイアウトされていたのだ。成美の責任を問う筋合いのものではまったくない。

しかも成美はすぐに、明星に比べれば老舗の新声の職場を得ていた（後任は藤島武二で成美のアールヌーボー調を引き継ぐ)。成美は応援団であってもそれ以上の役割ではない。主犯は「文」の人に違いなく、単なる面白おかしくのレベルを超えた怨の人なのである。誰より鉄幹がそのことをわかっていた(ただし役割分担した凄腕の別人の認識はまだなかっただろう)。そして秘密裏に素早く製本し配本できるところは新声社しかない。だから梅溪と発行人名義人の中根駒十郎を告訴したのだ(社長の佐藤儀助との直接対決を避けた節がある)。

成美は明星創刊号の二面下に「新派画家　一条成美君　今回社員として入社せられ編集上に助力せらるる」と紹介されている。期待されていたに違いないが、鉄幹の成美への不満は早くからあったようだ。寛が二女性と会った堺は高師の浜の宴の後、九月十二日刊「明星」第六号の編集後記「一筆啓上」欄にこう書いている。「◎小生こと八月二日の夜行列車にて東京を立ち、大阪、堺、神戸、岡山、京都などの各地へ旅行致し候処《ところ》(何よりの目的地である福山行、滝野の実家の林家への金策訪問は記さず)……諸友の厚情を善い事にして遊びまはり候ため、予定より十日後れて十九日の終列車にて帰京致し候……◎然るに……一条君も随分とナマけられ候ものと見江、「明星」の表紙画すら書けて居らず暑中休暇はクダラなく費すものに成りをり候」と。

そして自分も二十三日から発熱して一週間寝込み、九月一日の発行はならず十二日になったと書く。この六号からそれまでペラの新聞型だった明星を大判の豪華雑誌型に変える時だった。なにかとうまく運ばないイライラが、つい当たりやすい怠け者の成美に向かったのだろう。だが十月の第七号の同欄ではとりなすように「本号の挿絵には一条君苦心の作多く」とある。そして翌月の発禁がついに爆発の引き金になったに違いない。

この経緯は当の照魔鏡第三章の十六、「鉄幹は友を売る者なり」にも書かれていた。「そも『明星』の今日あるを致した原因は、一に全く成美子の絵画を挿入したからで（これを）見たさに購読してゐた者が、『明星』読者の多数を占めてゐたのである。されば鉄幹も早く此点に着眼して、頻りに成美の機嫌を取り、毎月何拾円とかの報酬を贈る事にして、明星以外の雑誌には一切描かぬと契約させたのであるが、例の（寛の）放逸無類の遊蕩からして、金の融通が利かなくなつたので、全然前約に違反して只の一文も渡さぬと云ふ不道徳に、流石《さすが》の美術家も憤激して遂に袂を別つた……然るに鉄幹は其恩義ある友人に侮辱を加へて……」。

この後に「高須梅溪や河井酔茗なども彼の網にかかった間抜け鳥の一類」が続く。筆者（掬汀）及び梅溪と成美の位置関係が自ずと読み取れるところである。「酔茗も」にはひそかなる連帯の呼びかけが込められていたのかも知れない――梅溪からの。小島とそれを引用した谷沢の論は、岡もう一段前のレベルに論議を引き戻したということだ。一条成美は照魔鏡問題でいい面の皮の役どころになった。もし彼が犯人なら己の動機をあげつらうはずがないのである。それとなく冤罪人を使嗾する筆法をとった点でも照魔鏡の罪は深い。成美はこちら側でも、使われていた。

7 なぜ田口掬汀か

田口掬汀は明治八年（一八七五）、秋田県角館《かくのだて》町に生まれた（幼名・掬治、後に鏡次郎と改名）。家は裕福でなかったらしく奉公に出るなど職を転々とした。画家で「新声」の挿絵も担当することになる平福百穂《ひらふくひゃくすい》（日本画家として一家を成す）は幼な馴染みだ。掬汀は文の才豊かで若くして地元の新聞通信員になり、東京や大阪の雑誌などへの投稿を掬汀名で行った。新声で確認できる最初の小説は三十年（一八九七）二月と三月号に二回連載された「小夜嵐《さよあらし》」である。

家を追われた古河《こが》の財産家の放蕩息子が、悪辣にも財産と若き妻も奪い取った番頭と函館の宿で出会う。ピストルまで持ち出した悪番頭、あわやの惨劇となるところを、女の身を挺した行動で悪者は改心、「主人の鴻恩《こうおん》を仇で返す大悪魔」だったと反省し、大団円――。ちなみに前年の二十九年秋、渡良瀬川は三度にわたり大洪水をおこし、雲竜寺に被害事務所が置かれ、被害民の結集が進んだ。この三十年三月には大挙して東京への請願行動がなされ、新聞もよく報じていた。主要な鉄道乗車駅が古河だった。

二月号「小夜嵐」のすぐ後に「落下流水」と題した「浪華　梅溪生」の随筆が載る。三月号の同作の後にも「大阪　梅溪生」の書評が載り小夜嵐を「文章の暢達《ちょうたつ》は是《これ》あり、理想の高潔は是なし。通読の価は是あり、神往《しんおう》の妙は是なし。要するに作者は、文に於て漸く堂に入らむとする者、想に至ては則《すなわち》未《いまだ》し」と。高所から見下すもって回った梅溪節すでに健在、このとき満十八歳直前である。通俗だと言っているに違いないが、今読んでもストーリーで引っ張る妙は確かにある。このとき掬汀二十二歳。ともにまだ郷里の大阪と角館にいた。親密さのなかに、年少の梅溪が牛耳をとる二人の位置関係が伝わるところ。三年後の三十三年十一月、掬汀は新声社を頼み単身上京する。十六歳で結婚してすでに四人の子がいた。笈を負うて…のロマンでは済まない決死の覚悟だったはずである。

高須梅溪は明治十三年（一八八〇）、大阪は船場の薬の町、道修町《どしょうまち》の薬問屋に生まれた（本名・芳次郎）。赤穂藩士だった祖父が維新を折に始めた業という。だが幼時に家業は破綻し、子の養育を嫌った母も五歳ころ死去、文学好きの祖母の手で育てられた。苦しい生活だったことを後年、具体的に書いている（「中央公論」大正十一年四月号の「無産階級に生まれて」）。早くから文芸誌への投稿を始めていた。

十七歳の三十年（一八九七）四月、天神橋の郵便為替貯金管理所員に採用された。同僚に三歳年上の中村吉蔵（春雨、後に早大教授・劇作家）がいた。就職したその四月、「新声」が各地に支部設立を呼び掛けたのに応じ、自宅を大阪第十六支部として自ら幹事となった。同時にこれを母体に中村らと「浪華青年文学会」を発足させ、七月に機関誌「よしあし草」を創刊した。発起会員には他に小林政治（天眠＝毛布商として成功し与謝野夫妻の生涯を通じての支援者となる）、中山正次（梟庵《きょうあん》）らがいた。掬汀とはこのとき以前から「新声」を媒介に文通し、大いに意気投合していたようである。

「よしあし草」創刊号は十八頁のぺらぺらの薄さだが、発刊の辞や「時文」と称する評論類は中央文壇には負けぬの意欲が漲る。もっともかなり屈折している。「時文」の冒頭、「大阪人士は拝金主義なり。冷血動物なり。彼等に理想無く識見無く又宗教あること無し。若し強いて此ありと云はゞ飽食暖衣逸居《いっきょ》……黄金佛の前には一切を捨て、礼拝する位が関の山なるべし。斯の如きの徒に向て文学を談ぜんよりは寧《むし》ろ豚に真珠を投与するの優れるに若かず……（すね男）」。自虐の毒たっぷり、そのトーンはすでに照魔鏡である。すね男クンは梅溪に違いない。


後続の論者も「蝶や菫の常套を繰り返す新体詩壇にはひねくれたる与謝野鉄幹あり、阿付（阿諛）追随なんら定見なき批評壇には血気漢田岡嶺雲《たおかれいうん》あり、左顧右眄《うべん》無節操なる論壇には慷慨悲歌の士内村鑑三《うちむらかんぞう》あり、而して小説壇のすね者は…幸田露伴《こうだろはん》氏ならむ……（青麟）」と滅多切り。こぶしを振り上げて演説するような生硬さ、難字目白押しに独学者臭が漂う。後に触れる上野精一《うえのせいいち》は例外として、梅溪の十七歳あたりを下限に、二十歳をいくらも出ない青少年たちだ。もとより無名、多くの者が文壇への登竜門であった投稿雑誌「文庫」や博文館「少年文集」などへの投稿者であった。ただし梅溪がそうであったように有能だが、職をもっており上級学校に進むのは困難な者たちであったと思われる（梅溪は新声社員になってから早稲田専門学校に通う）。

「よしあし草」創刊号の目次頁の下部分には、「新声」六月十日刊第六号の広告があり、大町桂月

「作詩意見」、佐佐木信綱「玉くしげ」などが目次表題として記載されている。すでに「新声」の有力な投稿家の地位を得ている梅溪の、中央とのつながりのさりげない誇示とみていいだろう。

前記「時文」の後、「小説」部門の冒頭作品が東北の人、掬汀の「盲目尊者」である。新声の「小夜嵐」に続けて書いたものだろう。陸中は水沢の駅から半里ほど、翁 媼《おきなおうな》が営む一軒の茶屋が舞台。道を厄病巡視という県令の車両の大行列が行く。五歳にして目を患い盲目となった孤児・若市はその仰々しさを見えぬ目で冷ややかにやり過ごす。彼は天然自然の小笛の名手。西施《せいし》の俤《おもかげ》がある相馬屋のお露は母親の病のために心ならずも芸妓となった。若市に好意をもつが、彼は白粉くさいのが嫌だという――。お露と笛の音で葦簀《よしず》張の小さな茶屋は繁盛する……。泉鏡花に通じるような（鏡花もこのころ発表を本格化）幻想感を漂わせた作品ではある。掬汀はまだ角館の人。

巻末の「普通会員」名簿には上野精一（十五歳、後に朝日新聞社主）ら大阪か近在に違いない二十一名の名が掲載されているが、ここにも「田口掬治」がある。梅溪は掬汀により新雑誌を作り得たといえるかも知れない。掬汀を高く買っており、すでに盟友を思わせる。梅溪の上京までの一年半の間に、掬汀は詩二本と小説「三蓋松《さんがいまつ》」を角館から大阪のこの雑誌に寄稿している。この小説（第七号掲載）も騙されて零落し死を決意する母子の話である。なお上野の作品は確認されていない。

梅溪は三十一年（一八九八）十二月、上京し新声社の佐藤儀助のもとに身を寄せる。名実とも「新声」の梅溪となり、二年後に社員として掬汀を迎える。「よしあし草」は堺の河合酔茗が編集の軸となり（酔茗に託すことに梅溪も異存なかったよう）、今度は「文庫」系の京都の医学生すずしろのや（伊良子清白）や筑波山下の詩人・横瀬夜雨が登場する。会員は千二百人に及んだという（会名も関西青年文学会に変わる＝中国方面を主にかなり伸び、浪華では間に合わなくなった事情もあろう）。その酔茗も三十三年（一九〇〇）五月、呉服店をたたんで上京するが、すでに同年一月号から歯科学生であったらしい中山正次（梟庵）の編集となっていた。彼は鉄幹に忠実な人だった——終生とは言えないにしても。そして四月、「明星」が創刊された。

その八月、「よしあし草」は「関西文学」と改名し、第一号とした（通巻二十七号＝図C）。表紙絵は藤村の『若菜集』を意匠した中村不折《ふせつ》の流水と梅花となり、表紙裏に「新派画家の中に於て傑出の名ある中村不折氏の揮毫《きごう》に成るもの……本誌の光彩を添える處《ところ》多し」と断り書きする。以前との違いの念押しに違いない（以後も色合いを変えて表紙は同じデザイン）。「時文」欄に梅溪の「東都の友に与へて近時の文壇を論ず」が載る。〝創業者〟梅溪の顔を立てるために寄稿依頼したのだろうが、内容は一般論の形での例の悲憤慷慨調。編集者は中山梟庵である。

「関西文学」は翌三十四年（一九〇一）二月刊の第六号（通巻三十二号）で突如、終わってしまう。関西文壇にかなり複雑で不可解な経過があった——同文学会の神戸支会による「文学新聞　新潮《にいじお》」の創刊など——ことは次章の4節で述べる。ここではその中心に新詩社の関西進出戦略、つまり明星の販売拡大を目指した寛の思惑があったことを一応記しておく。ただ、第一号の「短歌」欄には「新星会近詠《しんせいかいきんえい》」のお題で河野鉄南（寛の幼友達）を先頭に晶子、登美子、中山（梟庵）らの作が二頁にわたり載っていた。ここに鉄幹はない。

九月の第二号（通巻二十八号）も「新星会詠草」で、今度は鉄幹が冒頭に登場し九首、そして登美子、晶子、中山（梟庵）ら七人が続く。今回は鉄南がない。寛は九首のうち「鳳女史に寄す」として「君はたゞ嵐ふく夜にひと江だのしろ梅いだき泣く神のごと」、「山川女史に寄す」として「かたみにと桃の木うゑて家びとのきみをもどかば我れわびに行かん」と。期待するところ大にしろ、マメである。その後に鉄幹・梟庵、晶子・梟庵、登美子・梟庵らの組み合わせによる連歌が十二首と、一党ともとれる編成で四頁にわたる。もとも

図C　『関西文学』第１号

と梅溪が生んだ雑誌である。

ちなみに「よしあし草」(関西文学)を通じて登美子の同誌登場は初めてである(晶子は前年二月に「春月」でデビュー済み)。「みずや君　もゆるくちびる　つけてより　そのしら蓮《はす》に　つゆのわき出ぬ」など七首、新星会員としての掲載。晶子も七首載る。

九月の第二号のひと月前――八月六日、来阪した鉄幹を中心に中山、梅溪、鳳晶子、そして山川登美子ら八人が堺の高師の浜の料亭・寿命館《じゅめいかん》で歌会を開く。九月のその第二号に中山梟庵が「高師浜」と題してレポートした(次章で詳述)。「よしあし草」(関西文学)は創刊からは三年半余で終わったが、終焉の翌三月に『文壇照魔鏡』が発射されたわけである。


つまり掬汀が上京し新声社入りしたのはそんな情況が煮詰まりつつあった明治三十三年(一九〇〇)末であった。彼は関西の事情までは知らなかっただろう。年明けた「新声」一月十五日号の社告欄のなかに「上京　新声社寓　田口掬汀」とあり、巻末の「編集たより」には「◎田口掬汀君も今回入社、編集局の一員と相成り申候。同君は本誌第一号以来の投稿家に候。小説、評論、美文の三刀使ひにて新声の東北探題《たんだい》として、青年文壇に重きを置かれたるは誌友諸君の知り給ふところ」と期待感が披瀝されている。そしてこの項の前に「◎……青年画家平福百穂《ひらふくひゃくすい》君は爾後《じご》社友として大に力を尽くさるゝ筈に候。又一条成美君も独特の清新巧緻の筆を振はるゝ筈に候へば…」と。危険なエネルギーが充填しつつあった。

翌二月十五日号の社告欄のなか、「急告」として次の趣旨。「小生、新声編集及び修養のために寸暇もないので、各雑誌よりしばしば寄稿を求められているが、到底いちいち応じられる状況にないのであしからずご了解願いたい。新声社編集局内　高須梅溪」。修養⁉︎　〝ことの〟準備も佳境の段階に入ったのだろう。新人社員・掬汀はそんな職場情況のなかに登場した。周囲の視線がどういうものであったかはさて措き（短歌担当の金子薫園はじめ文学史に名を留める同年代の編集者が何人かいた）、盟友にかかわることがらであり、彼自身に腕まくりの思いがあったはずである。

8　「新声」のこと

「新声」は明治二十九年（一八九六）七月、角館出身の十八歳、佐藤儀助（義亮《ぎりょう》とも、号・橘香《きっこう》）により月刊誌として創刊された。同郷の掬汀より三歳下、梅溪の二歳上。掬汀と同じく自ら書くことを期して上京したが、出版社の職工の厳しい暮らしのなかで、資金出資者を得る幸運を機会に自ら新声社を創立した。六畳一間の間借り、八百部からのスタート、表紙に「新声は次代国民の声なり」とうたった。文壇を支配していた尾崎紅葉の硯友社を遠慮なく批判する（佐藤自身が橘香名などでよく書いた）姿勢が青年らに受けたようで順調に伸びる。

三十一年（一八九八）暮れ、大阪の梅溪十八歳が入社。「……義亮の家に起居して実によく働いた。筆が立つのみならず、雑誌の編集にも経験があるので非常に役に立った。しかし、彼は報酬を求めず、義亮が時々小遣いをやろうとしても、こんなに困っている君から、金を貰う気にはなれないといって、どうしても受取らなかった」（『新潮社七十年』二二頁、新潮社、一九六六年）。同じ年春、妻の弟でやはり十八歳の中根駒十郎が入社、実務面を担うようになる。掬汀はその二年後の入社で、もとより同郷の佐藤を頼ってに違いないが、すでにで社内で阿修羅の如き活躍の梅溪の強い推薦があったことは間違いない。

社史は前記のように梅溪を最初期の功臣として特記するが、掬汀については「社員も追々ふえ（八名連記の一人として）田口掬汀……らが社員として参加……田口と平福は義亮と同じ秋田県人」とあっさりした叙述だ。「新声」は三十二年に一万部に達したというが（『増補改訂・新潮日本文学辞典』もそう書く）、各種出版に手を広げるなかで資金回収がうまくいかず、三十六年（一九〇三）八月まで出したところで（通巻九十一冊）行き詰まり、人手に譲渡された。つまり創刊から三年で一万に対して、後発の「明星」は鉄幹の書くところでは創刊一年後の十一号で「七千の讀者諸君」である（表紙・奥付とも二月刊だが実際は三月末の刊の社告）。事実ならすさまじい猛追ペースであり、「新声」として心中穏やかならぬものがあったとしても不思議はない。

当初は、六月号で「明星」について（四月創刊号と五月第二号をみてのことだろう）、「鉄幹君主幹の『明星』は漸次其体裁を整へ其内容を豊にし、改善の工夫に吃々たるの状ある喜ぶべし、冀《こいねがわ》くは和歌壇に新福音を宣傳して、腐気惰気を一掃するの使命を辱しめざらん事を」と新参への余裕を見せていたのだが…。十一月号（十五日刊）に至ると雑報欄で人格者としての落合直文を称揚した一文の直後に、「与謝野鉄幹……某氏の家に會して、酒杯を傾け、酔うて階上より放尿す、階下の客大に怒る、鉄幹笑うて曰く、小便したのは僕だ、打つなら打つて見よ」。ユーモアでは済まない、トゲがある。すでに梅溪の思惑絡みで社中も動いていたのか――。

佐藤儀助は「新声」を譲渡した翌年の三十七年（一九〇四）五月、中根の協力のもと「新潮《しんちょう》」を創刊する。現在に続く新潮社である。同社史は「『文壇照魔鏡』事件」と一項を立てて記している。ほとんどは伊藤整の『日本文壇史６』（講談社文芸文庫）からの引用だが、その後の地の文でこう書く。「新声社ではその頃の花形弁護士花井卓蔵を立てて東京地裁の法廷で白黒を争うことになった。この告訴事件は新聞でも大々的に取り扱ったために、第一回公判の時は傍聴者が場外に溢れる有様であった。裁判の結果、高須芳次郎と中根駒十郎は証拠不十分で無罪の判決を受けた。この事件の真相はいまだに不明であるが、この事件によって、新興出版社新声社の名が世間に強く印象づけられたことは確実であろう」。

先述の田口掬汀による公判レポートでは新声社側の弁護人は沼田宇源太弁護士であり、花井卓蔵の名はないが（彼を通しての沼田への依頼だったのか）、花井は川俣事件の被害者側の主要弁護士の一人で新聞にもよく登場していた（照魔鏡事件の年の十二月十二日付け東京朝日に花井が古河市兵衛の召喚を求めて平沼《ひらぬま》騏一郎《きいちろう》検事――後の首相――とやりあう姿が書かれている）。それ故に「花形」と書かれたのだろう。

やはり被害民側に名を連ねた櫻井弁護士が同時進行中の鉄幹弁護に今一つ意気が上がらなかった理由でもあろうか。ともかく照魔鏡事件には鉱毒問題が色濃く影を落としていた。

なお岡保生は戦後、自身が中根駒十郎に直接尋ねたことをこう書いている。「中根邸での対談の何回目かに、話題が『照魔鏡』に及び、あれはだれが書いたのですか、と聞くと、中根さんはすぐ「あれは田口掬汀という文士で、あのころ新声社にいたんです」と言われたのである。「掬汀」と呼びすてであった（岡はこの発言の前段で「中根さんは……いかにも律儀な明治の人で作家には必ず先生と尊称をつけ」ていたとある）。そして、「もういまなら事実を言ってもいいと思いますから」とのことだった」（『明治文学論集2』一〇〇頁）。

中根は梅溪とともに被告席に座らされた直接の当事者である。彼には掬汀だとの認識があり、当の掬汀は後ろの筆記者席を与えられていたという、彼には不当な位置関係のなかで、二十一歳の体験が忌まわしい記憶となって残ったと思われる。ともかく新潮社のなかでは事件は掬汀ということで伝えられたことを示唆している。

ちなみに伊藤整は梅溪主犯説を暗示するこういう描写をしている。「よしあし草出身の高須芳次郎たちには、寛や晶子の作品と照合して二人のことが手に取るように分かっていたのである……「文壇照魔鏡」についての論評と、「みだれ髪」評とは、この年から翌明治三十五年にかけて続けられたが、やがてそれは鉄幹についての人間的攻撃と、「みだれ髪」の著者の否定すべからざる才能の公認という形で落ちついた」（前掲書八四・八八頁）。

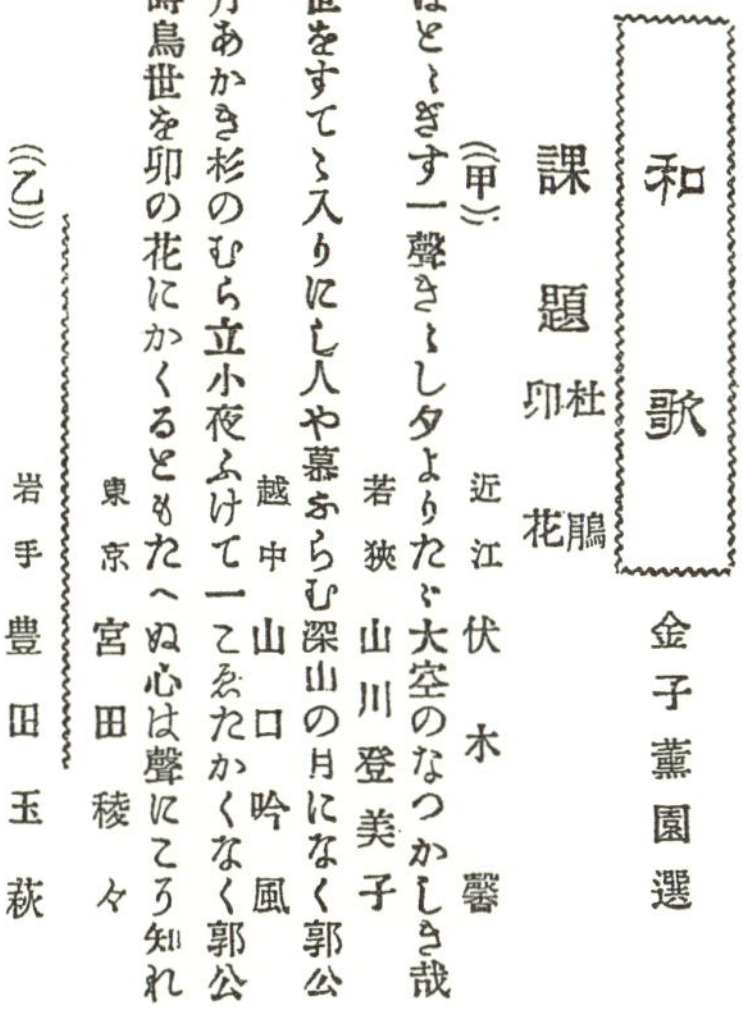
和歌　金子薫園選

課題　杜鵑　卯花

（甲）

ほとゝぎす一聲きゝし夕よりたゞ大空のなつかしき哉　近江　伏木馨

世をすてゝ入りにし人や慕ふらむ深山の月になく郭公　若狭　山川登美子

月あかき杉のむら立小夜ふけて一こゑたかくなく郭公　越中　山口吟風

時鳥世を卯の花にかくるともたへぬ心は聲にこそ知れ　東京　宮田稜々

（乙）

岩手　豊田玉萩

（「新声」薫園選下の登美子作。明治31年７月号）

第２章
高師の浜の歌蓆

1　「新声」の登美子

山川登美子というと「明星」の…という冠詞がつく。実際、与謝野晶子と共に明星のスターに違いなかった。しかし明星の前に、彼女には「新声」時代があった。つまり「新声の登美子」である。

登美子は明治十二年（一八七九）、若狭・旧小浜藩主酒井家の上級藩士であった山川貞蔵の四女に生まれた。貞蔵は維新後に旧主家が設立した地元の第二十五国立銀行の頭取をしていた。八歳下に筆名「山川亮」のプロレタリア作家となる弟・亮蔵がいた。

十六歳の同二十八年（一八九五）春、大阪のミッションスクール、梅花女学校（梅花女子大の前身）に入学。校長の成《なる》瀬《せ》仁蔵《じんぞう》（一八五八―一九一九）はその前年、四年にわたる米国留学から帰国して就任、登美子在学中の校長だった。彼は梅花離任後の三十四年、日本初の女子大である日本女子大学校を創設。梅花の向いの加島屋に広岡浅子を訪ねて協力を得たという（登美子は成瀬を頼り三十七年に同校入学）。

十八歳の三十年（一八九七）春、梅花の邦語科を卒業し、その十二月に若狭からの投稿で「新声」にデビュー作「暮秋」が載った。「山柿の梢にうすく霜見えて秋くれがたの風ぞさむけき」である。以後、短歌は同誌に三十三年（一九〇〇）八月号まで計十九首が載る（同時期「文庫」にも五首ほど）。三十一年五月の「新声」掲載三首目の「咲き匂ふ花も霞の衣きて野辺こそ春のにしきなりけれ」からの選者は金子《かねこ》薫園《くんえん》となる（ちなみに梅溪上京は同年十二月）。この間ほかに詩二編と後述の美文「墓守」「或人の許に」の二編が掲載された。

三十三年（一九〇〇）四月、母校・梅花女学校の英語専修の研究生となる。父が開明的な人だったのだろう、二十一歳での大阪再遊学であり、高麗橋の姉の嫁ぎ先に寄寓する。家業に拘束されていた晶子に比べると自由な境遇に違いなかった。「新声」には同年六月の十六作目からは大阪からの寄稿となる。

同四月に「明星」が創刊されると、彼女は五月一日刊第二号の十七面に「鳥籠をしづ枝にかけて永き日を桃の花かずかぞへてぞ見る」の一首で登場する。紙面レイ

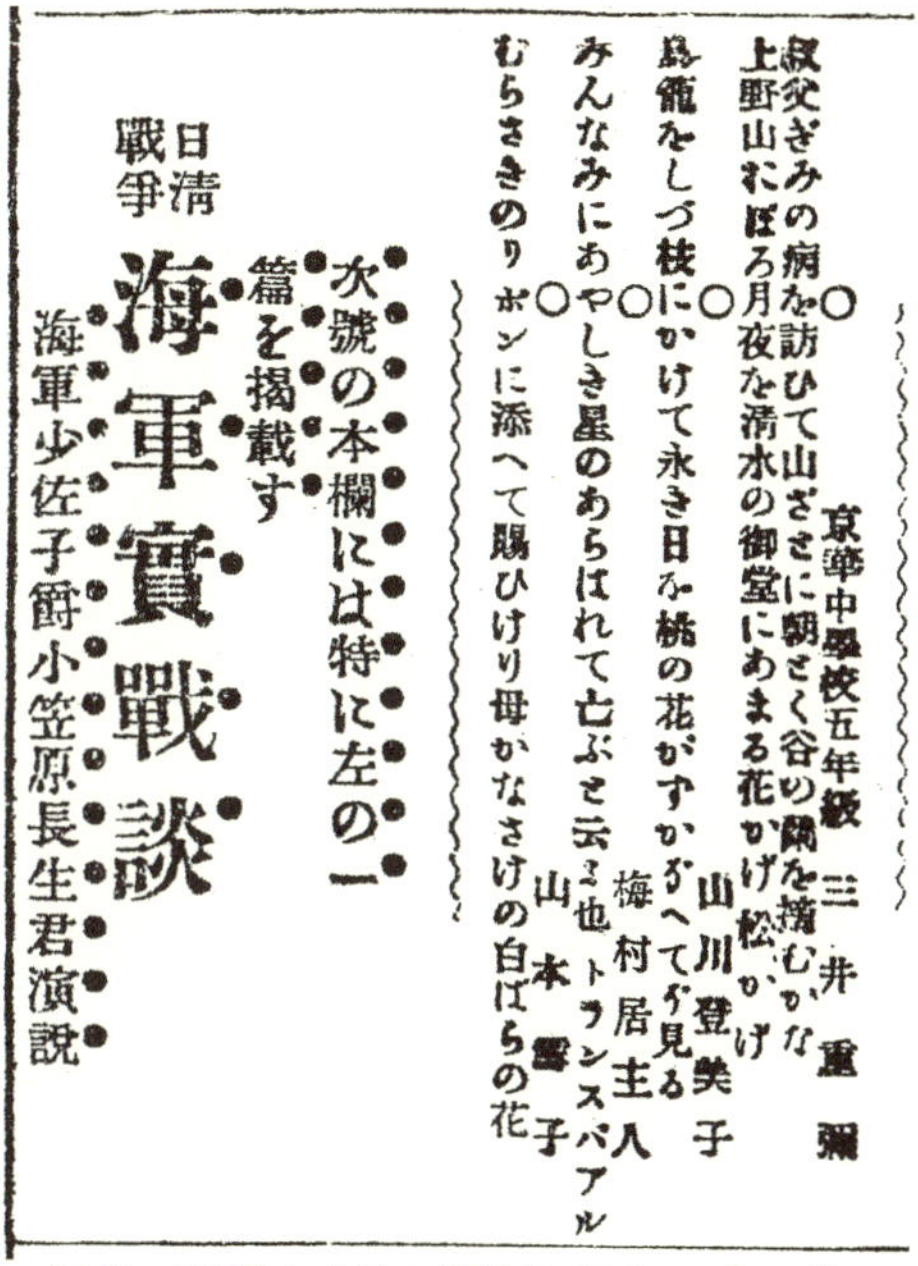
京華中學校五年級　三井重彌
○叔父ぎみの病を訪ひて山ざさに朝さく谷の蘭を摘むかな
○上野山におぼろ月夜を清水の御堂にあまる花かげ松かげ
山川登美子
○鳥籠をしづ枝にかけて永き日を桃の花かずかぞへてぞ見る
梅村居主人
○みんなみにあやしき星のあらはれて亡ぶと云ふ也トランスバアル
山本露子
○むらさきのリボンに添へて賜ひけり母がなさけの白ばらの花

次號の本欄には特に左の一篇を掲載す
日清戰爭　海軍實戰談
海軍少佐子爵小笠原長生君演説

図Ｄ　「明星」２号の登美子デビュー作一首。４段紙面の３段目の左端部分

アウト的には空きができたところに他の三人四首と埋め草的に使われた感がある（図D）。だが翌六月の第三号では第十三面の「新詩社詠草」欄中の五人のなかに（入社したということ）、「去年の春蝶を埋めし桃の根に菫《すみれ》も江いでて花さきにけり」などいかにも可憐な四首が載る。水野蝶郎ら他の四人が二首までなのに比べランクアップを思わせる。鳳晶子は第三面に単独で「小扇」の題が付された九首があり、確かに扱いが一段上であった。

じつは五月一日刊「明星」デビューの「鳥籠をしづ枝……」作は、「文庫」五月十五日号と、「新声」七月十五日号（同誌での十七作目）にも掲載された。つまり三誌への重複寄稿とも考えられるのだ。ただ「明星」作と比べるとどちらも同一ではない。文庫では「しづ枝」が「小枝」と小異であるが、「新声」七月号では二句以下が「……小枝にかけて少女子が梅の花数かぞへてぞゐむ」とかなり大幅に変わっている。

まず「文庫」の方だが、このときの和歌欄選者は鉄幹だから（酔茗の薦だろう）、文庫に来ていた分を穴埋めに明星に使った――あるいはその逆か――流用の可能性がある。いずれにしろ掲載では後になる文庫の方は、「小枝」の方が落ち着きがいいと寛が判断してそうしたことが考えられる。つまり登美子自身によるこの二誌への重複出稿ではない。

他方「新声」七月号作、こちらは本人の投稿だろう（「明星」「文庫」から原稿が回ってくるはずはない）。作のすぐ後に選者・薫園の名で「作者得意の詩境」と短評が付されている。この褒め言葉は大改作をした選者の自己正当化の弁ともとれよう。ここには当時（今もか）、選者・編集者による改作がふつうに行われていたことが示されている（とりわけ「明星」のロマン歌はこの点を考慮に入れておく必要がある、鉄幹の手入り…を）。だから、この限りで登美子は「新声」と、「明星」あるいは「文庫」のどちらかへの、二誌重複出稿をしていたことにはなる。目くじら立てる程のことではないだろう。

ただ薫園の改作版では「桃」が「梅」に変えられた点に着目したい。彼の横の席では四歳下、弱冠二十歳の純情熱血の梅溪青年がすでに腕を振るっていた――登美子への熱視線を口に出していた可能性がある。薫園の筆使いにはどこかこのお隣さんを意識した遊び心が感じられるのだ。

ただし、薫園は前六月「新声」掲載の登美子十六作目、「欄干《おばしま》になほもこなたを見たまふか吾が乗る船は遠ざかりゆく」をすでにぴしりとやっていた。原歌が「筆とりて湖のけしきを見ますらむ吾が来る船も歌に入りてや」であることを明かした上で、「詞《ことば》足らでくるし、「筆とりて」いやなり」と酷評した。原状を留めぬ大改作である。ここには新声派と思っていた彼女の、いち早い「明星」登場に「新声」選者としての面白くない心情が、つい漏れたようにも見える。翌月号の「鳥籠…」の改作も、他誌掲載作をそのままでは載せられない、の思いが窺えなくもない。幾分ユーモアを感じさせる「作者得意の詩境」は、前月の「いやなり」の酷評のとりなしをしているようでもある。いずれにしても登美子この時期の静的な作風は古典の習作期ということがあるにしても、すぐ始まる「明星」でのトーンとはかなり違っている。

いかにも習作調の短歌に比べ美文の二作にはハッとさせられるものがある。美文とは、一応事実に即しながら美的イメージを美的表現で綴るという、随筆や評論とは別種のものと当時了解されていた領域のようだ。やや長きにわたるが「新声」三十一年（一八九八）九月号に載った美文「墓守」を全文引用しておきたい。女学校を出て一旦戻った郷里からの寄稿である。

、、、◯　墓守　　　若狭　山川登美子

形ばかりなるかやぶきの小屋、ゆひ繞《めぐ》らせる生垣も、半ばくづれて、野らとけぢめも見分きがたき程なるに、いみじうつき〴〵しからぬ花籠の、垣のくち目にかけられたる、由ありげに哀れなり。こゝ都人の夢にも知らぬ一仙郷、山高く秀でゝ折々の花うるはしく、水清く流れて魚ども所えがほに遊べり。自然のながめ、何一つ欠けたりとも覚しからねど、さりとて農のなりはひの外に、心うつすとも見えぬ此里人に、かく雅の人もありしかとほゝゑまれて、近づくまゝによく見やれば、やれし垣根を隔てゝ、名ばかりなる庭に土塊の盛り上げられて、あやしき石畳られたるは、墓にやあらむ、野菊なでしこなど哀れに手向けられて露を帯び、香の烟《けむり》たえ〴〵に登れり。やがて、じゆず爪ぐる音、かすかにもれ来りぬ。

我れ只ならぬ此様にしばし心うたれつ、破れし障子のひま窺はまほしう思ひなりぬ。あはれ折もあしや、蜻蛉《かげろう》追ひて走りし弟、かしこの木蔭にやすらひ給ふ母君の召し給ふと言ふに、心は後に残れども、此よし母君に聞こえなば、あるじの様知るよしもあらんと、そなたざまに急ぐ折しもあれ、かすかに起る読経の声、力なげなる木魚の音は耳をかすめて哀れなり。君が近来の進境、刮目するに足る。（紅雲）

末尾の一行は編者の評である。「紅雲」は多くの筆名を使った佐藤儀助に違いない。社長から括目されているのだ。源氏物語の影と濃厚なセンチメンタリズムがあるが、ハッとさせられたのはこの墓守イメージこそ、登美子の生涯を象徴しているということである。結婚二年で夫の駐七郎《とめしちろう》が逝き、頼りの父を伏す病のなかで送り、自らが墓石のように死んだ。この時から九年後のこと、二十九年の生涯であった。――後述するが締めの「読経の声、木魚の音」は五年後の亡夫への挽歌「夢うつつ」十首中の「おもへ君枝折戸《しおりど》さむき里の月けづる木音は経の（載）する具よ」になった。

三カ月後の十二月号「雑文」欄に載った「雲の濱べ　山川登美子」の署名の美文「或人の許に」も気になる作ではある（「よしあし草」を軌道に乗せた梅溪が上京した月にあたる）。「今の世の人の心は、紙よりうすしとはしりなから、友の情かくまでも、ありなむとは……」で始まる、旧知あるいは幼なじみと思える「君」への揺らぐ心を伝える手紙（返信）の形式をとる。「……わらわは、いつしかにきみのま心を見失ひ侍りぬ。否とよ君はいつしかに妾の心を忘れ給ひぬ。されどそを事々しう申さずもかな、君がみむねの奥こそよく語りまをさめ……」。

こう続く。「浪花江のよしあし草のしげくとも、ふみまよひ給はじと思ひしはわが心のひがみにてもありしこそ……」。葦が垣のように水面を占める「よしあし」が水都のシンボル風景だったから、それを普通名詞として使っているとも考えられるが、やはり文芸誌「よしあし草」と進路に迷う「君」の掛詞表現――つまり「いくら草深い水江の茂みのなかにあってもあなたは心弱い私とは違い必ず新たな道を開くでしょう」と読める。

さらに「（君からの来信に月を見ながらあなたのことを思う…などの文言があるのを受けて）……妾《わらわ》は紅のちり深く立ち舞ふ、都の空の月の影など思ひもよらずかなしうなむ、などおこせ玉ひし玉章のあまりにしれ〳〵（白々）しきみふるまひよ御心の高さの程もはかりまへられて……」。華やかな都の空の月影など田舎の私には思いもよりません――だろう、甘えすねる風情も窺える。もとより「君」が梅溪と断定できる根拠などなく、夢見る少女の作品と読むべきだろう。これ以上の詮索は措く。

ただ文学少女の登美子が「よしあし草」のことを知らなかったとは考えられず、単に植物名の葦《よし》蘆《あし》の意でこの文をものしたとはまして考えにくい。それは卒業の年の七月に創刊されたのであり、彼女はすぐに帰省せず秋口まで在阪していた。確かに「よしあし草（関西文学）」に直接関与した形跡はないが（後述するが同誌終末期に鉄幹のもとで間接的にはある）、その年十二月の新声に「暮秋」でデビューした。「文庫」にも投稿した。ここからは在阪誌を避けている気配が感じられ、あるいは「よしあし草のしげくとも、ふみまよひ給はじ」はそのシンボリックな表現だった可能性もある。

もともと東京志向はあったのか「明星」への登場は既述のようにそれから二年後の五月、第二号の「鳥籠を…」であった。翌月第三号に四首、晶子は別格扱いの九首。ちなみに晶子の場合は数年来「よしあし草（関西文学）」で活動の実績があり、河合酔茗・河野鉄南の推薦もあり、紙面扱いは当初から晶子が上だった。従って七月の第四号で登美子の九首が晶子の七首の前に載ったのは瞬間とはいえ逆転であるが、晶子が一歩あるいは二歩先んじていたことは確かであった。

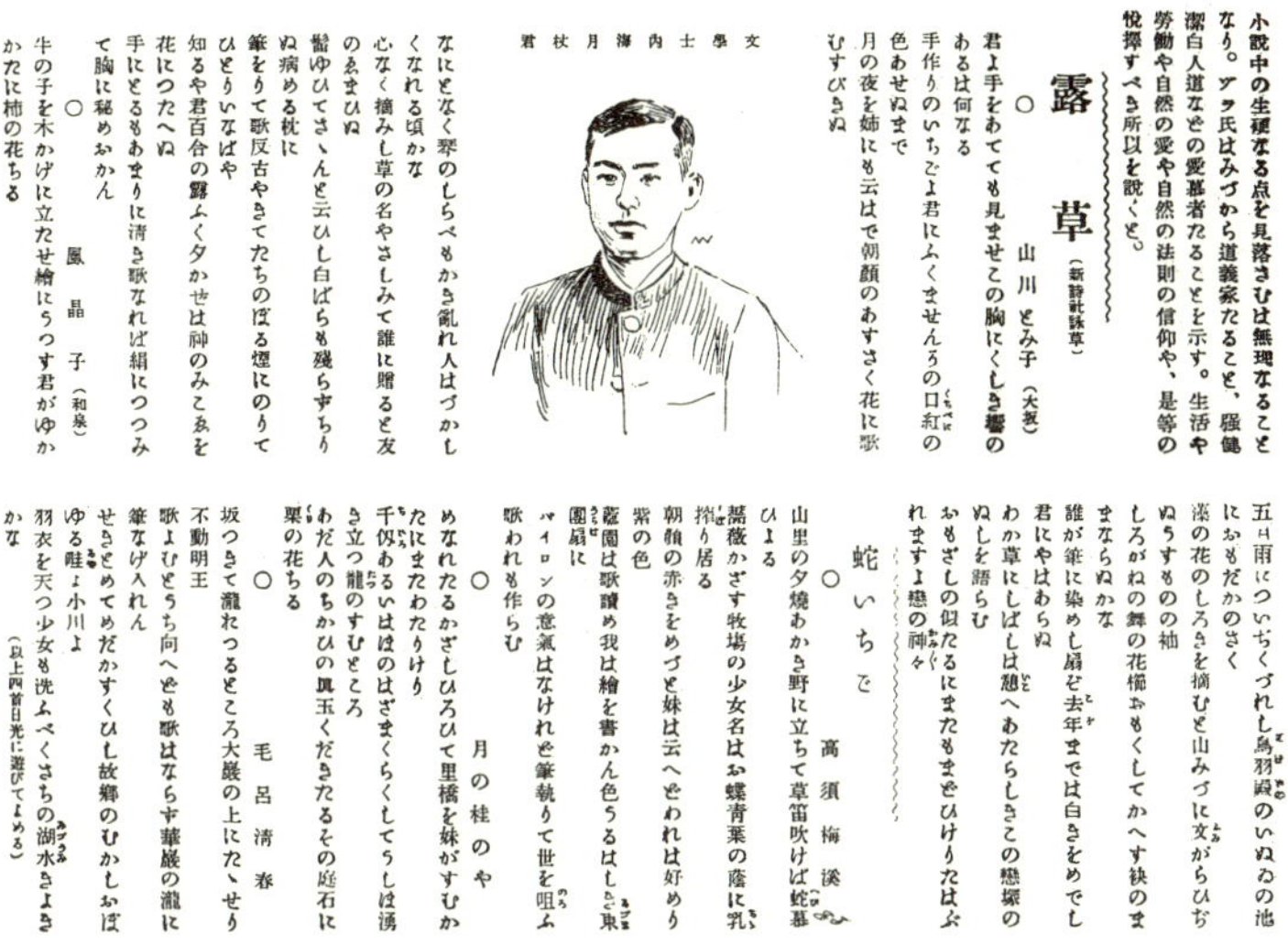
小說中の生硬なる点を見落さむは無理なることなり。ゾラ氏はみづから道義家たることと、强健潔白人道などの愛慕者たることを示す。生活や勞働や自然の愛や自然の法則の信仰や、是等の悅擇すべき所以を說くと。

露草　（新詩社詠草）

○　山川とみ子（大坂）

君よ手をあてても見ませこの胸にくしき響のあるは何なる

手作りのいちごよ君にふくませんその口紅《くちべに》の色あせぬまで

月の夜を姉にも云はで朝顔のあすさく花に歌むすびきぬ

なにとなく琴のしらべもかき亂れ人はづかしくなれる頃かな

心なく摘みし草の名やさしみて誰に贈ると友のゑまひぬ

髻ゆひてさゝんと云ひし白ばらも殘らずちりぬ病める枕に

筆をりて歌反古やきてたちのぼる烟にのりてひとりいなばや

知るや君百合の露ふく夕かぜは神のみこゑを花につたへぬ

手にとるもあまりに淸き歌なれば絹につつみて胸に秘めおかん

文學士内海月杖君

○　鳳晶子（和泉）

牛の子を木かげに立たせ繪にうつす君がゆかたに柿の花ちる

五月雨についぢくづれし鳥羽殿《とばどの》のいぬゐの池におもだかのさく

藻の花のしろきを摘むと山みづに文《ふみ》がらひぢぬうすものの袖

しろがねの舞の花櫛おもくしてかへす袂のままならぬかな

誰が筆に染めし扇ぞ去年《こぞ》までは白きをめでし君にやはあらぬ

わか草にしばしは憩《いこ》へあたらしきこの戀塚のぬしを語らむ

おもざしの似たるにまたもまどひけりたはぶれますよ戀の神々《かみがみ》

蛇いちご

○　高須梅溪

山里の夕燒あかき野に立ちて草笛吹けば蛇慕ひよる

薔薇かざす牧場の少女名はお蝶青葉の蔭に乳《ちゝ》搾《しぼ》り居る

朝顔の赤きをめづと妹は云へどわれは好めり紫の色

蘆閣は歌讀め我は繪を書かん色うるはしき東《あづま》團扇《うちは》に

バイロンの意氣はなけれど筆執りて世を咀《のろ》ふ歌われも作らむ

○　月の桂のや

めなれたるかざしひろひて里橋を妹がすむかたにまたわたりけり

千仭《ちひろ》あるいはのはざまくらくしてうしは湧き立つ龍《たつ》のすむところ

わだ人のちかひの眞玉くだきたるその庭石に栗の花ちる

○　毛呂清春

坂つきて瀧れつるところ大巖の上にたゝせり不動明王

歌よむとうち向へども歌はならず華巖の瀧に筆なげ入れん

せきとめてめだかすくひし故郷のむかしおぼゆる畦《あぜ》よ小川よ

羽衣を天つ少女も洗ふべくさちの湖水《みづうみ》きよきかな

（以上四首日光に遊びてよめる）

図E　「明星」４号の12面。登美子「露草」９首と梅溪「蛇いちご」５首

第四号の登美子の九首は第十二面に「露《つゆ》草《くさ》」の題を付されて掲載された。冒頭の三首が──（傍線引用者）

君よ手をあてても見ませ此の胸にくしき響きのあるは何なる

手作りのいちごよ君にふくませんその口紅の色あせぬまで

月の夜を姉にも云はで朝顔のあすさく花に歌むすびきぬ

次に晶子の七首、その次が梅溪の「蛇いちご」五首で、その冒頭が登美子の運命の歌いかけを導き出す一首──である。

山里の夕霧あかき野に立ちて草笛吹けば蛇慕ひよる

四段からなる紙面では露草が三段目、蛇いちごが四段目（図E）。ところで登美子の前記冒頭三首は自筆原稿自体が残っており、それ

には鉄幹が懇切な手書きの朱・評を入れている。そのまま引用しておこう。(山川登美子記念館展示＝『図録　山川登美子　その生涯・心の歌』にも掲載)。登美子「原作」・寛の朱あるいは評（傍線が直し部）・明星掲載分の順である。

(原作) 君よ手をあて丶も見ませ此の胸にくしき響きのあるは何なる
(寛評) 霊の琴か、恋の小づつみか、詩の笛か
(明星) 君よ手をあてても見ませ此の胸にくしき響きのあるは何なる
(原作) 手作りのいちごよ君にふくません其口紅の色さめぬまで
(寛評) 濃情あふれたり
(明星) 手作りのいちごよ君にふくませんその口紅の色あせぬまで
(原作) 月の夜をひそかに出で丶朝がほの明日さく花に歌結び来ぬ
(寛朱) 姉にもいはで
(寛評) このたびの優作はこの一首なり。いつのほどにか新派の手加減を悟られたるが如し
(明星) 月の夜を姉にも云はで朝顔のあすさく花に歌結びきぬ

三首目、はや極意を悟ったと絶賛。三首とも三重赤丸の評価だ。「いつのほどにか」に寛が以前から登美子に着目していたことが示されている。「姉にも」は登美子が四女である山川家の家族構成まで明かしていたことを示す。現存する手紙はこれだけにしても、文通はもっとあったことを思

わせる親しさがにじむ。新声の佐藤儀助に刮目され、梅溪の熱視線を受け……すでに彼は新声のこの有望女性歌人を寛に誇っていただろう（明星創刊の四月から八月段階まで寛・梅溪の親密期）。もとより同一誌面の上下の位置関係に載った「濃情あふれ」る登美子作が、鉄幹の手が入った作であることを知る由もなかったが。

登美子の父が現職の銀行頭取であることも寛を強く惹きつけたことだろう。梅溪五首の題名の「蛇いちご」は、寛が編集者として梅溪の「……草笛吹けば蛇慕ひよる」および登美子の第二首「手作りのいちごよ」の双方から見出しをとったものと考えることができる（梅溪五首中に「いちご」の語はない）。寛としては有望新人を気づかせてくれた梅溪への感謝を含めてのレイアウトだったかもしれない。寛と登美子の間にはすでに共有される感情があった。

やや先走るが、梅溪と登美子は際どいやりとりをすることになる。三カ月後の十月、神戸の文学新聞「新潮」三号に梅溪の「朝顔をひめて送りし返し文にかほりゆかしき口紅の跡」が載る。登美子の上記三首目、「…朝顔のあすさく花に歌結びきぬ」を踏まえた作であるのは明らかだが――なんと彼が朝顔を同封したレターを送ったのに対して、登美子が自身の第二首「口紅の……」に掛けつつ、口紅つき！の返しをして来たことを明かした歌なのだ。彼女としては明星、そして著名人の鉄幹への道づけをしてくれたことへの感謝があったと思われ、その意を込めた王朝風ユーモアの社交に違いない。

とはいえ登美子はその前月の九月号明星で「うけられぬ人の御文をなげやれば……」とけじめは

つけていた。手紙は投げ捨てました！である。儀礼的なことです、文人同士、お察し下さいだろう。誤解のなきようと、捨てたことを明言している。あえていえば、ある種のたわむれの心理、寛との共犯関係におけるそれが全くなかったとはいえまい。このころの彼女を、後に形成された悲劇性の固定観念のなかだけでとらえてはならない一例である。翔んでる文学少女なのだ。他方、野暮な純情青年の頭には激しく血が上ったことだろう。

なお登美子は五年後に出した共著ながら生前唯一の歌集『恋衣』では第二首と第三首を次のように改作した。

手づくりのいちごよ君にふくませむわがさす紅の色に似たれば

里の夜を姉にも云はでねむの花君みむ道に歌むすびきぬ

「口紅」という艶なる直接表現が「紅の色」に、「月の夜、朝顔」が消え「里の夜、ねむの花」に。明らかに印象は弱まり改悪というべきだろう。後述するが「朝顔」は梅溪がこだわった花。『恋衣』の登美子百三十一首中に朝顔は全くなくなり、夕顔を一つ見る。他方「百合」は十一回、次いで「牡丹」五回、「薔薇」四回、「すみれ」二回、ついでに記せば「をみなえし」「萩」「なでしこ」「ふよう」「紅梅」「ねむ」「ぶどう」が各一回である。3節で述べる八月の高師の浜の歌会後、秋から登美子は意識的に白百合を多用し出す。師の公許の号とはいえ、自意識過剰の感さえする。紅色で絡まりくる蔓を必死で切り離す思いがあったのかもしれない。

明星のスタート時、梅溪は積極的に協力した。まず第二号掲載の「某に与ふる書」で、文士詩人は品行可にして自堕落を排すという持論の健全な文学を強調した――ただしこれは鉄幹が六年前に「二六新報」記者として書いた「亡国の音」の主張であった。ここで寛は道徳と文学は別物だというのは愚論であり、醜聞は往々妙齢歌人の間に起こり風俗壊乱するものは恋歌であるとまで主張していた！のだ。

第三号の「歌壇の批評的方面を盛にせよ」でも批評の重要性を説く筆を、近来の新派と称する連中が出てきたが多くは徒らに漢語や洋語を使って喜んでいるだけであり、「鉄幹氏の皮相を学びて虎と剣とを謳ひて得意とするの亜流……何等清新の趣なく何等の新趣味を有するなく」と、鉄幹賛美の形に収斂させていく。

七月の第四号（蛇いちごの号）は前号と同タイトルの（二）で、まだほとんど見るべき批評がないなかで正岡子規と鉄幹のそれが「多少の効果ありと云ふべき」と認定する。自らの権威を前提にした鉄幹賛である（なお短歌雑誌「心の華《はな》」五月号が鉄幹と子規をこの順で並べ「新派若武者」と評したことから、子規門下の伊藤左千夫が同誌六月号にわが師は別格であり若武者とは無礼と怒りを表明し、ここから根岸派と明星派の間、子規と鉄幹も登場しての誤解含みのいわゆる両者「不可並称《へいしょうふか》」論争が翌年まで続いた）。

一方の鉄幹ももともと「新声」の寄稿者だった。明星を出した明治三十三年を見ても一月、三月、四月号に詩や短歌が見え、四月号の一首に「藤村は信濃を出でず泣菫は備中にあり春雨の空」があった。そして九月二十五日刊の臨時増刊「秋風琴」号に四百字五枚ほどの美文「わ可（我が）初恋」が載り、これが最後となる。

自誌「明星」上でもエール交換さながら、梅溪賛を積極的にしている。八月の「明星」第五号、「笑語一則」の題のもとで「わが友梅溪、年歯《とし》いまだ弱冠、夙《つと》に宗教的道念の人」と書き出す。酒・たばこを斥《しりぞ》け、劇・碁を知らず、他一切の遊戯を知らず……しかも篤学にして熱情、人と対して激すれば腕をまくり、感ずれば涙を流す。貧境にあって苦学に倦《う》まず、（みすぼらしい）唐縮緬《ちりめん》の兵児帯《へこおび》を最上の誇りにして、ワーズワースの詩集を無二の宝としている。そして「文学に於ける評論の筆は君が最も長ずる所にして、青年雑誌『新声』は君が英文学攻究の傍に執筆する所、三千の愛読者を有して青年文壇の一重鎮なり……」とまで持ち上げる。

この文は直接には二号と四号（梅溪の「蛇いちご」のすぐ後）に数首採用した、「無学だが多少歌才のある妙齢二十三の美少年」の「月の桂のや」（実名不詳）なる者が、わが作を梅溪ごときの後塵を拝する位置に置くとはけしからんと文句を付けてきたのに対し、その思い上がりを戒めるため、梅溪がいかに謙虚で才優れているか――という文脈で述べたものだ。

それにしても気味の悪いほどの絶賛である。彼が梅溪の健全なる文学論（自身の「亡国の音」の受け売り論）を引用して「品性の高潔も亦大詩人の資格也」と書いたのにも苦笑させられるが、ここではいつでも御せる若造との思惑が働いている。相手は所詮、子どもさんなのだ。すでに〝健全〟剛直なマスラオ振りでは行けず（売れず）、男女絡みのロマンの時流に舵を切っていた折。この若い衆を敵に回してしまうのは有望市場の関西での地盤つくり上、得策ではない。明星一号ですでに（春先の帰省に際し）「梅溪を送る」と題して「うらやまし歌袋さげて君ゆくか関の西には友もありといふ」がある。

双方いわば戦略的な連携なのであり、人としての信頼感ではなく、儀礼的なやりとりに過ぎないことは、じきに露呈されることになる。

梅溪は新声の社員だが、発表の場は多いほどいい。ライターの本能である（経営者の佐藤儀助とは違う）。金子薫園も当初から明星の熱心な寄稿者だった。むろん編集サイドとして名のある人物を載せるのはイロハであったわけで、歌壇の薫園は十分に基準パス（梅溪は異なる基準で重要）。ちなみに第一号には藤村の小諸なる古城のほとり…の「旅情」、蒲原有明《かんばらありあけ》、落合直文、薄田泣菫、そして河井酔茗らすでに名の知られた人物を載せ、談話の形で井上哲次郎《いのうえてつじろう》、泉鏡花《いずみきょうか》、小栗風葉《おぐりふうよう》、小島烏《こじまう》水《すい》、広津柳浪《ひろつりゅうろう》らの名前を出す（掬汀は全く視野に入っていなかっただろう）。このあたりに寛の新聞人の感覚がよく出ている。

鉄幹は「新声」初期から名誉賛助員として佐々木信綱《ささきのぶつな》、大町桂月《おおまちけいげつ》、河東碧梧桐《かわひがしへきごとう》、高浜虚子《たかはまきょし》、正《まさ》岡《おか》子規《しき》らと名を連ねていた。同誌にも同じ動機からの著名人志向があり、合格の寛は「照魔鏡」前年の四月臨時増刊号の「白藤集」三十首ほか何度か寄稿している。当然、薫園・梅溪を知るわけだが、いまは自分の雑誌を立ち上げた身で、とくに関西で実績がある梅溪を重視していた。その賛は先述の通り、いわば蜜月期である。晶子・登美子と会うことになる八月の大阪訪問も、中国方面も含めた新詩社運動の拡大、つまり明星の宣伝行である。そして山口の徳山まで足を延ばしたのには何より現実的な目的があった。

図Ｆ　雑誌型となった「明星」第６号の表紙。左下隅に一条成美の「成」サイン。７号、８号、10号にも色調を変えて使われた。

「明星」創刊には妻・滝野の実家、徳山の林家から援助があり、「発行兼編集人」名は八月の第五号まで「林滝野」である。彼女は単なる名前だけの存在ではなく、一年ほど後の離別まで不在がちの寛に代わって自宅で編集作業に携り、投稿・私信類を開封する立場にあった。徳山でハイティーン教師だった寛の教え子、晶子と同じ明治十一年（一八七八）生まれだ。

五号までは新聞型であり九月刊の六号からは雑誌型に衣替えした――その表紙を飾ったのが一条成美の筆になるアールヌーボー調、手にもつ白百合に接吻する半裸の乙女像（図F）だ。背後の黒い夜空にはこぼれんばかりの大きな星がいくつか輝く。「明星」の明確なシンボル・イメージとなる（白黒調だが寛は同じデザインで背後の色調を七号では茶、八号は濃紺、十号青と変えて使った）。雑誌の六号からは滝野の名は消え鉄幹が発行兼編集人となる。定価は六銭から十四銭に一気に値上げした。

新聞型は十数枚のペラペラであり、雑誌型になってこそ一人前の思いは鉄幹の執念（新声や心の華に対抗して）になっていただろう。新聞型での発足時に輪をかけた苦しいスタートであり、彼は秒読み二カ月前の七月第四号の「読者諸君に……」で窮状をこう訴えた。

一冊六銭だが紙代だけで三銭かかる、寄稿家への薄謝、挿絵料、活版組代、印刷代などを合わせて割り出すと一冊十銭になる。お値段以上のものを売っているのだから、人は僕を向こう見ずという。もともと貧乏な身分だから、刊行以来は人力（車）にも乗れず、夏着の一枚も新調できず、一切の収入と社友の寄付金とを挙げて明星に供し、まだ足りないので心ならぬ作品を売り、多くもない衣服調度の類も売り、酒を廃し交際費を節約している。そして、「妻の衣帯《ころもおび》までをも質入れして出版費の不足を補っている」と。財布のうちをさらけ出すような羅列は次々号からの値上げ予告であるとともに、それ以上に林家あてアピールに違いない。八月の訪問の用件の紙上通知なのである。翌春の『文壇照魔鏡』が滝野の別れ決行の引き金となった。滝野（一九六六年没）はその後、三歳下の正富汪洋（詩人・小説家、一八八一―一九六七）と結婚。第二次大戦後のことだが汪洋は滝野所持の寛・晶子書簡類をもとに『明治の青春――与謝野鉄幹をめぐる女性群』（一九五五年）を出し、生々しい事実で鉄幹・晶子イメージに一つの転機をもたらすことになった。竹西寛子が同書について「滝野を妻にした人でなければ著せない多くの貴重な部分をもっている。しかし、同時に、汪洋の推量も断定も、この滝野を妻にした人のものだということを忘れてはならない」（『山川登美子』講談社文芸文庫）という指摘は正当といえる。記述の偏りへの喚起だが、掲載された事実資料としての書簡類が客観的研究への契機となった。

事実判明した代表例が、『みだれ髪』で「君さらば巫山《ふざん》の春の一夜妻またの世まではわすれ居給《いたま》へ」の第二、三句が、先立つ半年前の二月の晶子の寛宛て私信中では「粟田の春の二夜妻」であったことだ（正富著刊行前の一九五一年十一月三日と四日、大正大学での「一葉・晶子・登美子資料展覧会」でこの晶子私信が公開された）。一月九、十日、京都・粟田山の辻野旅館で寛と二人泊したことを物語る。『みだれ髪』での巫山とは原義の遊郭の意であり、遊女一般の悲しき運命《さだめ》歌へ改作したわけだ。原歌の方はしょせん二夜だけなのね……と男に凄みを感じさせる。鉄幹のもとへ駈ける晶子の情念を固めさせた二泊であり、前年十一月、山川登美子を含めた三人の同旅館泊に対して粟田山の再会と呼ばれる。

この手紙が残ったというのは妻の滝野が落手したということである。『評伝　与謝野鉄幹晶子』（八木書店）の大著がある逸見久美も「『みだれ髪』だけでは解明できなかった事実が書簡によって明らかになったのである」と評価する（日本経済新聞二〇〇一年九月十四日夕刊文化面）。

2　鉄幹と河井酔茗

鉄幹来阪の半年前、明治三十三年（一九〇〇）正月三日、堺は高師の浜（浜寺公園）の料亭「鶴《つる》廼《の》家《や》」で関西青年文学会の新年会が開かれた。同月二十八日刊の「よしあし草」二十二号が巻頭に詳しいレポートを載せている。参加者はこの時期の実質編集長で在阪「文庫」記者の河井酔茗、その親友で新米医師の伊良子清白、堺の僧・河野鉄南、和菓子商「駿河屋」の息子・鳳籌《ちゅう》三郎（君死にたまふ……でうたわれることになる）、その友人で今回の幹事役の宅雁月《たくがんげつ》ら同青年文学会堺支部員たち、それに大阪本部員といえる中山梟庵《きょうあん》（琴風）、小林天眠《てんみん》、それに神戸支部の平忠宣《たいらただのぶ》ら計三十一人だ。「新声」記者の高須梅溪は欠席。東京の鉄幹からの「祝辞」を幼なじみの鉄南が代読した。

すでに鉄幹は中央の著名人として別格視されていた。祝辞自体は屠蘇気分の戯作調の文面だ。伊良子が立って「幻覚について」と題して話すが、レポートは「医学上より立論して、鏡花一輩の作物を病的なり不健全なりと断下したので、議論稍細密に渉るからこゝには略す」と内容には言及していない。文壇を席巻していた硯友社《けんゆうしゃ》浪漫主義、尾崎紅葉《おざきこうよう》一門への批判だが、「文庫」派の潔癖感、とりわけ生真面目な伊良子の話す内容は類推することができる。紅葉一門の代表的存在、泉鏡花と並びあるいは当時は彼を上回る売れっ子であった小栗風葉の数年前の発禁作、兄妹相姦を扱った『寝白粉《ねおしろい》』のことに違いない。風葉は兄弟子・鏡花とはやや異なり世相風俗のリアリズム描写のなかに幻想味、というより猟奇性を漂わせる作風であった。

レポートに署名はないが、伊良子の主張や筑波の横瀬夜雨の来信も詳しく報告される一方で酔茗のことは現れないから、酔茗の筆だろう。風葉は『文壇照魔鏡』の巻末広告で第二弾の標的として予告されることになる人物だ（明星では第一号の色彩についての談話や五号の美文調「墓畔」など、風葉をよく扱っている）。清白は京都府立医学校を前年に終えて、しばらく手伝った父の和歌山の診療所から東京の就職先へ向かう途上にあった。医師・詩人として漂泊の人生の始まりとなることはむろんこのとき気づいていていない。

会の途中、鳳晶子が現れたことが書かれている。前年二月、支会の懸賞募集の「春月」に当選しデビューした後、酔茗に礼状を出し、狭い旧町で近所といえる彼の店をすでに訪ねて面識があったことにもよるのだろう。ただ会員とはいえ男の宴席に若い娘が気軽に出席できる時代ではなく、彼女は玄関で挨拶を済ませすぐ帰った。このとき酔いから冷やかしをいう男もいた（弟の友人で既知の宅雁月らしい）が、玄関で紳士的な対応をしたのが鉄南だった。美男の僧と伝えられる。

数日後から晶子の情感を込めた手紙が始まる。一月六日付けに始まり十一月八日付けまで計二十七通の恋文とも読めるものが、『与謝野晶子書簡集――影印・翻刻』（清水・千葉編、大正大学出版会）に収録されている。鉄南は冷静な対応だったことがわかっている。晶子は鉄幹の八月来阪を心待ちにするが、それはその催しを機会にやっと鉄南に会えるという期待感であった（並行して雁月との交流も手紙の存在で分かっており、こちらは男の方の思いが強かったらしい＝晶子から贈られた一番美しく撮れていると思われる娘時代の写真が雁月遺品のなかにあった＝佐藤亮雄編著『みだれ髪攷』の口絵写真）。

興味深いのはこの巻頭レポートのすぐ後に「よしあし草（広告）」としてこうある。「……与謝野鉄幹先生を推して社幹たらんことを請ひ其快諾《こ》を得て『東京新詩社』と結び相與《あいとも》に新派和歌および新体詩の研究試み犀利《さいり》なる先生の批評眼を煩し……」（傍線部六カ所は強調の大文字）。雑誌として寛に指導を受けるのを公言したわけだ。酔茗も大阪を去ることを決めていたときで、了としただろうし、誰より梅溪が了解したと思われる（四月に刊行された明星への協力ぶりを見ても）。

同誌はこの八月に関西文学と名を変え翌年二月まで継続するが、寛が社幹を降りたという記述はない。――なお四月創刊の明星一号掲載の「東京新詩社清規」には「与謝野鉄幹氏を推して社幹とす……社友は自作を送付し社幹の批閲を求む」とあるが、雑誌形になった九月の第六号では「師弟の関係なし……社友の一人与謝野鉄幹ありて（送られた詠草に）可否の意見を付して作者の参考に供ふ」と、社幹という言葉を撤回し、用語上にしろフラットな関係への民主的改定を図っている。関西文学には撤回の宣言はないので最後までその地位だったということだろう。

ちなみに同誌の代表者を意味する表現は「よしあし草」創刊号と二号が「幹事長」で二十歳の中村吉蔵が就いていた。三号からこの表記がなくなり、実務的な「編集兼発行者」となり、難波新地の小石孚《ふ》治郎が十号まで務めている（梅溪は十七歳と若く控えたのだろう）。——明治三十一年十二月に梅溪が上京（翌年中村春雨も上京）——。三十二年二月の十一号から曽根崎番外の堀部卯三郎が年末の二十一号まで担当、しかしこの期間の実質的な編集長は次述の経緯で堺の河井酔茗だった（脱大阪を決めていた彼の説得には小林天眠が主に動いた）。そして酔茗が任を降りた三十三年一月の二十二号、つまり上述の新年会が掲載された号から八月の「関西文学」一号（通巻二十七号）までが堂島裏の中山正次（梟庵）で、九月の同二号から翌年二月（照魔鏡の前月）の終刊の同六号（通巻三十二号）までが塩町の山本栄次郎だ。従って寛が社幹となった三十三年一月以降、中山梟庵編集長下の同誌に彼の影響力が直接に及ぶことになった。

小石、堀部、中山、山本とも創刊時の発起会員だが、小石から堀部への時には何らかの乱れがあったことがうかがわれる（酔茗の登場も何か関係があるのかもしれない）。第十号が二度出るという奇妙な事態が起こったのだ（従ってこれを二冊にカウントすると同誌は三十三冊刊行されたことになる）。

双方にある人事報告がちょっと興味深い。最初の十号（十二月二十日刊）では、十二月一日夕に安土町書籍事務所で本会例会を開いたところ熱誠の氏が続々と、なかでも河井酔茗氏は遠路も厭わず来会されたとした上で、「一大議案となったのは本会の根本的改革であり、その結果、堺支局創立と編集・庶務・会計や役員の改選等を行い」、小林天眠を先頭に中山正次・酒《ママ》井幸三郎・中村春雨・堀部・小石ら十八人の新評議員名を列記する。その評議員間の選挙で「本会役員編集」として酔茗・河井幸三郎と春雨・中村吉蔵の就任が決まった。もともと浪華青年文学会と「よしあし草」に関係なかった酔茗だが、これで役員編集者＝実質編集長の正統性が生じたことになる。

　中村春雨は会創設者の一人でありそれへの敬意もあっての配慮と思われるが、この後ほどなく上京、そのことを含んでの酔茗編集長人事なのだろう。もう一人の創設功労者、梅溪について同欄の続きに「本会幹事の高須梅溪君は今回上京新声社に入る」の短信。すぐ後に大活字で「謝告　高須芳治郎」との見出しのもと、「小生東上の際は種々の御餞別に預かり感謝……当紙上を以て御礼申上げ、文学会諸兄の御健在を祈上候」とある。

　明けて明治三十二年（一八九九）一月二十五日刊の二度目の十号の巻末に「堺支会報告」が大活字で載る。堺支会が創立されたのは旧臘《きゅうろう》十二月とし、発起者八人を挙げて編集・河井幸三郎、庶務・河野通該、会計・宅千太郎（雁月）ら各役職を記す。普通会員として鳳壽三郎ら四十三人を挙げ、ほかに三十四人の入会希望者があると書く。

　この人事報告の次に支会「懸賞募集」要項が載り、選者は歌が伊良子暉造《てるぞう》（清白）、新体詩を酔茗とし、課題は歌が「羈旅《きりょ》」、俳句が「若草」、新体詩が「春月」と掲示した（翌二月刊の十一号発表の詩部門当選が鳳小舟でお題通り「春月」だ）。この十号の巻頭は堺を先頭に奈良・神戸・京都・寝屋川（大阪）・恵那（岐阜）の六支会設立の高らかな報告である。見ようによっては会中に、支会ながら堺が全体を仕切る独立した別格会となったようにも映る編集だ。

「支会報告」は以後も酔茗編集の特徴となり、相対的に大阪本部の存在が薄まる感じで、一応「よしあし草」最後の二十六号まで続くが、次号である「関西文学」第一号（通巻二十七号）から消えた。第十一号は晶子の登場ということで言及されることが多いが、実際は詩欄のなかにひっそりとあるだけで、この号も巻頭は熱気の支会報告だ。堺・神戸・姫路などで、この堺支会新入会者十六名中に鳳晶子の名もあった。巻末近い三十四頁の詩欄の八人八作中の一つが「春月」だった。

この号で会名変更というもう一つ重要なことが記されている。従来の「浪華青年文学会」から「関西青年文学会」に改称するとの会告が、目立つ表紙裏に出る。巻頭の「第一例会の記」（無署名）には、会名の頭二字を浪華から関西に改める議案が酔茗と吉田桂舟《けいしゅう》（神戸から参加）から出され異議なく可決とある。

四月刊の第十三号に読者の反響が載る。「改名変更でいささか大きくなったが、まだ不賛成だ。今や東京支会まであるのに関西とは可笑しい、帝国文学会とでもしたらどうだ、千島台湾はおろか朝鮮支那でも」云々というもので、後段はともかく前段は酔茗編集長の意に叶った声であることを示す。東京の「文庫」記者で、なにより関西のしがらみと格闘した酔茗は「よしあし草」「関西」とも納得していない。

淀川と縦横に掘割がめぐる水の都・浪花の水際は葦《よし》・蘆《あし》の風景だったようだが、どうやら明治の新時代にあって風情と感じられない気分が生じていたようだ――悪しき近代化の波がすでにあったと思われる。堺の土居川も栄光の中世自由都市を保証した堀川だが、「河又」近くに沿うそれもすでにドブ河化していたらしい。

酔茗は「近畿」を考えていたらしい。二度目の十号巻頭言に「ちぬ男」（酔茗の別名）で、この正月開かれた新年会の部屋の張り紙が筆太に「近畿文学同好会……」とあったことを記す。彼自身の墨筆かどうかはわからないが、役員メンバーに意は通じていたのだろう。近畿とは外部からの呼称で、京阪神あるいは関西人は近畿人とは自称しないようであり（近畿は地理・行政概念で関西・上方は多分に文化概念と思われる）、酔茗はまさに外側からの視線にこだわりがあった。

この点、梅溪にあった屈折した地域ナショナリズムの心情とは無縁で、双方が互いの違いは意識していたと思われる。梅溪としては寛との間のような屈折した親密さもない代わりに、人徳ゆえかとくに破局もない（長命だった酔茗は静穏な回顧的文章を多く残したが梅溪についての言及はほとんどない）。

会名は「浪華」をやめ、ともかく「関西」への賛同を得たが、表看板の誌名「よしあし草」に手を触れることはなかった。すでにそれなりの実績の重みがあり、酔茗も提起できなかったのだろう。彼は「同好会」といういい方にも意味を込めていたようである。会の催しは多くの参加が望ましいから、会員に限らず自由にという趣旨だろうが、どうも「文学会」という名乗りに乗り切れない心情があった感じがする。ティーン・エイジャー少年らが大段ビラの宣言で始めた会である。東京発の少年投稿雑誌から出発した彼の含羞の心理ともとれる。

誌名変えは中山編集長になってあっさり「関西文学」と実現。三号雑誌で終わらせるため「一号」とつける必要がある寛戦略であり、すでに名称自体はかまわなくなっていた。

なお東京支会というのは梅溪の肝いりでできたもの。三月二十五日刊十二号の巻頭報告欄の末尾に「東京支会報告」として、「氏の尽力に依り遂に設立を見る」と佐藤儀助や中根駒十郎ら十人の名を載せる。「殊《こと》に佐藤橘香（儀助）君が本会に対して厚意を表せらる、は深く謝する処なり」と付記。梅溪は措《お》くとして佐藤・中根の寄稿は確認できない。酔茗の下で自ずと「文庫」系の進出が予想される中で、「新声」のバックをもって自己の影響力維持を期したと思われる。

この三月刊十二号は神戸支会の報に力が入る。二月十九日、花隈町地蔵堂での第一例会には平忠宣・吉田桂舟・一色白浪《いっしきはくろう》ら二十二名に加え、「神戸新聞」の三面主任に赴任していた江見水蔭《えみすいいん》、それに大阪の春雨・天眠らも参加。作家として中央で知られていた江見が「文学の会とは文学に忠実なる読者と文士との和合にあるのみ、天狗文士のみの会見とするなら無意味」との演説で喝采を博する。ほかに四十人近くの新入会者名が載る。もっとも堺支会の第二例会報告（三月十日開催）は、役員の酔茗・鉄南、大阪の小石・堀部・中山ら、それに「神戸からも平・桂舟ら三人が来臨」したのに、肝心の当支会はすでに百有余名の普通会員を数えながら来たのは松川千秋君ただ一人、とここでは憤激を隠さない。

大阪の本部は梅溪が抜け、春雨が続き、小林天眠は奉公勤めから自らの毛布商店を立ち上げたところだった（成功する）。実働できる中心が抜け、それなり名があり人柄のいい酔茗の招請となったようだ。彼は一年後に「河又」をたたんで上京するが、すでにその決意のもと、閉店準備もしながら一年程度の任と踏んで引き受けたのだろう。茅渟《ちぬ》の海（大阪湾東部）を隔てたもう一つの勢力、神戸と連携しつつ堺支会が文学会を運営する形となる。

彼が去った後、神戸勢力が比重を増し、新編集長の中山正次（梟庵）と背後の寛の動向とともに後述の神戸の文学新聞「新潮」との絡みも出てくる。

四月二十五日刊の十三号は鉄幹来阪を伝える。鉄幹ら寄稿の「はまゆふ」題の和歌欄前書きを酔茗が書く。「三月二十二日、与謝野鉄幹氏と高師の浜に会して大いに詩を語らふ、初めて敷津《しきつ》（住吉神社西の地名）の浦に氏と見江しは幾年の昔なりけむ、夢なつかし浪の音に感興湧くが如く吟情《ぎんじょう》抑へ難し……」とハイトーンである。四年前の安養寺近くの回想で、今回も鉄南、雁月ら数人が加わる小さな歌会だった。

この号の巻頭は四月三日に神戸・垂水で開かれた会の大会の報告、「我らが満腔の希望を以て迎えたる関西文学同好者大会……」で書きだす。筆者不明ながら大スケールの「同好会」宣言である。神戸勢が平忠宣・吉田桂舟ら二十六名（新入会員三十名の付記も）、堺が酔茗・鉄南・鳳（籌三郎）・雁月ら五名、ほか大阪と姫路勢で十名、会場は海岸の某家別荘で盛会だったことを告げる。祝電「東京新声社高須梅溪……周防徳山与謝野鉄幹らより」の朗読。寛は高師の浜で酔茗らと会った後、徳山に向かったのだろう（八月に信子《さた》との間に女児誕生し一カ月で死去、十月滝野を伴い上京）。

しかし寛後年の自叙「年譜」二十七歳の明治三十二年（一八九九）の項にはこの神戸・徳山等は書かれていない――むろん女性らのことも。こうある。「思想的に懊悩するところあり、夏期に京に帰り、嵯峨天龍寺の橋本峨山禅師の室に参じ、夜間しばしば寺内の竹林中に衣を脱して趺坐《ふざ》し、蚊の群がり刺すに耐へて苦悶の中に黙想す。暁に見るに満身の血痕斑斑《はんはん》たり。しかも得る所無し。一日禅師の室に入り、『お前さんは歌を詠む相なが《ママ》、心の座が無くて、よい歌が詠めるかえ』と云ふ警策を受け、慙汗《ざんかん》背を透して退く。是より深省する所あり……』。何を深省したのか。

八月の十七号は「紅蓮白蓮」と題した小説を主にした特集号で、トップが売出し中の泉鏡花『春色吾妻名所』（高野聖は翌年）、次が鉄幹『傘のうち』、そして江見水蔭、巌谷《いわや》小波《さざなみ》、後藤宙外《ごとうちゅうがい》、小島烏水など著名な書き手をそろえたのも酔茗の力だろう。なお和歌欄の先頭は鉄南で晶子、雁月らがあり、詩欄は横瀬夜雨と酔茗自身の文庫コンビで全体のしんがり。この年の丸一年、つまり十号から二十一号が酔茗時代であり、確かに関東の夜雨や伊良子清白という「文庫」系の書き手が目立った。堺からは鉄南の重用と「春月」に続く晶子作も登場した。なお著名になる前の永井荷風《ながいかふう》（一八七九～一九五九）の三作、二十二号『濁りそめ』、二十六号『おぼろ夜』、二十八号『花ちる夜』が掲載されたのは中村春雨の仲介だったようだ。荷風二十歳、広津柳郎《ひろつりゅうろう》の門下生だった。

年が明けた三十三年（一九〇〇）一月、それまで業務的な地位の「編集兼発行者」しかなかった関西青年文学会において、鉄幹が会を代表する「社幹」になった。これは新詩社が拡大を進めていく上で少なからぬ意味をもった。酔茗はすでに東京の人。その年八月三日、鉄幹は商都・大阪の中心部、土佐堀川に沿う北浜三丁目の平井旅館に宿をとる。

到着の日、堺の河野鉄南に「すぐ行こうか君が来てくれるか、宅雁月《たくがんげつ》と鳳晶子にも伝えてほしい」と手紙を出し（宅・鳳の関係を知る粋な気使いか）、翌四日に鉄南に届いたことがわかっている。

晶子は早速この四日平井旅館を訪ね寛と初対面した。鉄南が堺での幹事役であり、旅館のことや六日の浜寺の会の日程など予め伝わっていたのだろう。行動的な女性であった。即、強い印象を受けたようだ（憧れの著名人だということも間違いなくある）。十月十二日刊「明星」第七号の「わすれじ」に「その夜の火《ほ》かげはまぶしかりき、げにその夜は羞《はずか》しかりき、八月四日なり」と書く。二カ月後の掲載、その間に濃密にことは進行していたので、それをも織り込んでの感慨と思われる。

「よしあし草」創立期からのメンバーで与謝野夫妻を生涯支援することになる小林天眠（子の代で縁戚関係）も、初めて四歳上の寛に会った印象を「（対立する派の人と思っていたので議論が合わなければブンなぐってやろうかと腕まくりしていたが）意外にもスマアトな貴公子然……でスッカリ拍子抜け……（自分も）『明星』を謳歌し歓迎するようになった」（真銅ら編『小林天眠と関西文壇の形成』四四頁、和泉書院）と後年述懐した。浜寺行のときの姿も「浴衣に呂の羽織、桜の五つ紋といふ優男、虎の鉄幹とは音に聞く名ばかり」（後述、中山正次記）と粋な着こなし、色合いは書いてないが筆致から人目を引く派手さがうかがわれる。すでにメディアの時代、その有名人なのである。河野鉄南も颯爽と現れた幼なじみを儀礼含みとはいえ、「光起が源氏の絵巻見たれども君に似し者さてなかりけり」とうたうことになる。

天眠は自業の成功後も文芸への情熱を失わず、与謝野夫妻支援ほか出版・文化活動の事業も起こした。七十九歳と長命で、かつての関西文壇の回顧を残し、島本の『長流』にも協力した。

なお四日の対面に登美子が同道した、あるいは午前中に行ったと書く本もあるが、わたしは資料を確認していない。晶子自身は上記の通りで登美子への言及はない。ちなみに晶子の有名な「やわ肌のあつき血しほにふれも見でさびしからずや道を説く君《きみ》」は同じ十月十二日の第七号に載った――「君」とはもともと鉄南ではないかとの説がある。新年会以来、頻繁に文を寄せていたその鉄南には、歌会の翌七日付けで「これからは私の都合のよいときに手紙しますので、それまでは（そちらからは）お待ちくださぃ」。次便が九月三十日付け、「我はつみの子……昔の兄さまさらば、君まさきくいませ《おしあわせに》」（上記書簡集二七五頁）だ。しっかりけじめをつける、正直な人ではあった。

既述のように鉄幹は登美子に懇切な指導をしていた。すでに晶子は破格ともいえる扱いで明星に登場していたが、それには酔茗と鉄南の推輓するところがあった。つまりこの時点で寛の情は登美子の方に厚かったと思われる（銀行頭取の娘ということも当然あっただろう）。晶子も鉄南を思う人であった。思うだけでなく行動することで運命を転換していった、まさに実践哲学の人なのである。

3 運命の「蛇さへも……」

六日、堺の浜寺公園（高師の浜）で歌筵（短歌会）が開かれる。中山正次（梟庵）が翌九月刊の「関西文学」第二号（通巻二八号）に「高師浜《たかしのはま》」と題して詳報した。鉄幹、登美子と晶子、梅溪の所作がみごとに活写されたレポートであり、以下これに拠りながら述べる（酔茗は堺を去ったばかりで欠席）。

……午前八時、鉄幹が北浜の宿に車（人力車）を飛ばした。表二階の欄干に凭れて人待ち顔の宿の浴衣は鉄幹と梅溪で、予を見るとすぐかくれたが段梯子を昇る間に早や衣を着更へて居る（寛は上述の伊達男スタイルとなる）。車の用意が出来た、をりよく山川登美子女史も来られた。鉄幹、予、梅溪、山川、車は難波停車場に一目散である。

まず梅溪も寛と同宿していた。そして登美子が予定通り然として現れる。なぜか――。晶子はともかく、登美子は関西青年文学会員ではない。今回の催しは同会が鉄幹（社幹である）を招いてということである。彼女が自から主体的にということはありえない。つまり、声がかかったということだ。さぞ熱心な…それだっただろう。だれからか――寛か梅溪しかないが、むろん社幹である寛からに違いない。すでに濃情あふれる作風に「新派の手加減を悟られた」と認定までした愛弟子である。こうして鉄幹の傘のもとに非会員の登美子が「関西文学」に登場する（彼女が「よしあし草」に距離感をもっていたらしいことは二年前の「新声」掲載の美文「或人の許に」にうかがわれた）。

これまでの経緯上、「新声の登美子」なのである。寛としても「新声」の側にも仁義を切らざるを得ない。つまり梅溪に対してであるが、加えて梅溪は関西青年文学会そもそもの創始者なのだ。梅溪への気配りの打診だっただろう（おそらく彼の心の内は既に気づいていた）。梅溪に異存はない（もとより寛と登美子の懇切関係は知らない）。この段階では望むところの合意だっただろう。ただし、寛が一人宿る場所へ行かせるわけにはいかない（この男の行状はいろいろ聞いている）。そこで自分も泊まろうとなったのだ。どういう寝物語だったか興味深いが、それは文学作品の世界である。ただ、話はそれほど弾まなかった可能性がある。「予を見るとすぐ……段梯子を昇る間に早や衣を着更へて居る」には気づまり感からの解放が感じられるのだ。ここで寛は呂の羽織、桜の五つ紋姿となる。

この平井旅館は北浜三丁目の土佐堀川縁、梅檀木橋《せんだんのき》南詰め西側で現在は駐車場になっているところ。対岸が府立中之島図書館だが、この年春、住友家第十五代・吉左衛門友純《ともいと》の寄付で建設が決まり十一月に地鎮祭が行われた。欧米都市の視察旅行をした野口孫市が設計した十六世紀イタリア・ルネサンス期、ビチェンツァ市のロトンダ風の建物が完成したのは三年後だから、鉄幹・梅溪が泊まったときはまだ空き地だった。

登美子は長姉いよの嫁ぎ先、高麗橋《こうらいばし》（あるいは北浜）の株の仲買人だったという河《かわ》久右衛門宅に寄寓していた。土佐堀通り（大阪は東西路を「通り」、南北路を「筋」といい、通りと筋で構成される一区画がほぼ百メートル四方）から南三本目、直線で三百メートルの東西路が高麗橋通りである。梅花女学校は平井旅館の西八百メートルほど、肥後橋の南詰めにあった。歩くのがふつうの時代、平井旅館を中心とした一帯が遊学時の登美子の生活空間だったことになる。だから訪れるのにまことに便利な位置にあった。

たまたまそうなったということではない。そういう場所の旅館が選ばれたということなのだ。この差配は堺の鉄南ではない。この地育ちの梅溪に違いない（生まれた道修町《どしょうまち》は高麗橋通りの南隣り）。そういうサジェスチョンをしつつ、彼は寛との同宿を必然化させた（よしあし草＝「関西文学」の今後のこともあり七月中に帰省していた）。登美子はむろん徒歩でやって来ただろう。

四人は人力車に分乗し南三・五キロの難波停車場に一目散となるが、中山梟庵は「山川女史は女だけに遥に遅れて来られた、足の弱《ママ》い車夫が気をきかしたのでもあらう」とやさしい筆使い。（姿を見せぬ遅刻の大槻月啼《おおつきげってい》をおいて）難波駅から浜寺に向かう。住吉を通過するとき、寛が安養寺で過ごした幼年時に犬に嚙まれたことや丑《うし》の時参りを見た思い出話をする。梅溪は大和川で途中下車して宅雁月を呼びに行く。乗り換えの堺駅で一時間待ちの間、待合室で寛・登美子・中山梟庵の三人が早速の歌詠みとなる。もっぱら登美子だ。

　大和川むかしの夢に似たるよと歌ひしひともあらばとぞおもふ（登美子）

こは汽車の中で既に出来て居たのであらう。酔茗君に聞かしたらどうかへしをするだらうと頻りに鉄幹が誦して居た。

　をみなごのはしたなしとはおぼすともこのみともにはもれじとぞおもふ（登美子）

女一人でいることへの恥じらいを言っている。梟庵は気の毒に思い、今日はそんなことは気にせず男たちを遠慮なくののしる歌をおつくりになったらいい、と応じる。ところが「この後鉄幹が又しても話の種にいひ出すには困った」。鉄幹が具体的に何を言った分からないが、中山にはそれが登美子には何か冷やかしと受け取られそうなニュアンスを感じたのだろう。実は鉄幹の愛弟子へのくだけた言動なのだが、中山は懇切なる関係を知るよしもない。はからずも親愛の情が書き手にも気づかれずに記されたのだ。この小歌会のあと一電車遅れたと思われる月啼が現れる。

「浜寺行き（切符）を売り出した、（この堺駅に）雁月、梅溪、鉄南、まだ来ない、山川女史お待ち兼ねの鳳女史も見えぬ」。登美子が晶子とすでに面識があったかどうかわからないが、今回の参加はもとより知っており、ここは女一人の居心地の悪さからの「お待ち兼ね」なのだ。結局八人全員の集合は会場の寿命館となった。

つまり堺の鉄南と晶子は直接会場に来た。これは二人としては、とくに晶子としてはもともと予定通り、さりげなく必然化させたことだったに違いない。が、この行程中、すでに彼女の心に微妙なものがあったはずである（晶子はメインの場での寛との初対面を避けるため四日の事前挨拶をしたのだろう、むろん登美子が寛と既知であることを知っており、遅れはとらぬための動機だったと思われるが、新たなより強い心の揺れを持つことになった）。

この催しは社幹の鉄幹は別格だが、非会員の登美子が主賓として遇されていることを中山記は物語っている（むろん鉄幹の意を体している）。晶子は接待側の一員である。後に晶子が巨大な存在になったため、最初から登美子を脇役にした関係性のなかで明星史を書くのが定型化してしまうが、このバイアスは認識しておいた方がいい。浴みをしたあとおそろいの浴衣姿で「大歌会」が始まる

（従って寛は一並びの地味な姿となる）。鉄幹から詠み出す。

むらさきの襟に秘めずも思ひ出でゝ君ほゝゐまば死なんともよし（鉄幹）

生まれきてはらからもなきわれなれば小貝ひろひてたがつとにせん（梅渓）

松多き高師の浜のまさごぢにわが歌反古《ほご》を埋めていなむ（登美子）

師とよぶをゆるしたまへな紅させる口にていかで友といはれん（晶子）

欄干に腰を掛けたる者、床柱に凭《もた》れたる者、膝を組む者、足を投げ出したる者、仰向に寝たる者、腹這ひたる者、ハンカチを手習ふ者、好きな真似をして歌にふけりたるを、涼しい風が感想を妨げぬ様に這入て来る、我世にあらぬ楽しさである。理想の歌に、

黒雲を火焔《ほのほ》にやきて魔の手より人の子かへす神わざの歌（鉄幹）

明星のひかりさやけきあかつきのみそらあふぎて地にかしこまる（梅渓）

（中略）

あかつきの星になさけの歌をよみてつちにおとしてともにすまばや（晶子）

（中略）

鉄幹、梅渓、そして登美子、晶子の順に注意したい。ライターは心得て書いている。花の女性組は登美子が晶子の前であり、まさにそういう「順」なのである。しかし晶子の積極性がすぐ作動し

だす。すでに「師」は鉄南ではあるまい、早くも「紅さす」女性性から歌いかけている。寛はここでは自他ともに許す「神」であり、そこから「魔」を見下ろしている。梅溪が誰よりもかしこまってその神を仰ぎ見る、恭順そのものである。

晶子はさらに「あかつき」（明星＝師）に恋の歌を詠みかけて、地面に墜落させて同棲したい——と。メンバーの歌が続くなか、鉄南が登場しない。「鉄南は何か頻りに思ひ煩つて居たが何時しか姿が見えなくなつた」（八人のうちただ一人ついに鉄南作は登場しない、即興が苦手か、別の思いか、あるいは晶子との途上で何かがあったか）。歌は墨書きしていたのだろう、中山は「鳳女史の読み憎いのには困つた」（いま残る彼女の直筆文は実際読みにくい）。

メンバーの掛け合いが続いていく。梅溪は「はらからもなき」と孤独調から入ったトーンを、「はらからにひとりわかれて妻もなく痩せたる腕にきぬの針もつ」と持続する。独身のわびしさの強調である。そして「市にいでゝ鬼の叫びをきくにたへず石を抱いて野に一人泣く」とも……（彼は幼時に父母を失い祖母に育てられ苦学）。登美子が「市人のつめたきゑみに薪もうらず米をも買はでかへりくるかな」と受けた——間違いなくこれで梅溪にスイッチが入った。

進行状況を中山が美文調でこう綴る。「あゝ綺麗だと叫んだ者がある、と見ると紅色になつた夕陽が海の果てに迎へに出た紫の雲におちかゝつて。其光線が雲に宇宙の錦繍《きんしゅう》を飾り立てた。夫れが黒き海の面に映つて浪のうねく〵輝いて見江る。この壮大な景色に向つては見惚れるばかりで、早速には歌の調和が出来ぬのである、皆欄干に凭れて僅に理想を語り合つて居ると、黄昏《たそが》る、濱風が松の梢を辿《たど》つて、暑さに悩みたる者を慰める神の楽譜に聞こえる」。
そして、登美子が運命の歌い掛けをする。

蛇さへもしたひよるてふ君が笛をこの濱風に一ふしもがな

「山里の夕焼けあかき野に立ちて草笛吹けば蛇慕ひよる」というあの「梅溪が近詠に能《こた》へたのである」と中山はずばり指摘する。むろん前月の「明星」第四号、梅溪作「蛇いちご」冒頭一首のこと（前掲図Ｅ＝１０３頁）。歌会でふつうの社交である。すると――

……梅溪は鉄幹が止めるのもきかず、君子危きに近づいて（欄干を乗り越えて前の）屋根の瓦に立ち、十八度の眼鏡に空を仰《あお》いで、歌もかへさなかつたが笛も吹かなかつた。

彼は本質的に散文の人、気の利いた即興の返しができない。孤独感に登美子が応えてくれた上に、歌い掛けまでしてくれた――「思い通ず」と勝手に解釈してしまった。異性と交際経験のない初な二十歳、動転して道化て見せるしかなかったのだ。

すでに暮色の気配が漂い誰誘うとなく外の砂地に降り立った。鉄幹が浪ぎわまで競争しようといいだし、一二三で走り出す。「梅溪は数歩で躓《つまず》いて倒れる、鉄幹と予は同歩調で月啼は二間程遅れて海に来た」。即すってんころりん、感激・動転おさまらず――なのだろう。悲しくもあるピエロぶりである。ここで「雁月、鉄南も来て」（と姿が見えなかった鉄南が現れる＝結局彼は消えたときとこの記述のみ）汐《しお》を浴びようと言ったが、波が高いので誰も飛び込まない。鉄幹は頻りに砂に歌を書いては波に消させている。「鳳女史は白い足を這ひよる浪になぶられて居る」と大胆なポーズ。中山梟庵のレポートはクライマックスの気分をこう書く。

日は全く暮れた、沖は暗い、漁火《いさりび》は一つも見江ぬ。未だ誰もかへろうとはいはん。うちよする浪にひかれていぬもよしこゝらを恋ひてさりあへぬ身は（梟庵）八人情死も近頃念が入り過ぎてるといふのでひきかへす。みち〳〵奇語を聞いた「妾《わらは》が死ねばこの浜です」こは鳳女史がもらした。

晶子もスイッチが入った、こちらは栄光への――である。登美子についてはビビッドな描写はない。晶子が鮮明な映像を結び出し、その分、登美子は後景に退いていく。位置関係の転換が巧まずに活写されている。レポート中の歌数も晶子八首に対して登美子五首。それも晶子は中山が「早速一矢」と書くような機敏な返しである。即応多作の天分の片りんを十分見せつける。

登美子は「蛇さへも…」がそうであるように、しばし会話が途絶えた沈黙の間からふと歌いだすような気配がある。中山報告は、夜もすがら歌を詠んでいたいところであったが「女の方があるので八時半の汽車で帰ることにした」。そこに「粗末ですがとくれたのが宿の扇八本」。歌は間に合わないのでそれぞれが名前だけ書く。つまり各人が八回署名してそれぞれ一本を持ち帰ったわけだ。「其速筆が今日を思ひ出の一番難有ものとなつた」（現存する登美子の一本については後述する）。

梅溪作への歌いかけは登美子にすれば、笛の音色入りでどこか旧約風のエグゾティスムへの共感があったにしても、「新声」での縁も踏まえたふつうの社交歌である。しかもこの蛇イメージはもともと六月刊「明星」三号に載った百合の花の茎に蛇が絡む挿絵に由来していた。寛は一条成美の描くこれを自作を載せる「小生の歌」欄の専用カットとして用いた（図G）。――この三号には河井酔茗の詩「覆盆子《へびいちご》」が載っており、「草に交れる赤き実を……よし覆盆子《へびいちご》毒ありて　人の子多く倒すとも苦きを知らぬ唇に」という一節があった。この酔茗作がまず原稿の段階で寛および成美にインスピレーションを与えた可能

図G　鉄幹作用のカット「百合と蛇」（明星3号）

性が高いのだ（「明星」成功に一条イラストを起用した編集マン・寛の冴えもある）。

絵柄として咲く百合の花はラッパ（笛）を連想させ、蛇はすでに首をもたげて舌を出す獲物に照準の体位をとる――茎に絡みつく胴体は朝顔のつるにも同化……。ただ成美作品自体は西洋画集などからの模写と思われる（そういう時代であった）。梅溪も酔茗の「覆盆子」および「赤」「唇」から言葉として「蛇いちご」の冒頭歌が湧いたのだろうが、詩的想念としてはこのカットに触発された部分が大きかったのではないか。いずれにしろこの段階では専用カットへの称賛を込めた寛へのお愛想作である。登美子は当然そんなことは分かっている、つまり彼女の歌い掛けも師の君への意味も含んだ、いわば二重のかけ歌であり、重心は後者の方にあったに違いないのだ。

編集者は紙面（この段階は新聞型）の権力者である。登美子の「露草」と梅溪「蛇いちご」が載る七月の第四号のレイアウトはすでに触れた（前掲図E＝103頁）が、四段構成のこの新聞型紙面の三段目の大部分を占めるのが登美子作で、梅溪作が真下の四段目だった（両者の間の晶子は三段目末尾から四段目の始め）。登美子作の真ん中に「文学士内海月杖君」と説明が付く素描ペン画のポートレートが割って入る。逆に言うと月杖が登美子の世界に抱かれている（そのまた逆をいうと梅溪の「蛇いちご」五首が登美子と月杖を担いでいる）。帝大生の制服と思われる詰め襟姿、端正な貴公子然とした風貌だ。

この頁に月杖自身、あるいは彼についての記事はない――遠く離れた二頁に彼の劇詩訳評「騎士論」はある――ので編集原理からすると正調を外しているのだが、寛はあえてそれをしている。少年の心理は見通し済みだったのだろう。月杖は翌年、照魔鏡がでたとき寛の家に駆けつけた水野葉舟が、「先生の前にはその時分、明星の特別の協力者と思われていた……氏が対座して惨として居られた」と回想した人物である。実際、明星創刊号からドイツ詩論を軸に大きな扱いで登場しており、紙面の権威づけになっているのが分かる。

ともかく、登美子の心は梅溪が期待するようなそれではまったくなかった。だが、この歌い掛けが、自らの運命と明星そのものの躓きの石となろうとは知る由もなかった。「百合（笛）と蛇」は浜辺の歌会を経て、寛の自作用カットとしてだけでなく、臨機に梅溪片恋のメタファーとして利用されることになる。梅溪には残酷だが、ここで正富汪洋が前出『明治の青春』で次の証言をしていることを示しておくのがわかりやすいだろう。Ｔとは高須梅溪のこと（照魔鏡事件はここに始まった）。

……粟田山同宿の前に、こんな風聞があった。当時相当活躍していたＴが（高村ではない）登美子に恋文を附けた。ところが、いやだと振り切って、その一切を寛に知らせた。そのことについて寛が、Ｔに言うところがあった。Ｔは、その言葉によって、寛は、すでに登美子と深くなっていると感じた。（三八頁）

この粟田山同宿は、その秋の十一月五日、徳山再訪の帰路に鉄幹が晶子と登美子を連れた京は東山の辻野旅館の一泊を指す。明星ロマン史の白眉、多くの文芸作品が生まれることになる（晶子主役、登美子脇役の例のトライアングルを軸に）。寛がＴに「言う」た時期は、浜寺の歌会以後、この粟田山までの二カ月ほどの間のことだ（登美子は粟田山のすぐ後、親の強いる結婚のために郷里の小浜に帰る）。

4 「新星会」のこと

中山のレポート「高師浜」が載った「関西文学」第二号（通巻二十八号）には「新星会詠草」欄があり、鉄幹自身の九首を先頭に、月啼、登美子（七首）、晶子（同）、しんがりの梟庵（九首）ら八人計六十首余が載った（浜辺の歌会の二日後の八月八日、寛の旅寓である平井旅館での会の作らしい）。既述のように第一号で先頭にあった鉄南作は消えていた。この順、歌数にも周到な計算がうかがわれる。中山報告中に「蛇さへも…」など五首が記録された登美子だが、出稿者として自分の名前での「関西文学」での登場は初めてであった。

晶子七首のうち一首が、「わかき子の胸の小琴の音をしるや旅ねの君よ手枕かさむ」。君《きみ》はむろん鉄幹だ。これはレポート中の「白い足を……なぶらせる」彼女の大胆なポーズの記述に続いて記された登美子の歌、「この浪に調べあはせんよしもなしむねの小琴のあまりにやさしく」を踏まえている。意は、あなた（鉄幹先生）はその子（登美子）の胸のなかのときめきをご存じでしょうか、でも私があなたの手枕をしてあげます――である。続けて「わがうたにひとみの色をうるませしその君去りて十日立ちにけり」。あなたが去られても私に注がれたあなたの熱い視線は胸に浸み込んで消えることはありません、だろう。

登美子七首の一首は、「かず〳〵の玉の小琴をたまはりぬいざうちよりてかみを讃めんか」（恋衣では末尾は「神をたたへむ」）。素晴らしいお言葉をたくさん頂きました、皆で心得として学んでいきます――一歩引いた姿勢に性格の違いがはっきり出ている。はや勝負はついた、ともいえる。中山梟庵九首の最後が、「ふたりして神にいのりをたてまつり世をおどろかす恋をせずやきみ」、さすがに慧眼である。

ところで鉄幹自身の九首の冒頭は、「神戸すぎて心にくしとわがおもふますらをぶりは平忠宣」。この時期、寛は神戸の「新潮」にテコ入れするのだが、地元で中心となって動いたのが平だった。政治的な賛である（新潮は「関西文学」終焉に複雑に絡んでいく）。梅溪あて一首もある。「名をくだすそれを厭《いと》はゞやまに入り石をいだきて我恋と云へ」。歌会での「市にいでゝ鬼の叫びをきくにたへず石を抱いて野に一人泣く」を踏まえている。恋する人の名も言えないなら、山の石でも抱いてるのが君にお似合いだ――。ユーモアともとれるが梅溪起源の雑誌でもあり、異様な感じは漂う。

新星会はこの時点では大阪における寛のグループになっていた。だが、もともとは「よしあし草」掲載における堺支会メンバーの括りの名称である。その名はこの年正月の同誌二十二号の和歌欄中に初登場する（編集が酔茗から梟庵に移ったとき）。すゞしろのや（伊良子清白）を冒頭に鉄南・晶子・梟庵らの計二十余首。酔茗の名は登場しないが、時々現れる「無縫」が酔茗に違いない。ほころびの出た呉服商いを繕うのはやめたの含意か。新星会は編集上の区分けであり、実体的な集団ではないが系譜的には酔茗人脈となろう。以後、同会詠は二十三、二十四、二十五号にもある。

鉄南の登場の仕方が興味深い。二月（二十三号）は鉄南が先頭で六首、次が晶子五首、やはり最後に梟庵六首。三月（二十四号）は晶子が三番目に八首（うち二首を五月の明星第二号の歌壇小観で寛は「恰も一篇の小説」と激賞し引用する）、鉄南が八首、同位置に梟庵九首。四月（二十五号）は二番目に鉄南八首、晶子五首、次が同じく梟庵十首（この四月は明星が創刊されたとき）。五月は発行せずで六月（よしあし草として最後）に新星会はなし――「関西文学」と改名するに際し欄の新規の印象効果のために一回休んだか。

このように新星会は堺起源ながら酔茗が編集から手を引いたときに表れた名称であり、梟庵と晶子の前面浮上が読み取れる。通巻二十七号の「関西文学」一号で鉄南をトップにした「新星会近詠」の表題となり――この一回だけが最後に目立った鉄南であることに留意したい。翌月の二十八号は「新星会詠草」で頭は鉄幹に代わった。以後、終刊の三十二号までこの形であり、寛が牛耳をとり、晶子・登美子を前面に、ときおり雁月、そして末尾の締めの位置に梟庵というパターンとなる。鉄南が見えなくなり、消えていく過程でもある。六月一日刊の「明星」第三号社告には「新詩社第四支部として和泉国堺市柳之町、宅雁月方」と出ていた。雁月は堺支会発足時の青年文学会加入者で中山梟庵と親しかった。そこが新詩社支部となった。

寛は酔茗の上京に合わせるように五月刊の「明星」第二号（晶子が「花がたみ」で初登場した号）の

「歌壇小観」に新星会についてこう書く。「同会は堺市にある新派歌人の団体で、河井酔茗氏が牛耳を執つてゐるが、会員中に妙齢の閨秀で晶子と云ふ人の近作（二首を提示）……また梟庵と云ふ人の近作に……（どちらも）恰も一篇の小説を読む心持がする」。ここで提示された晶子二首は「よしあし草」三月号（第二十四号）に掲載分の転載だ。同時に別頁に「花がたみ」の題名付きの六首も載った。登美子が「鳥籠…」作でデビューしたのもこの号である。十七頁の片隅に一首だけ穴埋め的に載せられた。晶子の題名つき六首とは違う扱いだった。

つまり上記「歌壇小観」は酔茗にことよせて晶子を破格に扱う次第を述べているのである（鉄南も晶子推薦の口添えをしたことが分かっている）。併せて梟庵の地位のテコ入れでもある。伊良子清白は結局、正月に一回出ただけ（すでに所在の分かりにくい漂泊人生の緒にあった）だが、鉄南の頻出と合わせれば寛のいう「堺市にある新派歌人の団体で、河井酔茗氏が牛耳を執」るの論拠にはなり得るわけだ。

明星を売り出すためにタレント、とくに女性が必要であった。寛の自己推薦の登美子は第二号でとりあえずちらと出し、次の三号から新詩社員の一人としてという計算で、「新詩社詠草」欄の五人の二番目に四首で登場させている。「新星会」などではない、新詩社員であるとの宣言である。そして第四号で堂々の「露草」題の九首となる。晶子七首の前、下段に梅溪「蛇いちご」七詠――運命のレイアウトである。

酔茗を立てることでスムースに進む。寛としては「新星」という名称も星菫派を自認する身に好都合である。「星の子」「師の君」は女性たちも好んで使った。「明星」の自己陶酔のシンボリックな言葉であり、そのように仕向けてもいた。明星とは何より寛自身であり、用語の経緯でそれとなく人格者・酔茗の認知ということにもなる。

先の歌壇小観の新星会への言及に続く記事が、「この会と我社とは八分まで前垂掛の集りであるのが一風変つて面白い」。ことの成りゆきから「この会」とはすでに新星会の親元の関西青年文学会であってもよく、つまりほとんど同じだから（ごちゃまぜがベター）、一緒になっていい、つまり「関西文学」をのみこんでいい――のトゲの立たない言明なのである。いわば雇われ編集長だった酔茗自身がこだわりをもったとは考えられない。それなりに敬意は払われていたし、ぼんちの若《わか》仙人に寛の高等戦略は分からない（後に久恵が『長流』などで距離感をもって描くことになる）。

この間、すでに自誌となった「関西文学」誌上で社幹の鉄幹は新星会欄とは別枠の詩・短歌（和歌）欄で何回か各先頭位置で登場する。二月の通巻二十三号に「人を恋ふる歌」が載る。彼の作として今もかろうじて記憶されている唯一の詩といえるだろう。「妻をめとらば才たけて　顔《みめ》うるはしくなさけある　友を江らばゞ書をよんで　六分の俠気四分の熱……」である。

前述のように八月改名の「関西文学」第一号（通巻二十七号）では、河野鉄南の八首を先頭にした「新星会」欄が鉄南の選と見えるレイアウトで登場していた。改名第一号では寛は自身の露出を避けて、鉄南を前面に押し出したのだろう。

鉄南八首の一つが「光起が源氏の絵巻見たれども君に似し者さてなかりけり」の鉄幹讃歌である。

なおこの一号からそれまで継続した酔茗編集の特徴だった巻頭の「支会報告」が消えた（会員増加はペースダウンし衰退期の特徴も出ていただろうが、何より明星体制を期す寛の方針だろう）。そして九月の第二号から自らの前（全）面堂々の登場となった。この第二号以降、終刊の六号まで鉄幹選の形で同欄は続くが、鉄南は全く登場しない。「明星」には九月の第六号に二首載ったが内一首が「光起が源氏…」であり、寛が気に入り勝手に転載したと思われる。

「関西文学」二号の新星会欄から登場した登美子は十月の三号（五首）、十一月の四号（七首）と各晶子の前に掲載されるが、四号で終わる（結婚で帰省のためと思われるが「明星」の方は中断しつつ寄稿を継続）。ただし、この四号には新星会に関係ない梅溪が突如現れる。「人の世の汚れし恋にあき果て、口つけしたる山百合の花」「雨の窓にはかなき恋の夢はならず歌かきをればあけの鶏なく」など傷心の四首。ただ、巻末の「消息」欄には梅溪自身の「碌な歌はできないが鉄幹子の選にかなったので、新星会詠草中に加えてほしい」という、編集者・梟庵あての便りが載る。登美子の最終登場を聞いていたのか。

登美子は梅溪の後の六人目に七首、うち一首「うつゝなきいたづらがきをいつのまにとなりの子猫くはへていにし」。登美子にあるユーモア系の作であり、むろん前にある青年作の気分とは全く違う——この配置に差配者の残酷な快の響きがある。

十二月の五号は寛（十首）の次に晶子（十二首）。最終号となる翌二月の六号は「夕戸（新星会詠草）」＝夕戸が巨大活字、（　）内が小活字＝の表記で中村春雨の「年頭所感」の次の位置に於かれた。

寛（七首）としんがりが梟庵（九首）、晶子はない。夕戸の題は寛の一首「おぼろげによわきなさけを知りそめて春の夕戸を恋ふる身となりぬ」からとっている。梟庵の返し、「もし君のものおもはしき夕戸あらばこの白梅をそこにうつさむ（鉄幹兄に）」。なにやら恋心をうたうらしい親分を、子分が寄り添い慰めているようでもある。巨大活字の「夕戸」と弔花ともとれる白梅は何を意味するのか。

一月刊の明星第十号に梟庵の短歌十七首が「晩鐘」の題のもとに載る。なかに「わが笛を門にのこして人を待つにひろいし人もまたすてて去る」「やわ胸に矢じりのふかくたちたるをおどろかぬ人よべ夢に見し」がある。胸の痛みは彼自身のかなわぬ恋心を歌っているのだろう。彼は新詩社詠草のなかのワンオブの存在なのだが、題名つきの堂々たる登場（まず八号の「秋痩」で十二首）はこの時点での寛の高い評価を示している。ただ、二人の息の合ったような親密さも、永続したわけではなかった。

中山正次（梟庵《きょうあん》または琴風《きんぷう》）について宮本正章の研究（巻末文献）に拠りつつ見ておこう。明治十年（一八七七）に岡山県で生まれた。浪華青年文学会創立メンバーの一人。明星には第六号の八首に始まり計百三十首余を発表した。初出八首は鉄幹のためによく働きだした時期に符号する。三十四年九月（照魔鏡の半年後）上京し、新詩社および酔茗のもとに出入りする一方、東北で医学修業したらしい。医学校名は不詳のようだが、明治四十一年元日刊の「明星」付録の「新詩社同人名簿（四十年十二月二五日調査）」に「青森県下北郡大畑村大畑医院　医師　梟庵　中山正次」と出ている。同年十月に医師免許取得、四十五年五月に郷里の岡山県真庭郡久世町で開業した。医学修業中に歌壇から遠ざかったと思われる。郷里ではかつての活動のことを語ることはなく、「文学に趣味を持った青年などが梟庵が新詩社に属したことを知り、鉄幹や晶子について質問しても、はかばかしくこたえることをしなかった」と宮本は記す。さらに木《き》俣《また》修《おさむ》が明星の終刊とともに消えた少なくない作家たちを一将功なりて万骨枯るに例えたのを引用しつつ、「梟庵もまた詩歌人として……万骨のなかに入ると思われる」と論を結ぶ。

昭和三十五年（一九六〇）没。歌人として名を残さなかったが、レポート「高師浜」は明星ロマン、とくにその後の文芸作品への貢献は大きく（かなりいいとこ採りされたことも含め）、これだけでも十分記憶されていい名作である。同レポート末尾、宴の果ての心境を、「予はこの時にして酔茗君を思ふこと頻りなのである」と書いた。

浜辺の歌会以後に影を薄くしていった河野鉄南は、明治三十二年（一八九九）一月に堺支会に入り、酔茗のもとで意欲的に短歌を発表するようになった。明星が創刊されると社員横並びの詠草欄に第一号に三首、二号に二首、採用されている。寛は大阪訪問に備え幼なじみの有用性を考えていたのだろう。「関西文学」一号の光源氏にかけた鉄幹讃を含む八首の最後にあるのが、「雨中河井酔茗兄の東上を送る」と前書きした、「ゆけど〳〵名残はつきず君をおくる停車場《ステーション》のあたり雨更に多き」である。酔茗の送別会は四月一日に例の寿命館で開かれた。後日、大阪駅に送った際の風景である。単なる社交の詠とは思われず、酔茗とともに鉄南自身の人柄をも偲ばせる。晶子を寛につなぐ任を果たしたとの思いで去って行ったのか。晶子も手紙で酔茗にこう送った。「牡丹ちりふぢもつゝぢ色あせぬあすよりのちの春のふる里」。五月六日付けだからまだ鉄南を思う日々の詠。

基本的には新星会に関係ない梅溪が、「関西文学」第四号に登場したことは述べたが、実はその前号十月の第三号にもやゝ妙な形で登場していた。新星会詠草欄には違いないが、その後段の穴埋めレイアウトともとれる連歌二十一首中の二首（二組）。相手は登美子である。

色あせし花の衣をかへしみて　　登美子
むかしの恋をしのぶころかな　　梅溪
へしぐ〵と灯《ともしび》くらき文机《ふづくえ》に　　梅溪
おもはずかきぬ君が名あまた　　登美子

八月八日の寛の旅寓での歌会の作に違いない。つまりこの会の詠が二、三、四号と分載されたのだ。作自体は恒例の社交歌であるが、これも青年の頭に血を上させる要因になった可能性が高い。梅溪の登場のさせ方に、寛が楽しんで誌面つくりを指示している気配が伝わる。

登美子の「関西文学」登場に敏感な読みをしたのが明石利代《あかしとしよ》だ。こう解説する。「関西青年文学会の幹部たちにまじって今まで関りの無かった登美子の名があるのは、『関西文学』二号の動向と性格づけとを支配したものが何であるかを明示する……、『関西文学』二号は、単に新詩社の運動支援の姿勢を執るだけではなく、鉄幹を中心とする和歌グループのための雑誌にすっかり変じてしまったのが、ここに示されたのである」（『関西文壇の形成』一八二頁）。まだ控えめに記しているが、「関西文学」千二百部をまるごと新詩社、つまり「明星」に取り込んでしまおうとしている――と言わんとしている。端的に言ってしまえば、新星会は鉄幹に帰属心をもつ者からなる乗っ取り実働部隊である、と。

「よしあし草」発足時以来の中山梟庵がここでは忠実に動いていた。改名第一号では鉄南の名で配下グループをそっと出し、二号で鉄幹を前面に登場さる。それぞれが自覚していたかはわからないが、少なくも鉄幹に恭順していたメンバーには違いない。鉄南は違和感があった。その後、梟庵自身も。他方、雑誌の変容を目にして梅溪も穏やかでない心情が急伸したはず。登美子が今や新星会員だっただけに思いは複雑だったろう。

5　梅溪、そろりと牙

当然のことながら九月刊の「関西文学」第二号は子細に読んでいくと不穏感が漂いだす。まず巻頭にあるのが「消息」と題した事実上の巻頭言で、来阪した鉄幹の動向を詳しく報じている。署名は「某手記」となっているが、梅溪である。いわく――

三日＝平井旅館着、五日＝文学講話会、鉄幹氏悠然と演壇に登り五十人を前に新派和歌論を循々として説き一時間半、満場何《いず》れも賛同の意を表す、六日＝支会の雁月・鉄南氏の招きで浜寺で歌《うた》蓆《むしろ》、委細は中山記事にて承知されたし、七日＝神戸支会の招きで山手倶楽部で同じく盛会の講演会、天眠氏も来たり会す、終わって（地元の）斎藤溪舟《けいしゅう》らの発議により十二人で須磨・舞子に繰り出し歌稿が山を成す飲酒の宴、八日＝宿に中山、思西《しせい》、自分の三人が期せずして会す、堺からは鳳晶子君来訪、浪華春風会幹事の二女性（和久・服部）も、そこで山川登美子君も招いて（土佐堀川の）河風に袂吹かせながら歌蓆《むしろ》――（晶子は堺から、登美子は徒歩の圏内である）。十日、梅溪は寛の岡山の新詩社支部行きに小石青麟《せいりん》（孚治郎）と同道し、一泊する。

ここから五日の講演会が本部として正規の催しで、翌日の歌会は堺支部のそれであり、従って梅溪は本来関係のないことであり、本人が意欲満々（前夜から泊まり込んで）の押しかけだったことが分かる。七日は神戸の講演とその後十二人で須磨へ繰り出す（晶子・登美子の参加は不明）。岡山の次の行程の記述が興味深い。意図的に不備な文章なので予めカッコ内で補っておく。

「岡山の講演終て（一人徳山を訪ねた後）鉄幹氏再び大阪に立ち寄り、（八月十五日）浜寺にて歌蓆を開きたる由」。徳山行とは滝野の林家との話し合いだ。一カ月後に生まれて来る子について正規の婚姻問題、それに「明星」の資金繰りだったことは間違いない（不調に終わり十月末の再訪となる）。つまり事情を知る梅溪は心得て曖昧に書いたのだ。寛自身が苦境を車中で語っただろうし、梅溪は滝野本人からも聞き得る立場にあった。ここでは配慮からの曖昧化だが、真に役立つときが来る――従ってそのとき寛は犯人がすぐわかったのだ。寛からすればこのときの西行はこちらが本件で、大阪での日程は従だったといえる。それが晶子、そして登美子の運命をも決めていくことになった。「消息」からすると十五日の二度目の浜寺歌会を含めて晶子は四回、登美子は三回、寛に会ったことになる。「二週間足らずの間に二人は数回以上も鉄幹に会っている……歌の道に志した若い女性の激しい熱意ではあるにせよ、当時としてはやはり異常に属すること」と坂本政親が書くのは（『登美子全集下巻』七六頁）その通りだろう。

梅溪は二度目の歌会は「……開きたる由」と書き「小生は山陽地方に漫遊」と締めくくっているから、彼自身は参加していない。最初の感動を二度目で薄めたくなかったのか、すでに登美子に何らかの意思表示をしており自信がなかったのか――。ともかく彼はまことに神妙・恭順である。この「消息」がいつ書かれたか分からないが中旬から下旬までのことだろう。次に述べる八月末と明記された同誌上のもう一つの稿は全く異なるトーンで、拳骨をふりまわす本来の悲憤慷慨調となる。「文学は決して人を毒するものにあらず」で書き出す「文界所見」と題した一文だ。いまどき小説家として成功しているものは文学者としてあるべき修養と人格をもっていない、「大抵自己の道楽より他の事業に失敗して、ゆく所なく、終に文界に投したるもの多き也」。尾崎紅葉《おざきこうよう》、幸田露伴《こうだろはん》を除けば云うに足りない。「神聖なる文壇にあらずして、虚名に汚れたる文壇……全然空虚なり」、これは我が国の恥辱ではないか。そして「何人か現はれて、之を革新するの機運に会すべし……純潔なる青年文士が相協力（すれば）空虚なる文壇を破壊する事決して難きにあらず」。最後に（八月末稿）のクレディット。小説のこととして言っているが、いずれ誰かに適用可能な文意である。ちらり牙が見える、疑心の作動か。

「よしあし草」は八月刊の前号で「関西文学」となったが、この第一号の巻頭言は「合同の辞」と題し無署名だがこれも梅溪だ。理由は「よしあし草」よりマイナーな地元誌「わか紫」との合同だった。目指すところが同じなので合体するという趣旨で一応は理解できるとしても、三冊目で終わる三号雑誌がふつうのなかで、創刊から満三年、二十七号の堂々たる実績からすれば、平凡な名への変更はむしろ異様な感がする。

通巻号数の表記もなく、表紙の画（前掲図C＝89頁）を「新派画家の中に於て傑出の名のある中村不折氏」にして「初刊より大いに体裁を異にし」と前名誌との違いを強調する断りが表紙裏にある。何かの思惑が働いている。思惑とは端的に、「三号雑誌」にするということだ。強力競合誌の登場が分かっていた。

その意味は、十月に薄田《すすきだ》泣菫《きゅうきん》（一八七七―一九四五）の主宰で「小天地《しょうてんち》」が刊行されることで、同じ傾向の雑誌は統一した方がいいという理由づけが可能になる。泣菫は二十二歳の前年十一月に『暮笛集《ぼてきしゅう》』を刊行し一気に文名を挙げ、在阪の最も著名な文人となった。中央の著名な書き手の寄稿が予想され、実際そうなった（泉鏡花・島崎藤村・国木田独歩・田山花袋ら）。

刊行は暮笛集の金尾文淵堂《かなおぶんえんどう》で経営者の金尾思西は「よしあし草」初期からの会員であり、誰よりも寛が泣菫の強力な後援者だというやや複雑な関係にあった。泣菫は「明星」に一号からよい扱いで登場している。三号に「泣菫さんは名の様な優さ男で内歯《うちわ》に歩く相《そう》だ」と消息の「き丶かぢり」欄冒頭に載ったように、いかにも美少年の写真が残る。

むろん寛はなによりも明星が売れなくては困る。同時に泣菫は支援したい――ということは少なくも地元の競合誌はできるだけない方がいい。若く貧しい地元読者に複数誌をとってもらうことは期待できない。まず「わか紫」を消して新雑誌「関西文学」を立て、三号、せいぜいプラス・アルファ誌で終わらせる、そんな整理手順である。実際には六号誌となったが、三号で終わらなかったのはまずもって「よしあし草」の実績である。

泣菫の「小天地」は二年半、二十五号で終わった（その二年後、石川啄木の一号で廃刊した同名誌があるがこれとは無関係、寛はこれもバックアップした）。照魔鏡での袋叩き下、泣菫はほぼ唯一の弁護論を書いた。晶子の令名のもと、寛が忘れらたようになった昭和七年（一九三二）、毎日新聞（現在の同紙）が公募した「爆弾三勇士の歌」の懸賞募集に寛の作が当選となり、三月十五日紙面に発表された。突撃したマスラヲを称える十連からなる詩。随筆家そして大阪毎日記者として歩んだ泣菫が選考責任の学芸部長であった。

「よしあし草」の改名は梅溪自身にも思惑があり受け入れた。「明星」八月一日刊の第五号「文界雑爼《ざつそ》」に寛はこう書く。「梅溪（中村）春雨二氏は暑中休暇相携へて関西へ帰省した。梅溪氏は『よしあし草』の改題『関西文学』と雑誌『わか葉』との改善について大阪で鋭意計画中だ」。寛の手のひらの上で動いている。少なくとも梅溪自身が積極的であると読み取れるようになっている。春雨も了解という念押しをしているのが寛の周到なところだ。

この記事の直前に酔茗評がある。「酔茗氏は時流に珍しい温厚寡言《かげん》な青年詩人で毫末《ごうまつ》も才子肌と云ふ者がない。併し旧家の秘蔵子だけに牛肉が嫌ひ刺身が嫌ひ果物が嫌ひ酒が嫌ひなどは余程変つてゐる」。ユーモアにくるめたもう一つ肝心な念押し。この三者を抱き込めば（丸め込めば）ことは穏便に済む。梅溪は事態を正確に読み切れていない――今は大事なことがある、庇護者のもと、何はさておきの恋する少年心理下にあった。

十月十日刊の「関西文学」三号に九月から雑誌型となった「明星」六号への梅溪の高らかな賛が出る。「文界小観」と題した時評中に「明星の飛躍」と小見出しを立て、「面目全く一新、紙数の増加、材料の清新、表紙（成美画）の瀟洒《しょうしゃ》、皆吾意を得たり」と。論争中の子規宛て寛の公開文「子規子に与ふ」に関しては、「……知らず子規、如何《いかん》の言を以て之《これ》に答へんとする乎《か》」と感嘆激賞。「明星」六号は九月十二日刊だから刊行後早い時期の執筆だろう、恭順期掉尾《とうび》を飾る鉄幹賛である。

なおこの明星六号が出た三日前の九月九日、朝十時に神戸港に入ったドイツ船プロイセン号から、子規の友で無名の夏目金之助《なつめきんのすけ》青年が上陸し、「諏訪山山中常盤ニテ午餐ヲ喫シ温泉ニ浴」した（日記から）。ドイツ留学に向けて前日、横浜を出港したのだ。漱石に鉄幹や明星への直接の論評は見られないが、寺田寅彦らへの私信や『吾輩は猫である』の「六」（明治三十八年）中には、旅先で腹痛を起こした迷亭先生の「天地玄黄」絡みの発言中に、名指しこそしないが鉄幹へのシニカルな眼差しと読めるところはある。

行く秋、切々たる慕情の梅溪作が「新声」や「明星」にも現れるようになる。並行するように登美子の恋心を忍ばせた歌も「明星」や「関西文学」に現れる――こちらはむろん師の君を思ってのそれだ。晶子と競いあう満開の明星ロマン歌である。まず梅溪の悲歌から見る。歌会の二カ月後、「新声」十月十五日刊号に「夕陽」と題した随筆でこう書く。

松風の声、白波の音、相和して、自然の琴を奏づる濱寺のほとり、欄干に凴《よ》りて……世を憤る心と、人を恋ふる情に悶《もだ》え苦みて、将《まさ》に常識を失はんとせし吾は、夕陽の燃ゆるか如くまばゆげなる光を瞻望《たんぼう》して、覚えず粛然として容《かたち》を正うしたり。……我理想の少女は深山の白百合を探るよりも猶《なお》求め難し、かくて吾は絶望の淵に陥り、闇黒の谷をさまよひ、心中の妄念《もうねん》、常に心頭《しんとう》を去らず、展転し、煩悶《はんもん》し……日は全く没しぬ。新星の影一つ松の枝にまたゝきせり、吾は恋と憤と而《しか》して死の運命に関与する夕陽をとはに忘れし。（三〇頁）

中山レポートの美文の余臭がするが、白百合の少女は死の想念のなかに現れ、「吾」は絶望を告白する。また同じ十月の「明星」（十二日刊の第七号）掲載の随想「牽牛花」（アサガオ）では、祖母と侘び住まいする長屋の寝室・応接室・編集局すべて兼用のお粗末な書斎から、狭い通路というべき裏庭を眺める自分の姿を、演説調とは異なるタッチでつづる。そこに咲く朝顔を——

……僕は少さい時から花好きであつた、野辺などをゆくと、屹度《きっと》第一に花に目を附けるのが癖のやうになつて居る、花の名はわからぬが、唯《ただ》無暗に花でさへあれば嬉しいので、帽の縁に挿したり、耳にはさんで見たり、胸に入れて見たり、丸で小供のやうなことをして、友人に笑はれる事が屡《しばし》ばである。そして又花の中でも、菫《すみれ》や、撫子《なでしこ》や、それから朝顔のやうに哀れに優しいものは、無限の同情を寄せるのが常なのである……まず暁……清く爽やかなる風が、かすかなるさゝやきを以て音つれる毎に、朝顔の蔓《つる》をまずゆら〳〵と動かす……ちやうど初戀の味を知り初《そめ》た少女が、その戀人に思ひ切て自己の情熱を物語らうとして、花のやうな唇をぶる〳〵と振はして居るかのやうに思はれる。あゝ此時——吾は突然燃ゆるやうな思ひを以て、朝顔に接吻《キッス》するのである……まず紅色の色を見るにつけて、僕は恋愛を連想してくる。紅は熱情の表示、燃ゆるやうな恋の思を表して居るのであるまいか、若しも僕があるラバーに花を封じてやる場合があるならば、それはまず紅の大輪を撰ばうと思ふのである……おゝ風の神、さらば明けの明星のまたゝきと共に、うるはしき銀笛を朝顔の乙女の下に吹き給へ。（五一頁）

例の七月「明星」四号の登美子「露草」を踏まえている。濃厚な紅の唇イメージは「手作りのいちごよ君にふくませんその口紅の色あせぬまで」からであり、朝顔は「月の夜を姉にも云はで朝顔のあすさく花に歌むすびきぬ」である（どちらも鉄幹の手直し入りの絶賛作）。これが下敷きに違いないが、じつはより直接には登美子の最新作、前の月の九月「明星」六号に載った登美子の美文がある。社員から鉄幹宛ての来信を載せる「新雁」欄に出たもので、こうだ――

浜寺、住の江の歌まきは早おもひで草となりて……けさ起きいでて雨にぬれたる露の朝顔、あまりのかわゆさに思はず口つけ候へば、冷かなるその露、かりそめながらやさしきかをりは忘られがたく候。殊に少しなやみたらむやうに傾きたるが、さはりし手におちまゐりしかば、拾ひて頰にあてて、更にあまき〳〵露を唇に致し候。云はん方なきやさしさに、この罪、神に祈りつつ、ひと花つみて封じ参らせ候。御手に上らん時までしをれなとこそ念じ参らせつつ。

（登美子）

純なる少年は恋するその人が「口つけ候」朝顔に、「突然燃ゆるやうな思ひを以て……接吻」するのだ。イマジネーション上の熱烈なる接吻である。だが彼女が甘き露を唇にしたその花の送り先は、まったく別だった――つまり師の君だ。あゝ無残なのだが、果たして登美子の文からそれを読み取れず、「牽牛花」が書かれたのだろうか。現実に自分にその花が届いていないとしても、あくまで自分に向けた文学上の表現と（勝手に）解釈しているのだろうか、だとすると恋はまさに盲目だが、「夕陽」の絶望を見るとそうでもないようだ。

じつは随想「牽牛花」とは別ページ（四一頁）明星に梅溪の歌七首が載る。やはり深い慕情調の二首目に、「まどろみてわがせこ創《きず》に倒れぬと夢みし日より文は来たらず」とある。返事がない、嗚呼《ああ》！　つまりその上で、「燃ゆるやうな思ひを以て」イマジネーションの接吻を送っていたのだ。さすがに純な詩人ではある。正富が「恋文を附けた」と書き、登美子が「いやだと振り切って、その一切を寛に知らせた」とする残酷な事態を裏付けている。

既述のように登美子は当の九月「明星」第六号（二九頁）の十五首中でその「文」の処置を語っている。「うけられぬ人の御文《みふみ》をなげやれば沈まず浮かず藻にからまりぬ」。九月十二日刊だから、梅溪レターは歌会後の八月中旬から月末までの間に届いたのだろう（後述のようにおそらくこれは第一信）。投げ捨てられてしまった！　その悲劇自体はまだ知らずとも彼は例の八月十五日の再開歌会に出る自信はなく、旅に出るしかなかったのだ。だから事態を把握せぬまま六号の来信欄「新雁」に「拝啓一週日漸《ようや》く石州より帰坂、帰路は汽船に乗りて大風濤に遭ひ、九死に一生を得たる始末…」となにやら空元気の筆致で書く。この恋にはその人が師と考える人＝鉄幹の了解があらまほしきことである。故に、続けて「梟庵より承れば（寛氏の）御病気の由心痛に絶えず」と気配りを見せる段階にあった。

先の十月「明星」第七号の慕情七首のうちには「鐘の音に我は聖者《ひじり》を思へども市人《いちびと》酒に酔ひしれて狂ふ」もある。中山レポート中のあの浜辺での登美子作「市人のつめたきゑみに薪もうらず米をも買はでかへりくるかな」（明星六号にも再録）になお必死で掛けている。さらに「わが胸にあつき血汐のあらむ限りはかなき人の為に泣かばや」と。ピエロどころではない、嘆きのウェルテルである。実際、『文壇照魔鏡』刊行の半年後に出した初の署名著作『暮雲』(新声社刊)の中で悩む友人に託して(自身のことを)こう書く。「憂いになやめる友あり。一巻の詩集を懐ろにして、吾を音《おと》づれぬ。髪いたく亂れ、色いたく青ざめしさまは、リ、の門邊《かどべ》をさまよひしゲーテの面影に似たり」(七四頁)と。詩人は、なお絶対矛盾下の文学的行動に突きすすんでいく。「狂ふ」自覚があるなかで。

十月十二日刊の明星七号には「清怨(新詩社詠草)」欄に登美子の十二首が載る。この号は登美子が師の君・鉄幹への慕情をあからさまに歌い出した号である。名実とも「明星の登美子」登場である。「あたらしくひらきましたる歌の道に君が名よびて死なんとぞ思ふ」「わが手もて摘みてかざせるひと花も君に問はれて面染《おもそ》めにけり」。花はもとより「君」のための飾り、「君」に命をかけます——。梅溪に追い打ちを掛けるに十分だったに違いない。晶子作が登美子の後に二十八首、そのなかに時代をとどろかせた官能ラブソング「やわ肌のあつき血しほにふれも見でさびしからずや道を説く君」があった。

晶子はすでに六号で「かならずぞ別れの今の口つけの紅のかおりをいつまでも君」「病みませるうなじに細きかひなまきて熱にかわける御口《みくち》を吸はむ」と、次号「やわ肌」の必然性を予告している。この号では登美子は「たがためにつめりともなし百合の花聖書にのせて繪にしてやまむ」が精いっぱい。六号の晶子作を見て七号のこの表現に踏み出したのだろう。迫力の差は歴然としているが、心情的には短かった人生の最良の時期ではあったと思える。
七号の別頁（四四頁）には晶子との連歌が載るが、そこにある次の地の文は登美子の当時の気持ちを率直に語ったものだろう。「例の星の世に登りし如き只今のありさま、おしはからせ給へ。たのしき〱歌も詠み申し候（登美子）」。天の存在である「星」の位置に、つまり選ばれた者の位置に、自らも上昇していく。七号は十月十二日刊だから出稿は九月中である。親からの結婚の厳命（十月下旬）もまだだったとき。別の男からの付け文も、なにがしかの誉れの感で受け止めたとしても非難できまい。「たのしき〱」、こういう瞬間の登美子もあったのである。

「新潮」という月刊の文芸紙がこのころ神戸にあったことは述べた。関西青年文学会の神戸支会（すでに新詩社神戸支部と重なる）が中心になり浜辺の歌会が開かれた同じ八月に創刊した。梅溪の慕情の歌が十月二十三日刊の第三号に出ている。第一面下段に「秋風吟《しゅうふうぎん》」と題した六首で、重大なことをうたっている——

謡はんすべをも知らずわれひとり燃ゆる思を胸にひめ於く
夏草の中を流るゝせゝらぎに一つ〱流す百合の花ひら
朝顔をひめて送りし返し文にかほりゆかしき口紅の跡
指《ゆびさ》してゆうつ支《き》仰くう奈ゐ子の髪ふさ〱と風にそよける

苺《いちご》つみてわれにすゝめし少女子《おとめご》に桃の實とりてかへしやる哉
髪黒く白衣つけたる少女子の磯邉に立つよ月黒き夕

三首目、朝顔を入れて出した文の返事に口紅が刻印されていた！（さすがに中央誌には出せず地方紙中にそっと出しか）六首目は明らかにあの浜辺の夕暮れに立つその人の詩的幻影である。すると「新声」十月号の「夕陽」での「人を恋ふる情の悶え苦み」や、同月「明星」七号の「牽牛花《あさがお》」で朝顔に託した激しい思いには、返し文に刻印されたこの口紅のインパクトがあったのか。

登美子はすでに九月明星で「うけられぬ人の御文をなげやれば…」と明かしていた。儀礼的に求めに応じたが、来た手紙は捨てたということになる。文人同士のおつきあい、「新声」以来の礼を込めたユーモア絡みの社交として、返信はしておきましょう。でも鉄幹先生の「明星」誌上の「うけられぬ…」でどうぞお察し下さい、なのか（かく艶なる体験なき筆者はすべて、か……の疑問形でしか書けない）。

口紅便を受けた時点（おそらく八月中）で少年の判断力は失われている。改めて告白の手紙を出した（おそらく九月中）、つまりこの第二便こそ本番「つけ文」なのだ（これへの返事はなし）。ここから正富汪洋が記す、「当時相当活躍していたTが（高村ではない）登美子に恋文を附けた。ところが、いやだと振り切って、その一切を寛に知らせ」た事態だろう。登美子も頭に血がのぼった少年に罪なことをしたものといえるが、疑似恋愛は時代の先端を行く彼女たちの得手とするところであり、

（師の君にも鍛えられ）これくらいのことをわきまえずにロマンの文学運動に参加するのがやぼというものなのである（晶子の河野鉄南あて恋文にもその気配がある）。弄ぶなどという意識ではなく、スマートに対応してほしいということだったのだろう。

おそらく梅溪も朝顔を封じた第一便はさりげないユーモアを込めてのことだったかもしれないが、予想外の濃厚な返しだった。登美子を悲劇性イメージからはこういう見方は違和感を生むかもしれないが、わたしはこういう一面こそ無視してはならないと思っている。もののあわれを解さない第二便に驚き、「一切を寛に知らせた」ということだろう。

ユーモア性という点では傍証もある。彼は晶子にも同様の求めをしていたらしいのだ。九月「明星」六号の「新雁」欄に晶子の「なにがし様に」で始まる意味はとりにくいが、イライラした気分だけははっきりした来信が載る。「葉書へ口つけの歌など書かれ候ては私まことに困り申し候」「明月には中山の君山川の君もろとも必ず歌たべとあれど……（十五夜の）月見など云ひてわざと歌よみ侍《はべ》らんは私きらひに候」、そして「似非《えせ》みやびをの君などへやる歌はなし……とでも書きやらむかと存じ候。あまりにひどく候や」。親の目が光る自宅に葉書で届いたということに違いない。梅溪は、いずれ知れることだから晶子も（ついでに中山もそれとなく）クッション役に巻き込んで、ジョークで煙に巻くという狙いだったのか。本命の〝もの〟さえ手に入ればいいのだ。

従来晶子のこの来信を寛宛てと解し何らかの齟齬があったとする説もあるようだが、まったく違う。寛に対して、とりわけこの時期にこんなゾンザイなものいいはあり得ない。なにより晶子来信は、梅溪が難儀の船旅から帰って寛へ出したご機嫌伺い便の次に並列して置かれているのだ――編集者・寛のほくそ笑みがある。それだけに、文章としても成立していないそれを曝すようにレイアウトしたやり方には、登美子へのこまやかな配慮に比べて大分欠けるものがある。

梅溪が「夏草の中を流るゝせゝらぎに一つ〳〵流す百合の花ひら」と先の「新潮」の二首目で使ったように、「百合」は「明星」内で登美子を意味する花になっていた。十月十七日付け晶子の河野鉄南あて手紙のなかに「白百合の君（山川さまのことよ）」という表現もある。ちなみに晶子は「白萩」、滝野が「白芙蓉」、増田雅子「白梅」でいずれも寛公認、つまり寛がそれらを摘む人である（近年「白菊」として注目される石上露子《いそのかみつゆこ》の場合は、河内の富田林《とんだばやし》にあって寛らとの直接交流はなく後年そう呼ばれ出した、つまり寛公認ではなかったがイメージ的にはまさにふさわしい容姿）。

ただ、この時点では「朝顔」こそ梅溪少年にとって血を吹くほど刺激的な花であった。そして前節で述べた十一月三十日刊「関西文学」四号の新星会欄の「人の世の汚れし恋にあき果てゝ口つけしたる山百合の花」「雨の窓にはかなき恋の夢はならず歌かきをればあけの鶏なく」となる。

十一月五日、山口帰りの寛は晶子と登美子の三人で京都・粟田山の辻野旅館に同宿する。いわゆる「粟田山の一夜」である。十一月二十七日刊の明星第八号に早速反映した作が登場する。登美子、「もえても江てかすれて消江《きえ》て闇に入るその夕栄《ゆうばえ》に似たらずや君」、大胆さが加わってきたか。「鴨川はそれにふさわずこの夕花《ゆうべ》なげて入らん淵はいづこぞ」「戀として世にのこさばや立ち濡れし松の木陰の合傘《あいがさ》の君」、「我いきを芙蓉の風にたとへますな十三弦を一いきに切る」など。

そして結婚話を受け入れた心境、「それとなく紅《あか》き花みな友にゆずりそむきて泣きて忘れ草摘む」となる。むろん幸せの赤き花（師の君）を譲る相手は晶子だ。控えめ登美子の代表作とされることが多いが、わたしは「我いきを芙蓉の風に…」の方をとる。彼女としては抽象的にして精いっぱいのラブ表現である。内面の力は十二分の迫力だ。一月前の晶子の「やわ肌の…」の官能性との違い――。

晶子の作は、「三人《みたり》をば世にうらぶれしはらからとわれまづ云ひぬ西の京の宿」「友のあしのつめたかりきと旅の朝わかきわが師に心なく云ひぬ」「ひとまおきてをり〱もれし君がいきその夜しら梅だくと夢みし」など。明白に三人同宿が分かるが、でも誤解はございませんようにの意も込められている。友への思いやりには、すでに勝者の気配もにじむ。

晶子は別ページの美文「朝寝髪」でも、「またの日のあした、かけひの水に褄櫛《つまくし》ぬらして、姉様のわれ、白百合の君のほつれ毛なづるかたはらに、二枚重ねし浴衣の上へ、我まゐらせし疋田《ひきた》のしごき、ゐんじ色なるを、（師の）君が毒ある血のやうなりと、にくきこと云ひ給ひしそれしめて……宿の子がほ（掘）りこし、見しらぬ茸《きのこ》それとく調じてこよと命じ給ふに、あな危ふとてわが眉ひそむるを、よし毒にあたればとて三人なり、よからずやリリーの君、恋とは云はねど、昨夜のかねごとわすれ給はじと、たはむれともなきひとみの色、さは云へど美しき君なり……」と余裕を示す。

そして鉄幹、「わが歌にわかき命をゆるさんと涙ぐむ子の髪みだれたり」「恋と名といずれおもき後朝《きぬぎぬ》の情纏綿、晶子女史をまよひ初《そ》めぬわが年ここに廿八の秋」など穴埋めレイアウトの細字でシャレる。それも三人絡みで。巻末の後書きで「京都にては同地滞留中の登美子、大阪より来遊中の二人と永観堂の紅葉を見て、歌は一首もよまずに別れ候」と散文で念押し。つい、本業もせず何に精力を？　とはなろう。その危うさは寛自身が承知していた――というより計算済みのこと、つまり〝売り〟の演劇性である。彼はじつに自覚的な近代メディア人なのだ。

なお生まれ育った岡崎の西本願寺支院「西の御坊」は粟田山の北わずかの距離。辻野旅館があったらしい今の京都ホテルの三階ラウンジから望むと、右手すぐに南禅寺、そして永観堂、正面には黒谷光明寺の山門・本堂の黒い瓦屋根の威容が際立つ。「西の御坊」はその手前、荒れていたにしろ広大な敷地には木々植栽もあり、自ずとキノコも生えただろう。寛は土地勘があり話の種がつきない我がふる里を選んだのだ。薀蓄をかたむけた語りにキノコ知識の披瀝もあっただろう。事前に図った粟田山泊なのである。

ところで、この第八号は一条成美の裸体画二葉（前掲図B＝81頁）が風俗を壊乱した「として」発禁になった、照魔鏡問題にも絡んでいくいわくの号である。確認しておきたいのは内務大臣名で出されたこの令は、「明星八号を発禁にする」としただけで、裸体画云々という理由は示されていなかったことだ。寛自身が「その理由とするところは未だ明示されていないが、伝聞によればフランスの裸体画を掲載したことらしい」と翌九号の巻末に書く。

画は成美による西洋画からの模写であり、むしろ素人っぽい筆使い（成美作のよさ）で色気というより愛らしい作だ。翌十二月の「明星」第九号は寛の抗議文が主の薄ペラな冊子となる。それは「余が発行せる明星第八号は、内務大臣文学博士末松謙澄《すえまつけんちょう》氏の名を以て、風俗壊乱といふ題名の下に」で始まるように、禁令は「明星八号が風俗壊乱」なのである。

ここから寛の巧みなところなのだが、「（末松）博士は夙《つと》に心を泰西《たいせい》文学の上に潜《ひそ》め、ことに美術の保護者を以て自ら任ぜらる丶人」と展開、レール・ポイント（転轍機）の切り替えさながらに焦点を文学から美術へ滑りこませていく。そこから「か丶る嘱望《しょくぼう》を捧げたる内務大臣その人により て、此の如き非理の宣告を受けんとは、われらの夢想だも及ばざりし所……（向後の文運のため）末松博士の解答《ママ》を促す」と、裸体画による発禁であることをさりげなく既定のことにしてしまう。巧妙なレトリックである。むろん末松からの回答はなかった。

レトリックに乗った論がすぐ現れる。「関西文学」第六号（終刊号）の文芸雑俎、「発禁の理由は二葉の裸体画を載せた為であるとか、今日未《いま》だそんな偏狭な……当局者の馬鹿さ加減を語る」が典型だ。伝聞形「…であるとか」、そして「…として」表現の今に続く、責任回避型筆運び（確認はしていないが結果的にことが違っていたにしても、未確認であることは明示したので、責任は負いませんの意）であり、いつかまことしやかに定説化する。

末松謙澄は一八五五年、豊前（大分）の生まれで自由民権期、保守系の「東京日々新聞」記者などを経て伊藤博文の引きで官界入りした。朝鮮との交渉や山県有朋秘書官として西南戦争に従軍、その後外交官の身でケンブリッジ大学に学び滞英中に『源氏物語』を英訳した。官僚・政治家の一面、演劇論・翻訳・漢詩文でも活動し、福岡県選出の代議士となり明治三十三年（一九〇〇）、第四次伊藤内閣の内務大臣に就任した。鹿鳴館《ろくめいかん》を推進した伊藤のメガネにかなった欧化主義者に違いなく、寛も「心を泰西文学の上に潜め」と賛辞を送る（実際羨望の存在だっただろう）。だから、寛のいう通り「美術の保護者を以て自ら任ぜらるゝ人」がこんなことを理由にしたとはわたしにも考えられない。

では何ゆえか――。彼は西洋文化を踏まえた上で、正統の日本文学にも通ずる者として、晶子らの〝ロマン〟歌をすでに苦々しく思っていたのではないか。直接には恐らく下僚から怪しからぬ裸体画があるとの提起があったのだろう。すでに女性弟子二人を連れてのこれ見よがしの三人情事！ともとれる歌々も周知のことだったと思われる。思想的な進歩か革新ということではなく、生身の人間のモラルとして受け止めていた可能性が高い（だからといって、この発禁が正当とは思われないが）。

寛としては、直接「文」での発禁は大ダメージになる。美術に論点をずらしたのだ。描いたのは素行よろしくない成美であり、一石二鳥の処理ができる。確かに出版禁止はピンチに違いないが（後述の対策もすぐとる）、それでも翌月ペラペラながら九号を出し、正月元日刊の十号は百頁余に回復させた。彼のズラシの論法に乗って、世の論も好意的であった（来る照魔鏡時とは全然違う）。むしろ発禁は最大の宣伝という考えさえ頭にあったのではないかと考えられるほどだ。論点すり替えによる既成事実化はすでにメディアの効用を掌にした寛の得意とするところであった。

発禁支持のまれな論を明星十一号（二月末刊表記の実は三月末刊）が紹介している。「文芸雑俎」の欄に、大町桂月が新年「太陽」誌上に「内務省の処置正当」としたのをとらえ、「文壇の名士大町君の如き方が、よもやあの様な画で実感（劣情の意か）を起こされやうとは……僕等は実に君の趣味の卑いのを悲しむ」。すりかえ論に乗った桂月を笑う余裕に読める（四年後、桂月は「君死にたまふこと勿れ」で晶子に嚙みつくことになる）。だが、裸体画原因説はすでに百年超えの定説である。わたしの上記論も一つの仮説に違いないが、従来の説などとても採る気にはなれない。誘導した寛のほくそ笑みがここにもある。

八号の発禁はもともと懐ピンチの寛にこたえたのは確かだ。発禁令への抗議書をトップに置いた第九号は、巻末で「新詩社基本金の拠出に就いて……」というカンパ要請でしっかり締める。「この災厄にあって我が社の発達に頓挫を来すのは勃興する新詩風の危機であるとともに我が文壇の不幸である」との能書きで寄付を呼びかける。寛自身ではなく、落合直文・内海月杖・小林天眠・河井酔茗・鳳あき子・山川とみ子・中山梟庵・窪田通治（空穂）・水野蝶郎（葉舟）・宅雁月・平忠宣ら三十一人名が主唱者となっている。梅溪の名はない。

成果は十一号（二月刊表記の三月末刊）に第一回報告として出る。最高額が落合直文の三十円、次が白萩（晶子）十三円、内海月杖と山県悌三郎が各十円、しら梅（増田雅子）六円、小林天眠と窪田空穂が各五円、白百合（登美子）三円、月啼と雁月で六円、吉田桂舟五円、酔茗・鉄南ら五人で五円がめぼしいところ。金田一京助、横瀬夜雨らが各一円で、真下飛泉《ましもひせん》五十銭、多くは一円前後であり、計十八人の総計二百五十六円余。晶子が十三円とやはり頑張っている。呼びかけ人の水野蝶郎の名がないが、五月刊「明星」十二号の第二回報告十八人のなかに三円とある。引き続きしら萩三円、しら梅一円。明治書院が五十円と大口、この功あり第二回のトータル約九十円。晶子の意欲が際立つ。これらがどれだの寄与となったかは分からないにしろ、資したことは間違いない。ともかく鉄幹、転んでもただでは起きぬ、現実的対応力には端倪すべからざるものがある。

一月一日刊の十号は登美子、晶子ともに改めて粟田山の感動報告である。友に恋を譲る宣言を済ませていた登美子は「もろかりし」の題で三十余首。「京の宿にのこれる我名なつかしきなどそれもちて消えて往なざりし」「おもひ出でな忘れはてよと悔《をし》へますか一つふすまの恋にやはあらぬ（しら萩の君に）」。そして突然のように、いわゆる登美子風ではない「狂へりや世ぞうらめしき髪ときさばき風に向はむ」だ。もとより梅溪の入る余地はない。

この時期のこれらの登美子作にとくに深みというほどのものは感じられない（晶子はむろん）。一般には最も有名と思われる恋を譲る歌、「それとなく紅き花みな友にゆずり……」には、わたしは何となく歌謡曲のメロディーさえも響き出す。自覚的に演じていたとまでは思わないが、それとなく演じさせられていたということである。

寛が業平《なりひら》を自認したように、自ら恋される男の位置を設定することによって、恋する女たちが生じさせられた——雅子、滝野を含めて。寛戦略に載った「明星」ラブ・ロマンがここに成立する。「晶子の明星」となる以前、寛が作品指導、誌面演出に最も腕を振るっていた「鉄幹の明星」期である。とくに晶子・登美子は優れたタレントであった。誌面は恋の三者関係が分かるように編集されており、むしろ営業方針である。ともかく売れなければならない。ふつう言われる明星ロマンとは雑誌型となった九月号から照魔鏡の直前までの四、五冊といっていい（事件以後は謳歌にやや慎重になる）。まさに劇場型の文学運動であった。竹西寛子が次に書くところは至言である。

歌才も豊なら、理想を掲げて論じる人としての攻撃精神も旺盛、心ならずも幼少の頃から憂世の波風に鍛えられ、女の扱いにも馴れていたであろう鉄幹にしてみれば、自分を師と慕ってきた二人の女性の関心を同時に惹き続けることなどさして難しくはなかったと思われる。共にすじのよい、歌の詠み手としての才能と資質の違いを見通した上で、登美子、晶子との親交を持続するのは、見える敵と見えない敵を向うにまわして、詩歌を中心にした新雑誌「明星」の継続にほとんど一命を賭けていたといってもいい鉄幹には、陣営強化の上でも是非必要であったし、鉄幹ならずとも才覚や器量のある主宰者ならば当然のことだったと思う。（『山川登美子』講談社文芸文庫、二三二頁）

なにより俊敏にして従順な当の二女性が役割を心得ていた節がある。そんななかで登美子作には突然演技を突き破るように地の気性をさらす歌が登場する。先の「我いきを芙蓉の風にたとへますな十三弦を一いきに切る」（後述）であり、「狂へりや世ぞうらめしきうらめしき…」などである。それでも、さらし方は晶子のそれとはやはり異なる。これらは脱演技という点で晩年の作に繋がっていくものとわたしは考える。

6　「粟田山の一夜」と「匕首」

九月二十三日、滝野が男児・萃《あつむ》を生む。十月刊「明星」七号には「お祝ひまでに」と見出しを立てて、登美子が「高《たか》てらす天《あめ》の岩戸《いわと》の雲裂《くもさ》けてうぶごゑたかき星の御子《みこ》かな」と神の存在としてうたい上げる。続いて晶子が「このあした君があげたるみどり子のやがて得ん恋うつくしかれな」。十月末、また関西に現れた鉄幹の行動を中山梟庵が十二月十日刊「関西文学」第五号（通巻三十一号）の「報告」欄に、河井酔茗宛て手紙の形で以下のようにレポートしている。

十月二十七日、神戸着。中山梟庵を呼びだし新詩社神戸支員と会食。翌二十八日、中山を伴い岡山支部訪問。二十九日、鉄幹は一人徳山へ。ここで義父・林小太郎から滝野との離別を宣告されたことが分かっている（林家としては寛が入り婿となって徳山に帰り家を継ぐという心づもりだったが、寛は最終的に応じない）。

十一月三日、寛が大阪に戻り、箕面《みのお》で開かれた関西青年文学会の秋季大会に出席。梟庵も参加した。梟庵は一旦帰宅（堂島裏二丁目）するが、鉄幹から「すぐ来よ」との使者が来て、夜中に北浜の平井旅館に出かけた。「其夜は一泊を進められ梟庵は男なりとて寝物語に数々御話しを承り候、元より人に洩すべきことにも候はねば（云々）」は、徳山での苦渋、つまり滝野の実家との破局をあからさまに語ったのだろう。梟庵の性格からすると、それは身近の会員たちにすぐ流れたはずだ。明くる四日の午後、「小天地」主宰となり初号を出したばかりの薄田泣菫も加わり三人で天王寺など逍遥《しょうよう》する。逍遥後の晩餐で「些《いささ》か鉄幹兄の煩悶を慰めた」と中山は書く。

泣菫は前年秋刊の詩集『暮笛集』で一躍文名を馳せた。同書刊行後、病気で一時郷里の倉敷で療養するが、大阪の金尾文淵堂の要請を受けてこの三十三年十月、文芸雑誌「小天地」を主編集人として出した。じつは以前から東京へ出る思いに心揺れていたのだが、鉄幹の説得に納得するところがあったらしい。十一月（二十三日刊）の神戸の「新潮」第四号は、「いまの大阪文壇の状態は『小天地』を中心とする会派と、『関西文学』を中心とせる青年文学會派があり、共に文陣を張って相対峙し、相下らざる情況にある」と書いた。既述の通り寛は関西青年文学会と「小天地」、さらに新潮にも影響力を与え（行使し）得る位置にあった。

中山レポートによると鉄幹は天王寺巡りをした四日の夜も彼に同宿を求めた。「要事」があるからと中山が去ろうとすると、では五日の朝に京都に来るようにと求めた。中山は「思ふ旨ありて見送りは不致《いたさず》失礼《しつれい》致置《いたしおき》候」と書く。忠実なこの僕《しもべ》が行かなかったのだ。五日は晶子・登美子を連れての粟田山泊の日であり、中山は明らかにそのことを知らされている。むろんレポートには一言もないのだが…。

鉄幹にすれば自分に好意をもつ女二人連れというやや微妙な立場には違いなく、第三者の男にいてもらいたいという心理がさすがに働いたのだろう。梅溪についての相談もしたかったのかもしれない。中山にしてみればかなわない役回りに違いない。やや怪しい文字並びの「不致失礼致置候」に苦渋がある。いずれにしても「関西文学」の事実上の編集長が鉄幹に夜中の呼び出し（一キロ弱の道とはいえ）を受け、いそいそと応じる事態に、同文学会の新詩社「明星」の下部機関化がはっきり示されている。

このレポートに梅溪の名は全く出てこない。粟田山後ほどなく寛が梅溪に「言うところがあった」とすると、時間的に整合する。つまり決裂は十一月の五日以降、中旬までである。

時系列的に整理すると、八月六日の浜辺の歌会の感激冷めやらぬなかで、梅溪は同月中に朝顔の花弁を同封して口紅マークの願いをユーモア調でしたためた（あてうま晶子にも）。登美子は社交としてすぐ応じ返信、ただし梅溪の来信自体はすぐ捨ててしまう。もとより少年はそれを知らず、本番の告白便を出す。十月十二日刊の明星に「……夢みし日より文は来たらず」とあるから九月中には出していたのだろう

悶々のなかから十月の諸誌に現れた慕情作となる（誌面上だけの行為ではなかったかも知れない）。登美子としては迷惑この上なく、寛に告げた。手紙では言いにくいことであり口頭だろう。その機会はいつかといえば粟田山である。寛はすでに気づいていたことではあるが、十一月五日以後の早い段階で梅溪に注意した。彼が恭順をかなぐり捨てて牙をむき出すのは同月末段階からだ。誌面上に

反映されるのはそれ以降。それまではそれ以前に出稿していたと思われる馴れ合い調の作が、十二月に、部分的には一月の紙・誌にも見られる。

第一の矢は十一月二十七日刊、当の「明星」第八号誌上、つまり晶子と登美子が同月五日の粟田山ロマンを歌いだした号だった。「美文」欄におかれた梅渓の「鐘声」と題する一文――「夜はいたく更《ふ》けたり。吾は将《まさ》に眠らんとす。戸外にさゝやくは、鬼か、魔か、此静夜の寂寞《せきばく》を破りて、幽遠なる鐘声、何處《いずこ》よりともなく…」で始まり、「夜半匕首《あいくち》を握る」という以下のもの。

嗚呼、神は美しきかりき、而《しか》して人も亦《また》神の如く美しかりき、されどこは夢となりぬ。『創世紀』に現はれたる蛇よりも『黙示録』に画れたる淫婦よりも、猶《なお》さかしく、偽《いつわ》り多きは、今の社会にあらずや、人道を説く勿《なか》れ……かかる偽善者の間に起ちて、愚直と熱誠とを守らんとするは、子羊の狼の群れに投ぜんとするに似たらずや、哀れなる子羊は自ら犠牲の祭壇に捧けらるゝを知らさる也……愚直と熱誠。此二個の弱き武器を擁《ようす》る吾は、蛇よりさかしき悪魔に逢ひて大なる屈辱を享《う》けたり……夜半匕首を握りて、血を大空に向て吐かんは吾の願ひなり……吾をして斯くの如く冷酷ならしめたるは誰そ……群狼中の一小羊《ママ》をして、獰猛《どうもう》なる獅子吼《ししく》を為さしめたるは、誰の罪ぞや。汝、義人の仮面を蒙《かぶ》れる悪魔、紳士の名の下に醜辱《しゅうじょく》を蔽《おお》はんとする毒鬼よ、我をして狂せしめたるは汝にあらずや……今宵も亦我心狂はしくなりて眼は恐ろしくかゞやきぬ前月「新声」の「夕陽」、同じく「明星」の「牽牛花《あさがお》」のロマン調とはがらり一転、すでに『文壇照魔鏡』の低音が響く。匕首はレトリックであるにしろ、鉄幹はすぐ察したはずだ。むろん掲載拒否するのも大人げない（関西文学を自在に操っている身でもあり自誌では寛大でなくてはならない）。登美子の「それとなく紅き花みな友にゆずり…」が載ったのもこの号の別頁である。発禁処分もこの号であり、その裸体画を描いた一条成美は明星を追われ「新声」に移る。思い錯綜し『文壇照魔鏡』事件になだれ込んでいく、いわくの号である。

さて、中山梟庵は鉄幹に近侍することで状況を知悉していたが、彼にはやや軽率なところがあった。ふつうでは考えられない事態を引き起こす。先述のように「関西文学」第五号（十二月十日刊）に彼は鉄幹の再来阪時の動向を掲載した――夜中に「直ぐ来よ」などの出来事を酔茗宛てに書いた自分の手紙を通じ――が、この手紙の前の位置に、寛から中山自身宛てに来ていた私信を、「報告」のカットのもと「消息　鉄幹子よりの来書」と題して丸ごと載せたのだ。以下の通り梅溪と新声社を酷評するものだった（傍線引用者）。

一体今の評家は軽佻に候、知つたか振をして何の上にも口を利いて見たいが病に候、愚物を嚇《おど》すには宜《よろ》しからんも、識者は冷かに笑ひ申すべし、本月の『新声』（十二月十日刊、後述）に鳳女史の歌は鬼才なりと云ふ様な事が見江候、生意気も程のある事に候、新声社の中に一人でも国詩の智識を有する人有之《これあり》候や、だれが万葉の一の巻でも（大意丈でも）講義が出来候や、友人梅溪の如きも『新声』の記者として評論は達者に候へども国詩と云へば仮名遣《づかい》だに知らぬ人也、況んや他の「新声」記者に小生の前で国史の議論の出来る男とては一人も之なかるべく候、兎角知つた振をして天下の少年を欺き候心術が陋劣《ろうれつ》に候、幾多の先輩なり小生が多年の苦心を費して今日まで相成り候国詩は、門外漢の駄評家などの是非し得る限に無之候……万葉を仮名で読む連中に何の国詩が分かり候や生意気も程のある事に候、泣菫の詩を罵る人もこの部類に候。

「新声」「関西文学」とも同じ十二月十日刊だが、実際には「新声」の方が早く出て、「鳳女史鬼才」評を読んだ鉄幹が直ちに中山に手紙したのだろう。基本的に編集を終わっていた中山は御大《おんたい》の緊急出稿と受け取り、急ぎ突っ込んだ気配がある。鉄幹来信の引用後に小活字で「こは来来《ママ》不拒欄に掲載すべきの處《ところ》原稿遅延の為此欄に掲載候（記者）」と断り書きしている。「よしあし草」以来、はがき投書を載せる「来者不拒」（来信は拒まずすべて載せる）欄があるのだが、この号では同欄を設けていなかったので、自分の酔茗宛て手紙の前に急遽入れ込んだのだろう。「来者」とすべきを「来来」と誤植したところに中山のあわてぶりが示されているようにも見える。

来信には少し前まで梅溪に鷹揚に振る舞っていた鉄幹の面影はない。憤怒が吹き上げている。それだけに梟庵は、考えられないどころか、つらつら考えたうえで御大の意向を忖度したのかも知れない。発端となった当の「新声」の評も見ておこう。「漫言数則」と題した短評群の中の二つ。署名は「易水生」。

◎新詩社中……多く『明星』に現はれたる歌のうち、鉄幹の衣鉢《いはつ》を伝へて歌才寧《むし》ろその上にありと思はるゝは鳳晶子一人ならむ、然れとも晶子の才は天才にあらず、鬼才なり。彼の才なるものは天眞を吐露し至情を発揮するの側に現はれずして、奇を衒《てら》い異を構ふるの側に認めらるゝか如し。唯女性だけありて其中に涙の催さるゝふしあり、又情のこもれる所ありて、或は鉄幹よりも猶多少の同情を惹く所もあらむ、然れども世人が彼此《かれこれ》と持囃《もてはや》す程に吾人は感服せず。

◎まじめに萬葉集を研究したる事なく、日本文典さへまだ調らべたことのなき男が、俄《にわ》かに新派歌人を気取ることのおろかしさ……

まず「易水生」だが、これは秦の始皇帝を刺そうとした燕の剣士・荊軻《けいか》の旅立ち、「易水寒し、壮士ひとたび去ってまた還らず」からに違いない。刃を握る剣士とは、我れ梅溪である。晶子「鬼才」にはむろん皮肉が込められているが、その才にしても比較の基準は鉄幹（教養のまるでない！）に過ぎない。鉄幹はその皮肉を怒ったのか、あるいはまともに受けて「歌才は晶子の下」に怒ったのか——。万葉集に絡めた酷評も、幼時より国学者の父から教えられた身にはアイデンティティに関わるところ。

しかし激しく怒を発したのはやはり一項目だろう、女性に絡む深層を突かれたのだ。「生意気も程のある事」の繰り返しに二重、三重の憤激がある。易水評は登美子には沈黙であることに注目したい（すでに晶子と並ぶ存在）。むろん梅溪なら当然のポイントであり、清らの花を汚す周りの汚濁を衝いている（つもり）なのだ。その沈黙の意味が分かるが故に怒髪天を衝く寛になる。

ともかく寛と中山は阿吽の呼吸の師弟（というより親分子分）である。中山は次号「関西文学」（最終号）で関係者への詫びを書くのだが、扱いも小さく、あまり説得力のある文ではない。このなかで「兄も雑誌を見られて非常に御迷惑の由申越されたるに候、しかし出た後の事とて、かゝる場合以後は一応相談して呉れとのみにて別に何も被申《もうされ》ず候へ……小生一人心苦しく相成候」と改めて鷹揚な鉄幹の姿を描いた。慌てはあってもじつは確信犯…を思わせるところである。掲載レイアウトもそれなり計算されている、そのことを含め阿吽の呼吸というべきなのだろう（ただ、酔茗をそれとなく絡めたその仕方に中山の心情が窺われもする）。『文壇照魔鏡』事件は、ある部分、寛自身が呼び込んだカウンター攻撃であった。同書への彼の対応がどこか鈍かったのもそのことと無関係ではない。この段階で破局に至るうず巻きエスカレーション運動は始まっていた。

十一月十日刊「関西文学」第四号に梅溪の雑録「上野まで」が載る。「鉄幹君を訪ねての帰るさ、成美君の家に立ち寄つて西洋の画論を始めて居るところへ、偶然来合はしたのは、鉄幹君である。『ヤー梅溪君……』と障子を開いたまゝ、で、どかりと布団の上に座つた、成美君は主人振で、頻りに番茶を勧めながら、ニコ〳〵と笑うて居る、鉄幹君はシガーをくゆらしながら筆を執つてさら〳〵とレターを書き初めた……」。そして近くの窪田空穂も誘って向島へ月見に行く――。嵐の前の長閑さである。もとより発禁となる明星八号の刊行（十一月二十七日）以前のことだ。

では五日の粟田山の前か後か。寛は十月二十七日から翌月六日まで神戸・岡山・徳山・大阪・京都（粟田山）だから、おそらく五日以前だろう。後とすると関西文学にも原稿は間に合わない。「上野まで」には朝鮮回想をする寛の姿も描かれるが、それに触発されて「嗚呼朝鮮の大陸的風光！、それは廣々し野原に、秋の草花か色々に咲き出で、……吾も夢見るやうな空想を書き出して、うつとり」と自己陶酔風感慨を描く。寛の面前ではなお愛らしくすり寄る小羊の演技である。

十一月十日の「関西文学」四号の刊行ころが訣別の瞬間だったに違いない。直ちにとりかかったのが「鐘声」（明星八号）。ここでは「群狼中の小羊」に自らを喩えた。寛の方もそろそろ感ずるところがあったのか、「上野まで」掲載号の巻末「消息」欄に、「小生はボツ〳〵虚名家連中の嫉妬の中に陥らんとする傾向有之候、花も咲かせぬ中に苅り取られ候事は如何にも残念に御座候、日本はイヤに候。（十月三日夜二時、与謝野生）」とある。

一月一日刊の明星十号に梅溪の「嗚呼少女」が載る。裕福な育ちの中、父が迎えた継母のため妓楼に売られた美少女・深雪《みゆき》の悲劇を描く。「一片の百合花悪魔の咀ひに血の跡を……狼の為めに千尋の絶壁に追ひつめられ……幾多の少女は其純潔を破壊し了らるゝに非ずや」などなど。梅溪は歌舞伎・浄瑠璃に造詣が深く、荒唐無稽ながらそのストーリーは浄瑠璃『生写《しょううつし》朝顔話』を思わせるものがある（身を落とした深雪は「朝顔」を名乗る）。締めは「嗚呼『明星』の読者諸君、吾と感を同じうするものは、請ふ来て吾と共に泣け」と、ことは「明星」に係ることであることを訴える。新年号は編集側として早めの入稿準備に入るものであり、梅溪への稿依頼は決別前からのものだったのだろう。

「嗚呼少女」の十数頁前の「絵はがき」欄（会員来信）の末尾に小活字で梅溪・寛の連歌一首が載る。「うらぶれ雲に泣く神よべ見たり」梅溪、「君があたりを氷雨ふらずや」鉄幹。余白の穴埋めに預かり作（八月のいずれか会のものだろう）を活用するというのはあることで、編集上の措置を示唆するさりげなさがここでは皮肉を強める。

表紙・奥付で二月二十三日刊の「明星」第十一号（既述のように実際の刊行は照魔鏡後の三月末）では、一月三日に鎌倉で新詩社の小集があり、寛・梅溪ほか水野葉舟・有本芳水《ありもとほうすい》・前田林外《まえだりんがい》ら九人が集まったことを、寛が巻末の「文芸雑爼」で記す。九人揃いの記念写真も掲載されている。硬い表情の寛と、口元が締まらず不得要領に笑む眼鏡の梅溪と——狐と狸の化かし合いの感がある。梅溪の稿自体はもうない。ここで着目したいのが「文芸雑爼《ざつそ》」欄の前に置かれたカット——梅溪片恋のメタファー、例の成美筆（すでに縁切りしたのに）の「百合（笛）と蛇」なのである（図G）。同欄には使われたことがなかったもの。蛇の首の下の「成美」サインはむろんない。

誌面上はいぜん穏やかな気分ととれるが、それが書き手たちの心境そのものであったとは判定できない。「生意気も程のある」と思いつつ、長閑さをものするくらいは文を扱う者にとって異とすることではない。むしろ、嵐の前の静けさ、危険なエネルギーの充満を感じさせる。とりわけ梅溪の殊勝さが、逆噴射の強さを予測させて不気味である。

なお明石利代の資料も豊富な大著『関西文壇の形成』（一九七五年）には、上記の寛と易水生（梅溪）とのやりとりや、照魔鏡自体の記述も事実上ない。後者については「同書の刊行以前に梅溪と新詩社の間に確執が生じていた」と書くだけの簡単な記述が数行あるのみ（二四八頁）。彼女の主観には誠に忌まわしい文書であり、事件であったのだろうと推察されるが、そのことが分析的な学問としての幅を狭めたのではないかと、余人に成しえぬ仕事だっただけに残念に思う。関西文壇が、形成しかけたときに崩壊するという事態であったのだ。

7　「関西文学」終焉と「新潮」蒸発

行く秋とともに「関西文学」に鉄幹系（つまり新詩社系）人脈の浸潤が深まった。十二月刊同誌に提示された先述の鉄幹書簡を見て、直ちに梅溪及び「新声」側の弓矢の引き絞り作業が始まったと考えられる。その材料に不足なし。おりしも盟友、田口掬汀が秋田から上京してきた。「新声」明治三十四年（一九〇一）一月号の「編輯たより」は、「田口掬汀君も今回入社、編集局の一員と相成り申候。同君は本誌第一号以来の投稿家に候。小説、評論、美文の三刀遣ひにて……青年文壇に重きを置かれたるは誌友諸君の知り給ふ所」と言挙げした。

たまたまこの時期ということではない、いざ鎌倉の呼びかけに応じた、満を持しての上京に違いない。委細承知、情無用（ともなれる）執行人である。すでに画家の一条成美も傍らにいた。他方、神戸の「新潮《にいじお》」一月一日刊号には「一条氏……の無精《ぶしょう》困入《こまりいり》候、猶其他の事情有之、次号よりは一条氏と當分關係相断ち申候、薄志弱行の人には到底随伴致しがたく」という鉄幹書簡が掲載されていた。――「新声」の若者たちは鬨の声をあげていたに違いない。

「関西文学」は鉄幹書簡を載せた五号の二カ月後、明治三十四年二月二十日に出た第六号の第一ページ巻頭に、出版元の矢島誠進堂の名で「一時休刊」宣言を出した。だが、休刊明けすることなくそのまま終刊してしまう。宣言はいかにも窮屈にねじ込むように入れられている。巻末には中山が先述の鉄幹私信の公表をわび、寛の鷹揚ぶりを書き込んだ。

だが奇妙なことに宣言とは矛盾して、巻末には従来通り会規則や広告料規約などが掲載されている上、「一筆啓上」と題した編集後記には「本号よりは小説時文等の欄を設けず、作品に依て都合よき所に掲載する」と以後の編集方針の変更を書いている。明らかに刊行間際、つまり大部分の修正が不可能な段階で断行された休刊（実質は終刊）決定に違いない。これに続く編集後記には「本号は一月末までには必ず発行致すはずであったが、折々編集員の都合が悪く漸く本日編集会を開いた次第で、結局一月は休刊することに」なったという内部の不一致を示唆する記述もある。

さらに神戸市在住の会員に限り以後「関西文学」は元町《もとまち》五丁目の石丸日東舘（次述の「新潮」発行所）で配布も会費の徴収も行うとし、「二月十七日（第三日曜午後五時より）安土町四丁目書籍事務において新星会、及び東京新詩社支部会を開催」するので同好諸子は万障繰り合わせ来会を乞う――とある。すでに新詩社なのである。「よしあし草」以来足かけ五年、通巻三十二号（特集号二冊を含めると三十四巻）での終焉。『文壇照魔鏡』出現まであと二十日である。

「文学新聞・新潮」は高師の浜の歌会が行われたその八月、神戸で創刊された。ニイジオであり創刊号は八月十六日。一面トップ記事の「開書」は無署名だが梅溪調の悲憤慷慨、二面は実際梅溪の「『新潮』に寄す」であり、彼が深く関与していたことを示す。十六日というのは、来阪した寛が福山へ行って再び戻り十五日に晶子・登美子らと二度目の浜寺の歌会（梅溪は旅行中）を開いた翌日である。寛は十九日の終列車で東京へ立っているから（天眠と登美子が梅田駅で見送る）当然、創刊号を手にしていたわけだ。大阪での長居は「新潮」の創刊も関係していたことがわかる。他方、梅溪は石州（島根）方面に旅に出ていたときだ。

なお登美子はこれらの歌会を東京新詩社の大阪支部が催したものと、生涯思っていた節がある。寛がそう説明していたということである。

新潮の発行所は「神戸市多聞通《たもんとおり》三丁目三九番邸　楠社《くすのきしゃ》前、恒川文華堂」で恒川永次郎が発行兼編輯人、題字下では「毎月一回五日発行」をうたう。従って発行日は最初から守られていない。その後も（七号まで）まちまちだ。現在、日本近代文学館の所蔵で七号まで確認できるが、うち二号と六号は欠号である。第三号が十月二十三日刊、四号十一月二十三日刊、五号（第二年第一号）一月一日刊、そして七号（第二年第三号）が四月十日刊である。五号までが十頁前後から成る新聞型、四段構成の紙面形態は新聞型だった初期「明星」とまったく同じスタイルだ。六号不明。

七号は雑誌型で三十二頁、表紙はアールヌーボー調のフルート（横笛）を吹く乙女像——左腕に蛇の腕輪が巻きつく——で、いっそう雑誌型「明星」色が濃い（まさに明星そのものであることは後述）。なお第五号から発行は神戸市元町五丁目、石丸日東館（七号では日東館書林）、発行兼編輯人は山田磯磨（平忠宣）になる。巻末に「都合により事業を引き継ぐ」旨の山田・恒川連名の断りがある。最終号がいつかは不明だが（明石著『関西文壇の形成』も言及なし）、私は七号が最終と考えている。誌面に全くその気配はないが、「関西文学」と同様、もしくはそれ以上の突然死だった可能性が高い。

「新潮」は関西青年文学会神戸支会のメンバーが立ち上げた。既述のように同神戸支会の設立は前年一月刊の「よしあし草」第十号に記載され、翌二月刊の十一号では支会新入会員七十人が報告された。そのなかに平忠宣（山田磯磨と同一人、どちらが本名か不明）がおり、第十二号の三十九人中に恒川永次郎がいた。新たな新聞の発行は分派活動とも受け取られかねないところがあるが、明石著は『「新潮」はその創刊時から関西青年文学会の文学運動の一つの現れとみて差支えない」（二一七頁）とやや穏やかな表現をしている。詳しくは同書に譲る（縷々述べているが整理が悪くわかりにくい）。

研究の蓄積がほとんどない現状なので端的に筆者（木村）の私見で述べておく。まず、前提として「よしあし草」の各支部新入会員の紹介欄を改めて検証すると、第十一号（明治三十二年二月）から十五号（同六月）までに集中していることがわかる。この間の支部別でトップが神戸の百二十二人、次が姫路の七十二人、三位が堺の三十二人である。支部単位のカウントのためか、大阪本部についての記載はない。とりわけ十一号に見る神戸の七十人が圧巻だ。堺支部では鳳晶子の名が出た号である。「よしあし草」「関西文学」を通じて絶頂の瞬間といえるだろう。国際港都として神戸が急速な近代化を始めていたときである。会員の間に神戸の文化的アイデンティティを示す機運が鬱勃と生じてきたとしても不思議ではない。紙名「新潮」にその思いが込められている。

しかし「よしあし草」の新人紹介はその年半ばからはっきり退潮傾向を示す。酔茗の翌三十三年の上京決行は部分的にはこのこともあったかも知れない。神戸会員の間に大阪本部支援というより、自立への機運が高まっていたのが想像できる。酔茗上京は、遠慮なく別組織をたてる好機でもあった。すでに平忠宣が主宰する地域の小文学グループ「あけぼの会」があり、これが核になる。創刊は恒川永次郎だったが（彼のことはよくわからない）、出版を引き継いだ平は自宅を新詩社神戸支部にするなど大阪における中山梟庵の役を神戸で担う。寛が九月「関西文学」第二号で「神戸すぎて心にくしとわがおもふますらをぶりは平忠宣」と称えたわけだ。

恐らく創刊の費用負担も平と恒川が軸になったのだろう。寛自身は己の雑誌が火の車でありそういう支援は考えられない。むしろエネルギーを挙げて明星の販売・拡大に傾注してもらいたいのが本心だったと思われる。ただ、いわば政治的には十分に影響力を与える位置にあったし、期待もされていただろう。そこに高須梅溪という一応雑誌の運営に実績があり、それなりに中央でも知られた存在が入る余地があった。八月創刊ということは準備は春からだったわけで、梅溪は恭順期にあった。この段階では寛も彼の手八丁口八丁を大いに買ったのだろう。

八月一日刊の「明星」五号の雑報欄に寛が書く「梅溪と春雨二氏は暑中休暇相携へて関西へ帰省した。梅溪氏は『よしあし草』の改題『関西文学』と雑誌『わか紫』との改善について大坂で鋭意計画中だ」にも好意が感じられる（ただし梅溪には今一つより強い思いがあり歌会前夜は寛と同宿までした）。寛は関西での群小雑誌を減らす整理統合の「改善」戦略上にあったから、ここでは新生「新潮」への言及はしない。

創刊号の梅溪「『新潮』に寄す」はこんな調子――。「神戸の精神界は闇黒也、思潮は死の色相を表示す。此闇黒なる精神界に新星の光明を投射しうるものは誰ぞ、死の色相を表示せる思潮の上に、新生命を與ふるものは何ぞ、『新潮』は即ち此大使命を遂げん為め……」。毒気ふんぷんの空疎さは、「よしあし草」創刊号のあの「大阪人士は拝金宗徒なり。冷血動物なり。彼等には理想無く識見無く……」を彷彿させる。意欲は満々、「よしあし草」がこと志と反してしまったという思いもどこかにあったかもしれない。

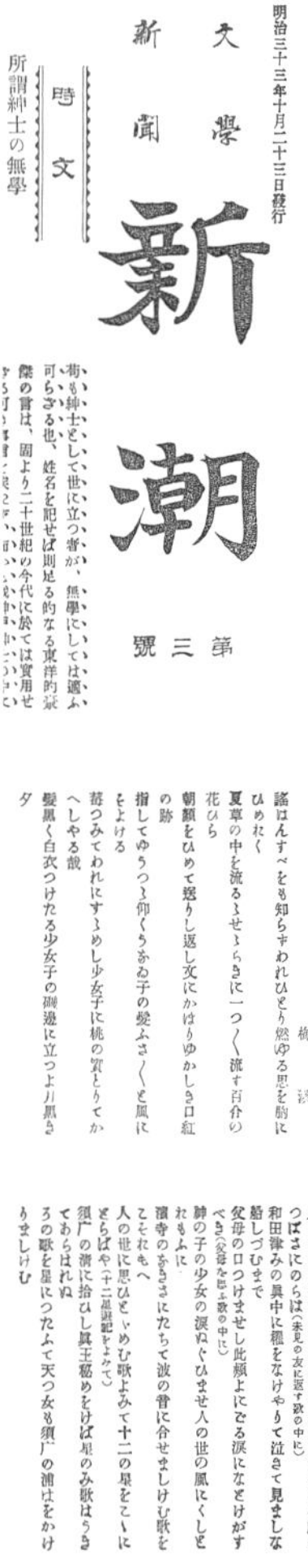
明治三十三年十月二十三日發行

文學新聞

新潮

第三號

時文

所謂紳士の無學

苟も紳士として世に立つ者が、無學にしては適ふ可らざる也、姓名を記せば則足る的なる東洋的豪傑の言は、固より二十世紀の今代に於ては實用せ

秋風吟　梅溪

謠はんすべをも知らずわれひとり燃ゆる思を胸にひめれく
夏草の中を流るゝせゝらぎに一つ〳〵流す百合の花ひら
朝顔をひめて送りし返し文にかはりゆかしき口紅の跡
指してゆうつゝ仰ぐうあゐ子の髪ふさ〳〵と風にそよける
苺つみてわれにすゝめし少女子に桃の實とりてかへしやる哉
髪黒く白衣つけたる少女子の磯邊に立つよ月黒き夕

よしやあやなき涙わくとも　山川とみ子（大阪）

人の世にはかくへだつとも何かあらむ歌のみ肺のつばさにのらは（未見の友に返す歌の中に）
和田津みの眞中に櫂をなげやりて泣きて見ましな船しづむまで
父母の口つけませし此頬よにでる涙になどけがすべき（父母を思ふ歌の中に）
肺の子の少女の涙ぬぐひませ人の世の風にくしとれもふに
濱寺のあさきにたちて波の音に合せましけむ歌をこそれもへ
人の世に思ひとゞめむ歌よみて十二の星をこゝにとらばや（十二星題記をよみて）
須广の浦に拾ひし眞玉秘めをけば星のみ歌はうきてあらはれぬ
ろの歌を星につたふて天つ女も須广の浦はをかけりましけむ

図Ｈ　神戸の文学新聞「新潮」第３号と掲載の梅溪と登美子作

「新潮」第二号は不明。十月二十三日刊の第三号（図Ｈ）はウェルテル梅溪の世界である。第一面の最下段左隅に前述した「秋風吟」題した六首があり、その一つが「朝顔をひめて送りし返し文にかほりゆかしき口紅の跡」だ。そして「謡はんすべをも知らずわれひとり燃ゆる思を胸にひめ於く」「夏草の中を流る丶せ丶らぎに一つ〳〵流す百合の花ひら」「髪黒く白衣つけたる少女子の磯邉に立つよ月黒き夕」など、どことなく藤村調なのも愛嬌だ。

既述の「新声」十月号の随筆「夕陽」で「人を恋ふる情に悶え苦みて」暮れなずむ浜辺に恋死にする思いを吐露した作、また同月刊「明星」七号の随筆「牽牛花」の思いと同系列作であり、机の上で同じ時に書いたのを分けて出稿したのだろう。口紅マークはさすがに神戸にそっと出し（編集に自ら関与）というところか。ところでこの三号の第三面に「山川とみ子（大阪）」の八首が載る。やはり最下段の左隅――ということは新聞だから上下に重なる位置である。

人の世にはかくへだつとも何かあらむ歌のみ神のつばさにのらば（未見の友に返す歌の中に）
和田津《わだつ》みの眞中に櫂《かい》をなげやりて泣きて見ましな船しづむまで
父母の口つけませし此頬よにごる涙になとけがすべき（父母を思ふ歌の中に）
神の子の少女の涙ぬぐひませ人の世の風にくしとおもふに
濱寺の奈きさにたちて波の音に合わせましけむ歌をこそおもへ
人の世に思ひとゞめむ歌よみて十二の星をこ丶にとらばや（十二星遊記をよみて）

須磨の清《ママ》に拾ひし眞玉秘めをけば星のみ歌はうきてあらはれぬ
その歌を星につたふて天の女《め》も須磨の浦はをかけりましけむ

「和田津」（和田の津とワダツミの掛詞）や「須磨」から八月七日の寛の神戸講演後の須磨行がうたわれているのは確かだが、これは舞子で泊まりの酒の宴になったので女性陣は参加してない。翌八日が連歌が多作された寛の旅寓での歌会だ。

「十二星遊記」（天の存在の十二人の意）は神戸の斎藤溪舟が地元紙に書いた記事のことで、これをベースに作歌したことを示す。おそらく編集側からの要請（梅溪がどの程度かかわっていたかはわからないが）あっての稿だろう。彼の本番告白便がすでに着いていたかどうかも微妙なところだが、登美子としては「新潮《にいじお》」に梅溪が関わっているにしろ、実際は平忠宣ら新詩社神戸のメンバーが主力であることは承知しており、同紙はなにより師の君の係累紙という感覚で受け止めていたと思える。

出稿依頼されるのは新進にとって自尊心を満たされるものである。ただ同じ月十二日刊の「明星」七号の歌が鉄幹賛美に踏み出す積極性を感じさせるのに比べ、全体に抑制をきかせた感じはする。ともかく、自作七首が掲載された紙面が送られてきたとき（十月末には落手のはず）、上におおいかぶさるように口紅マーク暴露の梅溪作があるのを見てびっくり…もう師の君への言いつけに躊躇はなかったに違いない。前掲三首目の「父母の……」は親以外なんで肌を許しましょうか、の意ととれる（九月刊「明星」六号の「なにがし様に…」の晶子の怒りで梅溪のそちらへのトンデモない要求も当然分かっていた）。登美子は五年後の『恋衣』にこの秋の明星掲載作（満開ロマン作）は多く収録するのだが、この八首は一つも入れていない。「関西文学」二号の中山レポート「高師浜」に収録された「蛇さへも……」は言うまでもない。これこそ死の床の「日蔭草」（後述）中に現れる「地獄におつる躓《つまづ》きの石」作であった。

「新潮」は次号十一月二十三日刊の四号からトーンが変わる（上述三号との間に十一月五日の粟田山の一夜があることに留意したい）。まずそれまでなかった鉄幹の遠慮もあらばこその登場である。第二面に「暮秋」と題した十四首。冒頭の「ゐなかびとのまめなるいさめまもるにはあさましいまだ我血冷江ぬよ」などの五首は「以上養家を辞する歌」と注記するように、林家との決別を歌う。その次の「手をとりてさびしく笑むよ君もまたこの秋風にたへぬ一人か」「あめつちをおほわんものか秋風にふたりの袖のいたく破れし」など五首は男名の旧友宛てとなっているが、ともかく別れの歌である。文脈的に滝野であってもいいし、ならば結婚で帰省を決意した登美子でもあり得る。「暮秋」といえば三年前の「新声」における登美子のデビュー作、「山柿の梢にうすく霜見えて秋くれがたの風ぞさむけき」の題であった。登美子はピンときただろう（梅溪もそうに違いない）。つまり、滝野も登美子も自分への歌いかけと読んだ可能性がある。女心をつかむ、寛のラブ・テクニックの現場である。第三面にも鉄幹の「秋風鐵馬」十四首。いくつかあげると――

松によりて二人くむ手にかゝりたるその夜の涙あゝあつかりき
とこしへに冷江《ひえ》ずしあらば君がうなじ我のかひなの痩せはともあれ
想へ君霜をおぼゆる秋風に京へもよらで更に西する
うれし〳〵二人はいまだ人の子よ相見ることよひ星も流れず
人の道をさびしと知れどしばらくは親のいさめに耳かせよ君
その戀のにがき味しる二人なりいまさら何か人の道問はむ
その夕《ゆうべ》百合の葉かげに放ちつる白き子蛇は誰の咀ひぞ

微妙に登美子（勝ちの晶子ではない）にかけているように見える。最後の「子蛇は誰の咀ひぞ」は明らかに「蛇いちご」にかけた梅溪への揶揄だ。そして四面の「わくら葉」と題した短評欄には、「新声といふ雑誌は如何にもガラがわるい、商賣根性が強くつて、矢鱈《やたら》に自分を吹聴して、相手を陥し入れるやうな卑劣な手段を取つて居る」と。直接には「明星」が値上げしたことへの「新声」九月号に載った批判が下品だといっているのだが、この欄の後に「破声急声（上）」と題した失恋を主調音とした寛一党の次の連歌が続く。

冒頭が鉄幹の前句「おさなしときく君なればつゝまじな」、平忠宣が「世にも恋にもうらぶれし罪」と受ける。以下、溪舟・梟庵・夕月庵（一色白浪）・白沙塢（不詳）らで十七首。四首目は忠宣「なつかしき小琴の主を君は得ず」に渓舟「芙蓉の月に笛吹くといふ」――忠宣のこの前句は中山レポート中の登美子作「この浪にしらべあはせんよしもなしむねの小琴のあまりやさしく」を踏まえている。つまり、「先輩、あなただって登美子さんに振られましたね」である。蛇・笛はすでに梅溪専属でなく一党における失恋のメタファーとなっている――楽しげである。全体の締めは鉄幹の「蛇を伏せし君が袂《たもと》としらずして」に、白沙鴫「赤きその裏弱しと思ひぬ」。

「新潮」四号は「新声」色の一掃号なのだ。ただし梅溪の「管見鈔――模倣と自我」が二面にある、「我が国民は模倣の国民」で始まる例の慷慨。「晩翠《ばんすい》の優麗、藤村は清新、鉄幹の豪壮」などと一応の礼をとったあと、「要は自己の真面目を赤裸々に発表するにあり（徒に他の趣味を追う者は）筆を焼け……これ人の糞尿を味ふものにあらずや」。編集段階で内部の権力関係が変わっていたのだが、これは（訣別前の執筆に違いない）既定のものとして扱ったということだろう。同紙における梅溪の論稿の最後。

既述のように「関西文学」では九月の第二号から晶子・登美子ら女性陣も加わり、寛一党が登場していた。明石利代が「鉄幹が支配力を持つに至った」と書いた事態である。寛の平への礼賛歌、「神戸すぎて心にくしとわがおもふますらをぶり……」もこの号に出た。最終の六号まで一党の揃い踏みは健在。逆にいうと、従来の「よしあし草」「関西文学」支持層の離脱過程でもあっただろう。つまりそれは終幕に向かっていたということだ。

「新潮」も十一月の第四号で寛の支配完了。両誌への梅溪の関与は似たような経過をたどる。新潮は関西文学の圧縮再現に見える。むろん新潮の実務作業は地元陣であって、彼の役は編集サジェスチョンと原稿の意欲的引き受けだったと思える（だから第一号発行時も不安ながらの石州センチメンタルジャーニーに出られた）。

寛は秋の徳山への途上、十月二十七日に神戸に降りる。四日前に出た梅溪ウェルテル号の「新潮」三号に思うところがあっただろう。中山梟庵による先の酔茗宛て書簡報告（十二月十日刊「関西文学」第五号）には、「その（二十七日）夜は鉄幹兄と枕を並べて臥し」、明くる「廿八日午後一時発の山陽線にて鉄幹兄が（福山へ）下らるゝこと」となったが、時間があるので写真をとろうということになり写真屋に寄り、溪舟・梟庵・忠宣・白浪・酒骨で撮った（十一月刊「明星」第八号に六人の写真掲載）。「其夜あけぼの会開催有之」ともある。あけぼの会は「よしあし草」神戸支会に由来し、このころ平忠宣が主宰者だ。この写真の六人が新規「新潮《にいじお》」の中核の面々ということになる。

一月一日刊の第五号に恒川文華堂から石丸日東舘への事業引き継ぎの告が出る。発行兼編輯人は「山田磯麿」、つまり平忠宣である。一面最下段に「新潮」と題した鉄幹の短歌十二首。五面に前号に続く「破声急声（下）」で鉄幹詠を冒頭にした一党の連歌二十首。中ほどに忠宣「蛇のゐる小百《さゆ》合《り》の花を伐り美《ママ》（見）てん」、鉄幹「いたくも似たり吾のなやみに」。意おのずとツーカーである。七面に鳳晶子の「さゝやぎ」と題した「うけし歌のかへしもそめず手すさびに又箱のうらへもじをかくかな」、それに「定離《じょうり》とはそれ君何のたとへぞややらじはなたじわれは戀の子」など六首。

登美子作はない。ただ十面の消息欄に「曾て『明星』其他の雑誌で鳳女史と共に明治の才媛と謳はれた山川とみ子は京都に……合衾の約なつて近日嫁くべしといふことである」とある。結婚情報までが書かれる有名人になっていた。五号中には梅溪の名も確かにあるのだが、それは二面の雑評欄中の茶化し批評の対象としてである。「梅溪子、大に例の気焔を吐くべく弦月會席上につッ立たれど年若ければ場所馴れず、議論風発筆の如からずして徒にコップの水を吞むこと凡そ七杯」。載る。

第十面の紙面末尾には「鉄幹子の書簡」と題した十二月十六日付け平忠宣宛ての手紙がそのまま載る。一条成美に頼んでいた挿絵が例の無精で今日までついにできず――と詫び、「ついては『新潮』の表紙は何か工夫して一月だけ間に合わせていただきたい」と。つまりこの新年号から新潮も雑誌型にする予定だったことがわかる。まさに明星の歩みである。成美への怒りは、「依頼せるは十一月の初めなりしに今日まで投げやりにせられて（此他にもこの類の事多し）小生の激怒も無理ならぬ事に御座候……この手紙『新潮』紙上へ掲載されたく」とここでもキレている。

十一月二十七日の「明星」八号が発禁になり、寛がかなり勝手な激し方をしていたときであるが、その十一月初めに成美に発注していたということだ。「二月のには他の画家をして」、つまりその次の号には別の画家できちんとしたものを用意する、と。実際には後述の最も簡便な方策をとるのだが…。「新潮」は十月二十三日の三号まで梅溪主導、十一月二十三日の四号から梅溪一掃の鉄幹版となった。つまり十月末からに寛の直轄体制になったことがここからもわかる。

二月刊のはずの六号で雑誌型化が実現したかは実物未見（刊行されたのは確実だがおそらく新聞型）のため確認できないが、四月刊の第七号では確かにそうなった。宮崎修二朗著『神戸文学史夜話』（天秤発行所、一九六四年）には資料として「新潮」七号までの全号の目次が載っている（わたしが確認した実在の分は一致している）が、第六号について「明治三十四年三月三十一日」刊となっており、そうだとすると二月には出ず、三月のこの日付だったことになる。これはすでに三月十（あるいは十二）日刊の『文壇照魔鏡』後である点に留意したい。

宮崎はここで「二頁（立て）を第二年第二号として刊行」と書くから、表裏各一ページ、つまり一枚ぺらの新聞だったに違いない。目次内容は「合同の辞（関西文学と新潮　新潮同人）」と「俳句小刀等」の二項目に過ぎないので符合する（「合同の辞」の内容は後述七号に再録されているので判明）。刊行が三月三十一日ということと、寛主導の雑誌型化予定がぺら一枚の新聞になったということは、明らかに照魔鏡の直撃を受けた事情を物語る。これは本書一章で述べたように、二月刊のはずの「明星」第十一号（表紙・奥付は二月二三日刊）が実際は「三月二十三日」刊になったのと連動する事態である。

ただし寛は二月には多忙には違いなかった。その明星十一号の巻末社告でこう書く。「小生義、新年早々各地方へ旅行致し居り（一月三日鎌倉の梅溪も参加した小集、六日神戸での関西文学同好会新年会＝新潮の件もあったはず、同九日から晶子と京都二泊）候ところ、帰京後新詩社財政上の整理に累せられ候と、且は久しく流行性感冒にて就褥致し候と、印刷所成功堂の印刷物輻湊《ママ》と、これら種々の事情の為……」。京の冬の宿に湯冷めしたか。

晶子からは例の「君さらば粟田の春のふた夜妻またの世まではわすれ居給へ」（『みだれ髪』初版では二、三句が「巫山の春のひと夜妻」となるが以後の版ではこの歌自体がなくなる）などの歌を含む手紙が次々届いていた。ちょうど一年前、晶子が鉄南あてに手紙していたのと同時期、同頻度である。今回は恋愛の気分だけでは済まない、覚悟を込めた女の意志がある。状況は抜き差しならなくなっていた。

そして二月末には新聞「日本」の墨汁一滴欄で正岡子規に「明星は廃刊」と書かれた。子規はすぐに訂正を出したが、前年来の鉄幹子規論争を引きずる騒音・心労には違いなかった。その上、三月に入ると照魔鏡が襲ってきたということだ。

8　「明星」もどきの「新潮」七号

四月十日刊の雑誌型となった「新潮」第七号を検討しておく。『文壇照魔鏡』の一カ月後である。前号六号が三月三十一日刊で中身の薄い一枚きりの新聞であったことと、三十二ページからなる七号が十日後と間をおかず出たことを考え併せると、その内容は六号に予定していたものと見ていい。つまり七号は実質六号なのである。表紙は横笛《フルート》を吹く乙女像、彼女の左腕には蛇体の腕輪が巻きつく——寛差配の誌であることを思えば暗示的である。誌面中に照魔鏡について一言もなく、全体に静かな感じのつくりで、それが逆に奇異な感じを与える。

二頁の巻頭言がなんと、「関西文学」は役割を終えたから（薄田泣菫の）「小天地」に吸収されるがよい、という主張である。「『関西文学』の苦忠《ママ》」と題し無署名でこう展開する――。ここ五年にわたり「秀筆を載せて四方を警醒《けいせい》……関西の文壇が今日ある所以《ゆえん》は彼（関西文学のこと）の功績を以て多しとせざるを得ず」。そして、その功績はすでに明瞭で志も達せられている――とした上でこう転調する。

……『小天地』や、其の編集に於て遺憾なく、其の基礎の確実なる事、今の『関西文学』の比に非ずとせば、此際に於ける『関西文学』たる者、何を苦しんでか汝の大困難と格闘し好んで逆境に立つの要あらん、潔く大阪に於ける文学雑誌の権利を、汝に比して基礎最も確実なる『小天地』に一任し……暫く静養し……他日風雲に乗ずるの機を窺ふ事、亦汝の一事業に非ずや、何奈《いかん》々々。

「附記　此の文を草せしは関西文学と合同の議成りし前数日也」。

附記は重要である。筆者は合同の議決の前に「小天地への一任＝合同」を決めていたということだ。会議メンバーはどうとでもなる子分ということである。むろん筆者は寛、題名の前には花の茎に巻き付く蛇の鉄幹稿専用カットも置かれている（成美サインは抜き）。

本来、一任（吸収）にしろ合同にしろ、名前が消える側の「関西文学」サイド（メンバーはダブっているにしても）が言明してこそ説得性があるが、二月最後の同誌六号でもこのことは一言も触れられていない。そこでは「一時休刊」をいっているだけである。寛が「関西文学」の社幹だとしても奇妙なことである。むしろそうであればこそ「関西文学」誌上で語るべきことなのだ。むろん既に休刊してしまっているから語りようはないのだが。繰り返すが、ことはもっぱら「新潮」上で語られているのだ。

もう一つ、重大な疑義がある。「明星」十一号（二月末刊表示の三月末の刊）巻末の社告で寛は「大阪の関西文学は本月（次述のように二月のことか）より神戸の新潮と合併致し候」（傍線引用者）と書く。確かに二月二十日刊の「関西文学」最終号の巻末（五一頁）に「◎二月十七日（第三日曜午後正五時より）安土町書籍事務に於いて、新星会、及び東京新詩社支部開催仕候《つかまつりそうろう》間、同好諸子は万障……」の短信が載った（その場所は関西文学の作業拠点だが新星会・新詩社の名しか述べられていないことに留意したい）。合併が決定したのだとすればこの会のことと推察されるが、むろんそのことが消滅した同誌に載ることはなかった。それ以前もそういう合併話は誌面にない。

そして四月十日刊の「新潮」第七号巻頭言での「小天地への一任」である。事態のあわただしいなかで、「新潮」と「小天地」がごっちゃになった誤記か。これは善意に解釈してである。小天地への「一任」が本音に違いない。なんなのか。

こういうことだ。――「関西文学」は（俺の一存で）「小天地」にする。その「関西文学」は「新潮」と合併するので、即ち「新潮」も「小天地」となる。つまり両誌とも基礎最も確実なる「小天地」となるがよし――なのである。得意のズラシ論（ここでは複数メディアを巧みに操って）、「関西文学」が新潮と合併するとは新潮の消滅宣告でもあるのだ（むろん新潮側との齟齬も生じる）。

寛は正月六日の神戸での新年会、九〜十日の晶子との京の宿とそれ以後は関西に行っていないので、合同の議はこの旅中に「同人等」、つまり神戸を中心とした一党＝すでに「新潮」編集の中枢部と合意（あるいは指示）していたのだろう。小天地のことは秘したままで。

当然「新潮」側は「合同」とは自紙と関西文学とのそれと解していた。新潮七号の巻末には、前六号（三月末刊？）のメイン項目だったらしい「合同の辞」が、「六号に合同の辞を入れ配布したがなお十分でない所があるので改めて再録する」という前文のもと、三月付けの「新潮の同人等」の名で載せられている（巻頭言は上述「『関西文学』の苦忠」）。

「大阪の地には好文学雑誌『小天地』生れ、敢て『関西文学』が飽迄《あくまで》困苦と相戦はざるも、能《よ》く『小天地』が固き地盤に依りて……（今回関西文学が）一時発行を見合はせたるを期として『新潮』に合同し」（傍線引用者）と、確かに鉄幹の巻頭言に重なることは言っている。だが、関西文学の自分たち新潮への合同を確信をもって言っているのであり、小天地とどう関係するかは言っていない。大意こうもいう。「関西文学と新潮で互いに相談してことを運ぶのが順序と思うが、もともと異体同心の関係であったから関西文学側の思うところも忖度して、わが同人等が代わってここに合同を述べる」と気遣いの一節を加える。新潮としての主体性の言であり、もともと関西青年文学会員の彼等である。

つまり、寛の七号巻頭言は、新潮側の意向を飛ばして（無視して）、関西文学（新潮でもある）と小天地との合同を言っている。とすると「新潮」六号掲載の「合同の辞」の七号再録とは、小天地のことは聞いていません…という新潮側のひそやかな主張ともとれるのだ。御大に対する、一寸の虫にも五分の魂だろう。照魔鏡という大事が出来《しゅったい》するなかで、「新潮」は瞬時に消滅するのだが、すでに進行していた地元でのこういう事態がかなり作用していたと思われる。同紙は、「関西文学」以上に寛にとって便宜なものだった。同時に「小天地」は別格扱いだったことを示す（泣菫が東京で通用する唯一の関西文人だという認知と、そういう人物に先達的な位置関係で慇懃であるという自己誇示でもある）。

七号巻頭言の頭に置かれたは百合（笛）と蛇体のカットは、前年六月「明星」三号から鉄幹の「小生の詩」用に使われたもので彼の稿であることを示すブランドマークだ。浜寺の歌会以後は梅渓揶揄の意も生じたことから臨機に使い出した（自身用は新たなカットに）。新聞型明星時代のカット、三号・四号・五号には「成美」のサインが入っていたが、雑誌型になった秋以降は抜かれた。「新潮」七号は巻頭言の次頁から作品が登場するが、冒頭がまた鉄幹の短歌五首で、タイトルが「笛吹」――五首中に題名にかかわる言葉はなく、すでに梅渓失恋の記号であることを思えば執拗である。

より驚くべき事実がある。雑誌型「新潮」七号の表紙は、既述の左腕に蛇の腕輪を巻きつけた横笛（フルート）を吹く乙女像（図Ｉ）。じつはこれは一月刊「明星」十号の八七頁全面を占めたイラストそのものなのだ。サイズも同じ（黒い枠線は縦十五センチ、横十二センチ）、ただ左右の枠外に「新潮　第二年三号」と文字記述だけが付加されている。例のメタファーであり、よりストレートであ

図1　明治34年（1901）四月刊「新潮」通巻七号の表紙。実は同年一月刊の「明星」にあるイラストの転用。

る。明星十号の段階で梅溪にはは錐で突き刺されるようにピンときただろう。

このとき同カットは、大槻月啼を先頭に全国の五十人余、計百二十首、八頁にわたる「新詩社詠草」の真ん中に置かれていた。社中揃い踏みとしても最大規模のもの。最後を締めるのが鳳晶子二首、むろん梅溪はない。登美子も。そして同欄の冒頭、大槻の名の前に置かれたのが、例の百合に巻き付く蛇体のカット——二重に蛇・笛を踏まえたダメ押しであり、いかにも念が入っている。

先述のように寛は新潮五号に「成美に頼んでいた挿絵が例の無精でできていないので、『新潮』の表紙は一カ月分だけは工夫して間に合わせて欲しい」と書いていた——その工夫がこれだったのだ。照魔鏡への意趣返しとはいえ、用済み資材の転用には、さすがに感じ入らざるを得ない（ことが分かっていたのは梟庵・平ら側近の数名だけであっただろう)。

「新潮」七号(照魔鏡から一ヵ月後である)の中身をさらに見ておく。Ｂ５判の誌面サイズ、構成(二段組、散文では一行二十七文字、二十一行原則)、これは明星と全く同じ。ことは「新潮」側が主体的に要請したことなのか、「明星」側が利用したのか、という設問はあまり意味がない。どちらも鉄幹が仕切っていたからだ。例の巻頭言に続く寛の「笛吹」五首の後が、痩鶴子なる署名の「『無弦弓』を読む」だ。この一月に出た河井酔茗の第一詩集『無弦弓』への評で、「酔茗既に詩人なり、新しく且味《かつ》ある詩なり、加ふるに篤き信仰のあるあり」と激賞する(酔茗は新派とはいえ肉感浪漫派とは遠い)。この窮地に人望篤い酔茗に梅溪の側に回ってもらっては困るのである。むろん痩鶴子も寛である。痩せて背の高い本人像、鶴に自己陶酔がある。

寛のほかに掲載されている短歌では窪田通治(空穂)・水野蝶郎・鳳晶子・中山梟庵ら、詩では児玉星人(花外の弟)ら。鳳・梟庵は別にして関西系と思われない人の名が他にも目立つ。照魔鏡の出現で明星を出すめどがたたなくなるなかで、入稿していた作を緊急避難先として「新潮」に入れ込んだ気配がある。昨秋からこの冬の作が多いようだ。季節ものであり、腐るのである。晶子の「闇香」八首に「朝寒を男《お》の子のつよきつよき笑みに梅うつくしく京の山立ちぬ」はやはり寒の候のもの。これは三人連れの昨秋のことではない、寛と二人のこの冬の京である。字数乱れに生々しさ…。ともかく新潮七号は明星の仮の装いの感が深いのだ。転用表紙に何の躊躇もなかっただろう。

新潮七号の十日前、照魔鏡からは三週後の「明星」十一号(二月末表示の三月末刊)の方は百頁余の厚さで、トップが「おち椿」題の晶子作、堂々四ページにわたる八十首。「いつの春か紅梅さける京の宿に若き師の君うつくしと見し」などやはり冬の京だが、すでに恋に勝利したゆとりか前秋の粟田山の作に比べ落ち着いたトーンだ。「かのそらよわかさは北よわれのせてゆく雲なきか西の京の山」と白百合の君への思いやりも。照魔鏡前の十号が蒲原有明《かんばらありあけ》、上田敏《うえだびん》を冒頭に配していたのに比べると、晶子を前面に出した十一号は性愛路線はやめぬ——の意志表示のようにも見える（その集大成が八月の『みだれ髪』となる）。

登美子作もある。中ほどの頁に「紅鶯」題で「春さむし紅き蕾《つぼみ》をそと踏みて病む鶯《うぐいす》の戸にしたひよる」など十五首——このころから中断期に入り、夫の発病と死を経て彼女が作歌活動に復帰するのは二年後の明治三十六年（一九〇三）七月の「明星」第三十七号の「夢うつつ」十首、ここで演劇少女時代とは違う姿を現す。

照魔鏡の出現下、三月末から四月初めにかけて近接して出された「新潮」七号と「明星」十一号だが、総括主宰者としての寛はあわただしく仕分けするように差配しただろう。三月十七日に万朝報が非難の第一弾を載せ、同二十一日に毎日新聞が厳しい一矢を放ち、四月に入ると堰を切ったような大洪水となった。同二十五日は自ら新声社と梅渓を訴えた公判（数日で敗訴）が始まるという切《せつ》所《しょ》の時期にあった。行きがかり上、新潮七号は出したがその存続など意識の外だったろう。「明星」こそすべてであった。

もともと「明星」拡大という戦略の上に、市場基盤が成立していた関西での対応だったのであり、泣菫の「小天地」には肩入れするが、「関西文学」は整理対象、その過程から意外にも派生した「新潮」にも対応はしたが、こと急場となればかまってはいられない。同誌は七号までしか確認されていないが、既述の通り、終わりを告げるすべもなく消滅したとわたしは考えている。梅溪からすれば、「よしあし草」「関西文学」の実質四年のことが、「新潮」の半年で繰り返されたことになる。

こういう事態を神戸側はどう受け止めただろうか。おそらく、『文壇照魔鏡』での道徳性非難に共鳴する層・会員も少なくはなかったと思われる。合同への新潮サイドの動きが「同人等」という表現でしか成し得なかったことにも、全員の合意でないことが示されている。白けた気分が急拡大し、寛の意を待つまでもなく「新潮」解体への遠心力が一気に作動した可能性がある。蒸発というにふさわしい。寛と晶子の親密関係も伝わっていただろうし、晶子の「闇香」をよくもあられもなく…と受け取める気分もあったかも知れない。

その五年後の明治三十九年（一九〇六）八月から翌年四月まで同じ「新潮」名の文芸紙（第二次と称される）が神戸で八号まで刊行されたというが（前掲宮崎著一六八〜一七四頁）、さすがに寛は関与していない。宮崎著は八号までの全目次を載せるが、斎藤溪舟と石上露子（夕ちどり）の名は散見するものの、ばりばりの寛一党の名はない。

既述のように東京では三十七年（一九〇四）五月に再出発の佐藤儀助が「新潮《しんちょう》」を創刊していた。同社史に記されたように高須梅溪の尽力があったようであり、彼にはこの字への正統意識があったと思われる。他方、神戸の第二次「新潮《にいじお》」も中央での同字誌存在にもかかわらず、こちらも本家意識を持っていたことだろう。

　神戸の動向を示す別のデータも示しておく。関西文学と新潮の関係が煮詰まりつつあった三十四年（一九〇一）一月六日、神戸の山手倶楽部で鉄幹を招いた新年会が開かれた。酔茗も来た。幹事役は平である。四月の「新潮《にいじお》」七号に「星つどひ――文学同好者新年大会の記」と題した報告が載る。「星つどひ」の星は鉄幹であり、むろん賛辞である（媚《こび》といってもいい）。「文学同好者」とあって関西青年文学会ではない（酔茗が好んだ名でもある）。この催しについて「関西文学」第六号（二月二十日刊、最終号）は一言もない。ただ十二月十日刊の第五号の巻末に「新年一月六日、神戸に於ける大会は神戸の諸兄が考案にて、朝の九時より夜の九時までの長時間、人を倦ませじとの計画あり」と数行の予告短信を載せるが、ここでも「大会」だけで何のそれかは記されていない。ちなみに前年と前々年は酔茗主宰で堺・浜寺の鶴廼屋《つるのや》で開かれた。むろん関西青年文学会（前々年は浪華青年文学会）の会で各三十人と三十一人が参加した。

「新潮」七号の報告では五十三人が参加、内訳は神戸・須磨・明石・御影の神戸組が三十六人、大阪組が十四人。上記関西青年文学会の盛時を凌ぐこの数字であり、神戸への勢いの推移を物語っている。個別には鉄幹（三日の梅溪も参加の鎌倉小集から駆けつけたのだろう）始め、梟庵、月啼、白浪、平、天眠、雁月、そして酔茗だ。梅溪はもとより、四号までの発行者・恒川永次郎、それに小石青鱗、堀部卯三郎、山本栄《ママ》太郎ら「よしあし草」以来の本流の名はない。鉄南もない。

折詰と正宗の昼飯後の中だるみのなかで、寛が立って「日本を去る歌」（元日に出たばかりの「明星」十号掲載）を諷誦《ふうしょう》し大喝采を浴びた。照魔鏡で思い上がりの極みと槍玉に挙げられることになる作であり、この瞬間がカリスマ性を漂わせた寛の関西における絶頂のときである。

珍しくも酔茗が立ち上がって「神戸のため『新潮』のために万歳しようと言い出した」、そこで「芽出度《めでた》く声を揚げたのが実に嬉しかった」と報告は記す。酔茗は八カ月前に祖父の代からの呉服店をたたんで念願の上京を果たしたばかり。時勢に遅れがちな商売だったとはいえ、すぐに窮するような身代ではなかった。四日前の二日刊で彼の経歴としては遅い第一詩集の『無弦弓《むげんきゅう》』が出たときであり、さすがにハイな気分だったのだろう。寛は一歳下ながら文壇的には自分より先行した彼に気遣いしていた。徒手空拳の身には羨ましくもある存在だったに違いない。根底に利用するという考えがある点では梅溪と同じだが、この〝ぼんち〟は安心なのである。

酔茗自身は大阪を去って以来、そこでのことを詳細に知るよしはなかっただろうし、そういう関心も希薄な人間だ。「間抜け鳥」の評も生じるだろう。新年会レポートは出席者の多くの氏名をあげてその挙措を伝え、和気藹々《あいあい》ぶりをことさら強調しているように読める。無署名だが神戸の一色白浪の筆であることが分かる――病弱な喘息もちで九年後に三十二歳で没、酔茗は東京での仕事を頼んだこともあり「信頼するに足る人、人格の高い人」と惜しんだ（『酔茗詩話』）。晶子は前年出席したが今回は不在だった（この会の三日後に寛と京の連泊）。

事件一年後の翌三十五年一月の「文学同好新年会」を「明星」三月号の社告で見てみよう。神戸を離れ大阪市北区北野の朝妻楼で開催。鉄幹、酔茗ら四十二人が参加。しかし前回参加の神戸組は一人の名しかない、それが平忠宣である。大阪開催だから天眠・雁月・月啼ら大阪組が多かったと考えられるのだが、前回三十六人もの神戸からの参加がただ一人、それも平となるとやはり何事かの出来を物語っている。みな去っていったのか。すでに在東京のためか梟庵もない。酔茗の出席が寛への協調を示しているようにも見えるが、奇矯な文士・梅溪への違和感が酔茗にもあったのか。すでに文壇に梅溪・掬汀犯行説が流れていたとき。酔茗の精神にはもとより許されざる刊行物だったに違いない。

酔茗は昭和四十年（一九六五）没の九十歳まで生きた人、鉄幹・晶子・藤村・清白・夜雨らを始め明治文壇回顧の文を多く残したが、梅溪や文壇照魔鏡についての言及をわたしは確認していない（記者時代、酔茗・久恵の子の詩人・島本融氏に父君が言及されたことがあるかをお聞きしたことがあるが、後日、確認できなかった旨の返事をいただいた）。ただし、酔茗はすべてを知っていたともとれる。寛の側に立つような言動も、梅溪について許されないという限りのことで、明らかに事件後は寛から離れていく（袂を分かつというような仕方ではないにしろ）。祖母の「悪党でっせえ」がどう響いていたか。酔茗の回顧のなかで描かれる鉄幹像も渡韓時から明星創刊ころまでのこと。「氏には敵もあり味方もあり、また生活の苦痛もあつたが、実に勇敢に闘ひながら飽くまで芸術の本格的進路を見あやまたず邁往した……」（『酔茗詩話』中の「与謝野寛」）は彼らしい括り方である。

ちなみに梅溪の酔茗評もほとんど見つけられない。彼は後年（昭和八年＝一九三三年）、『明治大正昭和・文学講話』と題したかなり大部の回顧ものを新潮社から出すが、このなかで酔茗も確かに三カ所出てくるが他者名と連記する形に過ぎず、唯一説明らしきものは晶子の項のなかで「彼女は堺に近いちぬの浦の風光美に感化せられて、河井酔茗と共に詩に志したのである」だけであった（あの「間抜鳥」に連帯を込めていたとすれば、失望も早かったことだろう）。晶子が寛の渋谷の家に入った当初、あいまいな寛の態度に彼女が酔茗をたよりにしたこともあった（後述）。

興味深いのは脱大阪にあれほど執念を燃やした酔茗が、実は「静謐なる」大阪の気分をよく伝えた人物であったことだ。現在の感覚ではピンと来ないかも知れないが、それは前代、さらには古典文芸以来、この地の正調をいく伝統であった。島本久恵もその流れの深いところにいた一人といえる――あるいは山川登美子も。『細雪《ささめゆき》』など一連の作でその正調を当世風に伝えたのが粋な江戸っ子の谷崎潤一郎（一八八六―一九六五）であった。現在の大阪イメージは、二次大戦後の新たなメディアであるテレビ、とくに地元局が大市場である東京を意識して（中央への間違った焦り）、多分に演出的な濃厚脂《あぶら》臭を売りとしたことによる、とわたしは考えている。

寛らの明治三十六年（一九〇三）の新年会は一月十五日、「本社新年小集」の名で東京・牛込の清亭で開かれた（『明星』二月号社告）。「本社」だから新詩社のことであり「文学同好会」は消えたわけだ。四十七名が申し込み、出席は十六名。酔茗の名はなく梟庵もない。

そして五月十日、大阪は北野の朝妻楼で「新詩社関西清和会」が鉄幹以下三十九名で開かれた

（明星七月号の鉄幹報告）。寛自身が発起人で正面から新詩社を謳う。記念写真に納まる男性陣三十三人は、大阪の天眠、金尾思西、大槻月啼、それに泣菫ら。岡山、丹後、播摩、讃岐、阿波からの明星投稿者の面々が並ぶ。そして東京から高村光太郎、児玉花外も。だが、神戸からは斎藤溪舟一人、平忠宣は祝電である。天王寺を会場に第五回内国博覧会が盛大に開かれていた折り、参加者は博覧会見物込みの来会だったとしても、寛一流の政治性を感じさせる会ではある。全国から三十九名もの参集の前に（神戸を包囲するかのような地域が軸）、神戸のことなど消滅してしまう。寛は、世人が浮かれ騒ぐときに詩人として天才と称すべき泣菫君も来会され、我ら少数者は冷然と文芸を語る、と堂に入ったあいさつをした（なお後述する登美子の「夢うつつ」十首はこの号の冒頭部に載った）。

翌年の正月からは与謝野家での社の小集となる。経営的にはいぜん楽ではなかったようだが、組織に頼る同人誌から商業誌へテイクオフしていったということだろう。

関西青年文学会支部が新詩社支部に転じたところは大阪、京都などいくつか確認できるが、同文学会神戸支部のその後は分からない。同じ兵庫県内でも姫路支部が跡を留めるのに比べ不思議なほどである。寛自身が照魔鏡事件以前ほど組織作りには熱心ではなくなっていた。

寛・晶子夫妻は、盛大な神戸の会から三十年ほど経た昭和三年（一九二八）春、南満州鉄道本社の招きで満州を旅する。五月五日夜の東京駅での盛大な見送り後、神戸でのことをこう書く。「翌六日神戸出帆の亜米利加丸には、京都から親戚の小林政治君、大阪から倉田厚子夫人が見送られた。妻の弟の鳳宗七（籌三郎）君も堺から来て見送つてくれた」（『満蒙遊記』昭和五年）。深い縁《えにし》の地での見送り三人、社交好き（色紙・短冊の用はあるにしろ）の夫妻にしてはやや寂しい船出風景であった。『文壇照魔鏡』後の「明星」は第十二号が五月二十五日刊行された。ちょうど七十五日目――例のことわざににかけたのか。しかし敗訴一カ月でありまだ燃え盛る渦中にあった。七十二頁立て、巻頭ではないが、鳳晶子の「朱絃」四十七首が載る。冒頭は「春みぢかし何に不滅のいのちぞとちからある乳に手をさぐらせぬ」。一歩も退かぬ性愛の宣言（むろん鉄幹のそれでもある）で、また娼婦の歌と揶揄される。ただ常連執筆者らからの激励投稿が「白百合」の題名カットのもとに掲載された。

まず白百合（登美子）の「……嫉《そねみ》と譏《そしり》と、さまざまの迫害の江ものもちて、あらぬかたへ力なげうち候やう。くちおしきことに候」は同士と共有する怒りと嘆きであり、事件における自分の位置にまだ気づいてないことを示す（第四章詳述）。中村春雨は「讒誣《ざんぶ》中傷を受けたる以上は……機関誌『明星』もある以上は、何か一言する所なかるべからず」と、日ごろ最も尊敬する某先生の言として書く。誌面の作りからは提訴応援論ともとれる。金子薫園は自分は「新声」の和歌欄を担当しているが「新声社の社員として同社に関係ある者には無之、したがひてこの度のことにつきては、聊《いささ》かも関係なき者に候」と。それぞれに人柄を表していて面白い。もとより寛編集の欄である。

七月一日刊の第十三号（六十四頁立て）は巻頭が鳳晶子の「金翅《きんし》」七十五首。晶子を前面に立てる編集戦略が明確化する。『みだれ髪』の編集も進んでおり、八月十五日に刊行される。憚ることのない性愛賛歌を含む前年秋以来の作が主に収録された。評は「淫書」であり、鉄幹叩きと重なり合う形で攻撃される。それが近代文学史上に輝かしい、この歌集の誕生時の実情であった。

とはいえ、着実に別の流れも生じていた。伊藤整が、「事件についての論評と、『みだれ髪』評とは、この年から翌明治三十五年にかけて続けられたが……それは『みだれ髪』の著者の否定すべからざる才能の公認という形で落ち着いた」（前掲書八八頁）と書くところである。捨て身のヒューマニズムと受け取った義憤の文学青年を集めることにもなる。石川啄木、高村光太郎、森田草平、吉井勇、北原白秋、木下杢太郎《きのしたもくたろう》、小山内薫《おさないかおる》らキラ星の如き人材がここを経由していくことになる――多くはまた離れていったにしろ（最初に追放の形で美男の水野葉舟、次いで窪田空穂と）、同誌が事件から七年百号まで持続した所以である。事件はその〝栄光〟の過程に生じた些末な一汚点ということではない、まさにそこを軸に我々の知る明星史が形成されたという核心部なのだ。墜落の可能性の大きい中、切所を経ることでその雑誌は復元の持続力を得た。

明星ロマンの分かりやすいピークは四年後の『恋衣』（明治三十八年）の刊行だ。女王となった晶子、深みを増した白百合・登美子の再登場、美貌の白梅・雅子、この三者の共著である。寛・晶子の生活圏にはいなかったが、河内から繊細華麗にして憂愁を込めた作を歌い出した白菊・石上露《いそのかみつゆ》子《こ》と、古典の教養をもつ名花が競い咲く。一条画のイメージを引き継いだ藤島武二《ふじしまたけじ》の絵。まさに満開の「明星」時代である（わたしは照魔鏡事件以前を初期「明星」といっている）。

したたかにして優れた編集者としての寛の成功。経済的にはなお苦労したようであるが。人生の絶頂期を迎える。『恋衣』編集作業中の三十七年秋に起こった「君死にたまふこと勿れ」論争はさほどの打撃ではなかった。照魔鏡での体験が改めて寛にメディアの用法を会得させていた。

（『足尾鉱毒惨状画報』の写実画）

第十八圖群馬縣海老瀬村民家の傾撥

第３章
鉱毒ルポと魔詩人

1　搊汀・梅溪の『亡国の縮図』

『文壇照魔鏡』からちょうど一年、明治三十五年（一九〇二）三月に新声社から足尾銅山鉱毒問題を扱った『亡国の縮図』が刊行された。表紙に佐藤儀助編とあり、田口搊汀の「毒原跋渉《ばっしょうき》記」、高須梅溪の「嗚呼《ああ》粛條《しゅくじょう》の砂漠」、金子薫園「鉱毒地を想《おも》ひて」、そして児玉星人の「嗚呼冥府《めいふ》の日本国」の四作が収められていた。搊汀と梅溪は渡良瀬《わたらせ》川の現地ルポ、薫園は歌三首、星人（児玉花外の弟）は五十連三百三十行に及ぶ長大な文語の自由詩一編である。

一章で述べたように、明治三十三年（一九〇〇）から翌年を経て三十五年（一九〇二）初頭がメディア的には足尾鉱毒問題がもっとも盛り上がったときであった。なかでもピークの時点、三十四年春に照魔鏡は刊行されたのだ。

被害については数年前から地元の知識人や学生らによる調査・報告書の類、例えば庭田源八《にわだげんぱち》の『鉱毒地鳥獣虫魚被害実記』、須永金三郎《すながきんざぶろう》『鉱毒論稿第一編　渡良瀬川・全』など今では公害告発の先駆的業績と評価される本が出されている。それらのうち松本隆海《りゅうかい》編『足尾鉱毒惨状画報』は照魔鏡の十日後に出たもので、後述のようにこれが梅溪・搊汀の行動に直接影響を与えたと思われる。

中央紙では木下尚江《なおえ》ルポの毎日が先導し、万朝報《よろずちょうほう》の黒岩周六《くろいわしゅうろく》と幸徳秋水《こうとくしゅうすい》が現地訪問するなど他紙も追随するようになっていた。田中正造・島田三郎・木下尚江・巌本善治《いわもとよしはる》・安部磯雄《あべいそお》・内村鑑三《ぞう》・津田仙《つだせん》ら著名人が頻繁に講師として演壇に立ち、その主会場となったのが神田美土代町の神田青年会館で、その間近の位置に新声社があった。古河市兵衛の妻の入水自殺もあり、とりわけ十日ほど後に起こった田中正造の天皇直訴が世の注目を一気に集める事件となった。『亡国の縮図』はその三カ月後の刊行である。

同書のトップを飾る掬汀の「毒原跋渉記」は「足尾銅山鉱毒問題の解決は、まさに天下の一問題となつた」で始まり、以下のように展開する。

> 鉱毒被害の起因は……足尾開山（明治十年）当時からあつたもので、被害と云ふ点に気が注いだのは明治十三年の頃、今を距たること丁度二十二三年の昔である。而して其害の及ぶ範囲は、と云ふと延長二十何里と云ふ大区域であつて、面積にして六万何歩、渡良瀬川沿岸八百余の村落（旧村）を含んで居つて、其間に生息して居る村民は三十幾万と云ふ広大なる数である。……渡良瀬川は激甚の毒汁を流して其を流域一帯の村落に瀰漫《びまん》させるので巨大な富を消耗し、身体生命を損傷して、流れ〳〵て下総の国猿島《さしま》郡古河《こが》町のほとり……更に下つて大利根の流れに溉《そそ》ぐのである。斯問題が一代の義人田中正造の為めに衆議院で絶叫し出されてからでさえも、十二年の年月を閲した、が、自家頭上の利益を見るのに鋭敏なる社会は、冷々として之を看過

して来たのである。

データは木下ルポや島田三郎の論説を踏まえていると思えるが、簡潔なまとめとなっている。とくに田中直訴につき、二十年以前からあった事態をこの訴えがあって気づき、今更寝耳に水のように騒ぎ立てるのはむしろ滑稽でさえあるのだが、この急噪（騒）な点が日本国民の特有性だから仕方がない――「正直に自白すれば予輩も此急噪連の一人」と自省する。視察に行ったのは二月某日、社中同人が大挙して出かけるはずであったが、色々の準備もあるので自分がまず先発隊としていくことになったと――

「古河を汽車で下りて直ちに字悪戸《あざあくと》という処《ところ》に向《おもむ》いた」。ここで案内の針ヶ谷常蔵氏に会い、谷中村から始める。村へ入る渡し小屋に警吏が五、六人いたが、彼らは被害民の上京陳情を食い止める役だ。ほどなく一部落に入る、家屋の荒れ様や周囲の殺風景を見ただけでも生計の苦しさが推し量られる。路傍に多くの立札、「何某廃宅の跡、鉱毒被害以前は田○町、畑○町歩を所有したるものなりしが……生活すべきやうなく、産を失ひて家族四方に離散せり」などなど。

それらのなかで「痛快無比なるもの」が古河市兵衛の所有地に立った札、「市兵衛は此処《ここ》に四丁歩余の地を有す、而して自ら出願して被害免訴となれる地也」と。被害認定されると租税免除になる制度はできており、原因を作った当の人物が広大な所有者ゆえに大いなる特典を受けるという理不尽さを、「痛快無比」と皮肉ったのだ。

次いで海老瀬村では被害民と生活を共にする田中正造夫人と会う。村道をさらに行くと小屋に棲《す》まう老女がおり、問うと、以前は一町も田畑があったが収穫できず夫・男子とも家出してしまい、ここは便所と話す。見渡す限り茫々《ぼうぼう》たる荒原の道を彷徨《さまよ》い、古河の旅店に戻ったのは夜半ころ。——丸一日の行程のようだ。

梅溪の「嗚呼粛條の砂漠」も二月下旬の上野停車場から始まる。古河からの案内人も針ヶ谷氏でコースも掬汀と同じだが、同道ではなかったようだ（掬汀も自分が先発隊と書いていた）。「わがゆく所は現実の悲劇をくりひろげられたる大広野なり。大闇黒境なり、幽鬼の声、悪魔のさけび、白昼に聞ゆる現世の地獄なり」と例のトーン。一路村道を行くと二人の壮漢が丘の方から駆け寄って来た。「東京の学生さんか」に、針ヶ谷氏が「雑誌社の方で汝等《なんじら》の為に一冊の本を出して難儀を救いたいとう考えで来られたのだ」。彼らが是非お願いしたいと訴えてきたのは——十五、六人で二三日前に請願しようとして上野まで行ったが、巡査が自分らを捕えて署に連れて行き、「貴様らは天皇陛下の臣民ではないか、それならば温和しくして居らねばならぬ、無暗に帝都をさわがしたりなどすることは、国賊」と言われた。そうでしょうか、に梅溪はただちに——

実に人を侮辱した言葉だ！　お前達は決して国賊ではないのだ、お前達も矢張天皇陛下の赤子《せきし》であるのだ、日本国民は互ゐに兄弟のやうなもの……その兄弟親戚を捉へて、国賊と言ったのは、人権を土足にかけたものだ、御前達が唯正直で何も理屈を言はない弱点に乗じて、無法の圧制を加へるのだ。……激して語乱れ、自分でも何を言ってるのか、前後を顧みる暇もなく、公憤の情を起さゞるを得ざりき。

正義感の噴出はいいにしろ、どこかイデオロギッシュで水戸学に収斂していく姿をうかがわせる。利島《としま》村の小学校を訪う。「食ふに満足なる料なく、着るに完全なる衣もなき窮乏の逆境にさまよいつゝある闇黒境下」の小国民三十人ばかりに、三十四五歳の教師が一人。招じ入られた校堂わきの四畳ほどの茅屋《ぼうおく》は畳破れ、糸はみ出し、黒味を帯びた天井――校長だといい、生色のない夫人も挨拶に来る。八カ月間無報酬、村会は死滅、教員は来ても一カ月以上続いた者はいない、と。梅溪は古河に一泊し翌日は海老瀬村を見、田中正造夫人にも会う。

翌日、「山上の老嫗《ろうおうな》」と小見出しを立てた項は、小丘を越え蔭うす暗き樹間の雪隠に等しい小屋に一人棲《す》まう老嫗のこと。一人息子は養魚で成功したが（漁業は鉱毒で最初の被害を受けた業種）、魚は悉く根を絶やしになり破産、彼は落胆し悶死していた。祖母に育てられた梅溪はこう描写する。

廃《すた》れたる神社の方より、いと力なげに歩み来る……白髪皺顔《しわかお》、腰は海老の如く曲り、顔色は灰色を帯びて、ほと〳〵生きたる人の姿なりとはおぼえず……若しわが老祖母にして、かくの如き逆境にありたらんには、わが苦み、わがなやみ、わが悲み、いかばりぞや。

ルポを「足尾鉱毒の解決せらるゝまでは、われ等終に『亡国』の叫びを止むること能はざるなり」で結ぶ。

既述のように幕府の鉱山経営時代を通じて渡良瀬川は上質のアユ（香魚）を主に漁業が盛んであった。被害は明治十年（一八七七）の古河の〝近代的〟な操業開始から始まった。地元の新聞で早くから報じられていたようではある（紙面はほとんど残らず）。中央紙で確認できるのは明治十八年（一八八五）八月十二日の朝野《ちょうや》新聞で「○香魚皆無」の見出しのもとこう書く。

栃木県足利町南方を流るゝ渡良瀬川ハ如何なる故にや春来香魚少なく人々不審に思ひ居りしに本月六日より七日に至り夥多《かた》の香魚ハ悉く疲労して遊泳する能ハず、或ハ深淵に潜み或ハ浅瀬に浮び又ハ死して流るゝも少なからず（人々は争ってこれを捕ろうと網やザルを持ち出し多い人は一二貫目、少ない人でも数百匹、小児でも数十匹も）……漁業者ハ之を見て今年ハ最早是にて鮎漁ハ皆無ならんと嘆息……当地に於て未曾有《みぞう》の事なれバ人々皆足尾銅山より丹礬《たんばん》の気の流出せしに因るならんと評し合へりとぞ。

また読売新聞は明治二十年（一八八七）八月五日、「○渡良瀬川に鮎なし」の見出しで染物（織物）業への影響を合わせ伝えている。

上野《こうずけ》の渡良瀬川ハ源を野州庚申山に発し足尾銅山を廻りて桐生《きりゅう》足利の間を経て利根へ落るものにして、此川の鮎を最も同地方の名物とせしが近年ハ漸々《ぜんぜん》に減じて本年などハ殆《ほと》んど一尾もなしと云ふまでに至り、（原因を探求すると）足尾の銅山ます〳〵開けて銅気水流に混ずるより此結果を来せしならん云ふ。又目下足尾銅山に出入するもの一万五千の多きに及び、此の糞尿の捨道なきより自然此の流れの水を濁せバ桐生足利辺の染物晒《さらし》物《もの》に異変を生じる事もやあらんと同地人民ハ心配して居るといふ。

さて『亡国の縮図』の共著者の一人、金子薫園は「鉱毒地をおもひやりて」のお題のもと「花もさかず鳥もうたはでうゑに泣く民のこゑさびし渡良瀬の岸」など三首が、同書全百十九頁中の一頁に収録される。現地へ行ったのではなく文字通り〝思って〟の三首に違いない。

児玉星人の詩は「帝都を去る僅かに十数里　土穴《あな》の中に住まへる土地《ところ》ある日本国……」で始まり、長大な末尾をこのリフレインで終わる。こんな一連も――

惨なる哉　父祖の位牌を懐に抱き　涙の道を走りて　他郷へ遁れし若者《もの》未だ還らず　残るは只小さき家の壁破《や》れし傍　一輪の花枯れに枯れ土にまみれて　この薄倖の旅人のかへさを待つに似たり

兄・花外《かがい》の陰にあり名をなさなかったようだが、若い純な憤りを感じさせる作である。

2　「鉱毒画報」の田中万逸と秋水、石上露子

梅溪や掬汀が木下ルポなど新聞報道に触発されたのは間違いないが、直接的にガイド書の役をしたのが、照魔鏡の十日後、三月二十二日に「青年同志鉱毒調査会」刊行の松本隆海編『足尾鉱毒惨状画報』（図J）と思われる。画報の名の通り、枯れ田や毒塚などの写真とスケッチ（写実画）計四十枚ほどを掲載する。写真は「津田仙氏の撮影せられしを寄贈せられしもの」、画は画学生・安江秋水氏による、と松本自序は書く。それぞれに松本が解説を加え、新聞・雑誌の関連記事や現状を詠じた詩歌類、そして二年前に没した勝海舟《かつかいしゅう》の一句「ふる河の濁れる水を真清水にたがかきまぜて知らず顔する」なども適宜引用していく。

図J　写真・画入りの『足尾鉱毒惨状画報』

やはり視覚のインパクトが大きかったに違いない。枯れた麦田や桑畑、「ポクポクと人の力で」抜ける竹林――撮影者の津田仙はあり得ないことと現場でやってみると簡単に抜けた――など。毒塚とは汚染された土（四、五尺の深さにも及んだ）を田畑の隅に盛り上げたもので、これを動かして片づけないと片づけにならないが、捨て場がない。かつて田野であったところは累々たる毒塚の風景となった。

津田仙《つだせん》（一八七三―一九〇八）は幕臣で、幕末と明治の初めに米欧に派遣された経験がある農業学者にして教育家だ。次女が津田英学塾を創立する梅子である。この被害地写真は日本メディア史上で最初期のカメラ・ルポと言えるだろう（新聞ではカメラはまだ使われておらず、筆画だった）。

第三十図の「雲竜寺裏に集る被害民」は寺の林を背景に数百人もの人々が白一色に写る広場に居座る。松本解説は「津田氏が視察にきたとき被害民は諸所に案内し便宜を図るため随行した、中には女も子供も交じっていたけれど、どうぞお助け下さいといってついてきた……氏は記念のためにとったのであろう、彼らが座っているのは土の上であるが、荒廃した田畑であるのだ」。

撮影日時は書かれていないが、東京朝日の明治三十年（一八九七）三月三十日の一面下段に「実景撮影　津田仙氏は廿三日以来令息同道にて被害地を三回踏査し荒涼地の実景十数葉を撮影せり」とある。この二十三日というのは農民が大挙して訴えに出ようとしたとき（第二回請願といわれる）であり、三十日紙面にこの関連記事が十本ほど出ているなかで、その一本が津田の「実景撮影……」だ。スケッチの方は「日本美術院研究生安江《やすえ》秋水氏の写実する処」と松本序。後述するように安江は大阪は富田林などで育った二十二歳、やがて秋水《しゅうすい》から不空《ふくう》へ号を変える。子規門下の歌人でもあり、「人をころし国つち荒す渡良瀬の濁れるながれ早くきよめよ」「司人《つかさひと》は心なきかも大《おお》君《きみ》の厳《いつ》の御憲《みのり》を如何《いか》にし見るか」など十余の歌・句も掲載されている。

松本隆海についてはよく分からないが、奥付で見る「青年同志鉱毒調査会」の住所は松本と同じ「東京市芝区芝口二丁目九番地」だから、実質は松本の個人刊行と考えられる。「序論」は島田三郎でこれは木下尚江の『足尾鉱毒問題』の島田序の転載だ。編者（松本）は島田に序文を頼もうとしたが、木下著の序を読み鉱毒問題に対する「一大論文たることを悟り」、新たに労せんよりは転載を乞うたところ、快く承諾を得たと島田序の末尾に付記する。

松本は自叙でも刊行の動機について「愁訴の人民七十余名の者が捕蒐《とら》はれて兇徒暴衆《きょうとぼうしゅう》の名を付し獄に投ぜら」れた川俣事件への怒りと、「世人未だ彼れ等が……真相を知らざる多く、却つて彼等を疑ふものすらあり」との義憤を述べる。そして写真を寄贈してくれた津田と画の秋水への謝辞、及び「法科大学生・田中万逸《まんいつ》君は材料蒐集のため余と同行して視察を遂げ、其他斡旋の労少からず、これ又氏に深く謝する所なり」とある。

この書の成立に学生・田中万逸の奔走があったのがわかる。田中自身は跋で「予嘗て浪華にあり」と謳い、「二月末に（友人と）青年同志鉱毒調査会を設立す」と書く。梅溪より二歳下の二十歳、富田林出身で早稲田の学生（梅溪も前年春、同校の高等予科一期生となっている）で、このころ泉鏡花《いずみきょうか》に傾倒した文学青年だった。つまり安江秋水と万逸は竹馬の友というわけだ。

梅溪は松本編著の内容はもとよりだが、何より『文壇照魔鏡』の波紋下、同書に見出した同郷二人の名に目がくぎ付けになったに違いない。

泉鏡花傾倒の田中万逸（報知新聞記者もした）は文学では名を成さなかったが、政治に転じ大物となる。一気に生涯の終わりに飛ぶ――昭和三十八年（一九六三）十二月五日付けの朝日新聞の夕刊社会面に顔写真付き（大物の扱いの証）で次の死亡記事が出た。

田中万逸氏（自民党顧問）五日午前零時十五分、東京慈恵医大病院で胃ガンの療養中、急性肺炎を併発して死去、八十一歳。大阪四区から衆院当選十四回。その間、進歩党幹事長、自由党総務。二十二年二月には第一次吉田内閣の国務大臣となり、衆院副議長に互選された。日米平和条約、安保条約委員長。大阪府富田林市出身で……告別式は七日午後一時から渋谷区……の自宅で。九日に自民党葬の予定。

もっとも国務大臣になったことより翌昭和二十三年（一九四八）に起きた昭和電工・炭鉱国家管理事件、いわゆる昭電・炭管事件に絡み前衆議院副議長として収賄容疑の取り調べを受けたことの方がメディア的には大きかった。政財界のトップに及びながら疑獄というあいまいな形で終わった事件だが、同年暮れの大詰め頃の紙面に、田中の名が大きく登場する。もう一人の田中と、こちらは前法務政務次官の角栄（後の首相）、三十一歳。当時は万逸六十六歳の方が大物、見出しはどうしても大きくなる。記事ではどちらの田中か注意して読まないと混乱する。

文学青年・万逸の作品は『足尾鉱毒惨状画報』から四年後、鏡花を盟主とする「天鼓《てんこ》」誌に見られる。大阪では「よしあし草（関西文学）」には関与しなかったようだ。同誌の存続期間は彼の十五歳から十八歳余までの間で、その行動力からすれば参加しても不思議はないものの（梅溪の存在は当然知っていただろう）、同誌第二十二号（三十三年一月）新年会報告に「鏡花一輩の作物は病的なり」という伊良子清白の言が載ったように、違和感を抱いていたのかも知れない。何より山川登美子のように東京志向だったのだろう（登美子の関西文学登場は既述の通り鉄幹による新星会としての一括出稿）。

鏡花門下の姿は、「万逸君は政党華やかなりし頃の憲政会の幹事で……（鏡花）先生が神楽坂へ引越した後の、南榎町の家に入つて大いに文士を気取つてゐた時代もあつた」（寺木定芳『人、泉鏡花』昭和十八年）とチラリと捉えられている。また戦後の農地改革で没落した郷里の大地主・杉山家について、同じ年の幼なじみの主・杉山孝子（石上露子）に気遣いするところもあったようだ。

安江秋水（途中から「不空」の号）は本名・廉介で神官の子。日本画家にして歌人。幼いとき大阪・船場に住み、近くに富田林からの杉山一家（当主の療養のため）がいて露子を知る。明治二十四年（一八九一）、杉山家は富田林の本宅に戻り、ほどなく秋水一家も父の勧めから富田林に移る。この小学校で孝子（露子）、秋水、そして万逸が同窓となる。秋水の美少女・孝子への思いはこのころかららしい。芸術的才を示す少年であったのだろう。彼は船場での幼少期に病から聴力に難をもった。十六歳ころ上京し東京美術学校に入り、岡倉天心《おかくらてんしん》に師事した。三十一年の美校騒動で天心が非職となると、十八歳秋水は学生同志と連帯退学し、天心らが創設した日本美術院に入る。二十歳、正岡子規の根岸短歌会《ねぎしたんかかい》同人となり伊藤左千夫《いとうさちお》、長塚節《ながつかたかし》らの列に加わる。三十歳ころ大阪に帰り関西同人根岸短歌会を主宰した。

「不空」号への転換は二十六歳の明治三十九年（一九〇六）から——幸徳秋水《こうとくしゅうすい》という社会主義者が目覚ましい活躍をするようになったころ（国家権力によるかの著名なる捏造大事件は同四十三年のこと）——。三十四年刊の『足尾鉱毒惨状画報』に載る歌・句は臆することない「秋水」名だ。彼が実際に現地を見て描いたかどうかは確認できない。津田の写真の模写の可能性もある。写真には当時の技術的限界かピンボケ感もあり、新聞は筆画を使った。秋水画は繊細な描線でいかにもプロ、荒れた田野も静寂な、ある種詩情をたたえた風景となる。

八十歳での没後、門人により大部の『安江不空全歌集』（一九六四年）が編まれた。巻頭グラビアに「吉野山の西行《さいぎょう》法師」「寒山図」など書画二十点、静寂な豪とでもいうべき手練の筆さばきだ。なぜか『足尾鉱毒惨状画報』掲載の画はもとより、句・歌もまったく収められていない。年譜には詳細に著作・刊行類が記されているが、明治三十四年の項に『…画報』自体の記載もない——残念なことだ。反面、この年譜には彼の死の前年、七十七歳で逝った石上露子のそれが絡みつくように編みこまれている（データは松村緑の研究に基づく）。若き日に露子と手紙のやりとりがあったことも記されている。思いはしっかり門人に伝えられていたのだろう。

耳が不自由だったということで、ふと田口掬汀が明治三十年（一八九七）七月「よしあし草」創刊号に書いた短編「盲目尊者」を思わせる。五歳にして目を患い盲目となった俊敏な少年が主人公、天然自然の小笛の名手でもある。掬汀は秋水のことを聞いてイメージを喚起された可能性がある、耳から目に変えて。この時点では梅溪からでなく、同郷で終生の友人・平福百穂《ひらふくひゃくすい》からだろう。平福と秋水はこの年ともに東京美術学校に入学した。聴覚の問題を理由に秋水は当初選考に漏れたが、その優秀さを知る天心の押しで入学したとの趣旨が、上述の全歌集の年譜に書かれている。入学生の間では知られていたことと思われる。

高須梅溪が田中万逸を知っていたかどうかは分からないが、「予嘗《かつ》て浪華にあり」は電流のように打っただろう。触発されるところ大の内容であっただけに、万逸の調べはすぐついたはず。秋水のことも。とくに掬汀は美術への関心が深く、すでに日本美術院への所感も筆にしていた。触発の内実はやや複雑である——偽名でなした文壇照魔鏡のアンフェア感は当然ながら心の傷となる。ものを書く人間として、致命的なダメージとなり得る。

その場合、起因する怒りをもつ梅溪に比べても、いわば付き合いからの掬汀に一層深刻だったはずだ（自ずと二人の行路はずれていくことになる）。すでに照魔鏡の牙はブーメラン効果で迫って来ていた。傷は癒されなければならない。鉱毒被害という衆目が認める、具体的な不正がそこにあった——正義の士として、名乗り、戦う好機である。どちらが先に言いだしたかわからないが（多分、ゆかりの人間の名を見た梅溪が先だろう）、共感し合える二人の立場であった。そして新声社社主の佐藤儀助も。木下、松本英子ルポ、正造の天皇直訴と世に機運は漲っている。作動し始めさえすれば仕事は早い三人である。

照魔鏡の翌年の三月二十一日に『亡国の縮図』刊行。その一週前、十五日刊「新声」は同書の広告に一頁を割いている。「本書販売によりて得たる収益を挙げて、鉱毒被災民に呈す可し　同情に富み義気ある青年諸氏の奮うて購《あがな》はれんことを望む」と大活字で。刊行後の四月十五日刊同誌、いちはやく登阪某《ぼう》が「『亡国の縮図』賛す」と題したかなり長文の賛辞を書いている。読者投稿の「八面鋒」欄には「掬汀子……ま、痛切なる感慨を漏らして例えば壮士剣を横へて秋風に囁《ささやく》の概《おもむき》あり。梅溪子……灌漑淋漓《かんがいりんり》として例えば佳人亡国の恨みに泣くと云ふ観がある。涙なくして此編を読み終ることが出来なかつた」など。五月十五日刊の同欄にも、「販売益を救済資金にあてるとはなんという美挙か」と感動を述べる佐賀からの稿が出る。お手盛り評の観がなくもないが。

だが早くも七月十五日号の編集後記はこう転換する。「今春二三月の頃は、路傍演説や大挙視察や、或は公会に或は新聞雑誌に、彼等（被害民）が救済策の呼応に天下の耳を聾するばかりに候ひしが、爾来《じらい》未だ半歳を閲せざる間に、其声早くも過去の夢の如く消え去りて、また鉱毒被害地の言を口にする者なきに至り候」――と。語られたのは、マスコミの飽きっぽさ、何より己の薄っぺらさの告白である。同ルポは被害地全域から見ればほんの一部一端、それも一、二日の見学に過ぎなかった（それでも苛酷な現実を見たにしろ）。谷中村などの被害はこれからが本番であったのだ。

じつは谷中村以前に既にことが済んで――正確には、済まされてしまった、ところがあった。排出源の下流ではなく、上流域である。古河《ふるかわ》の本山製錬所から排出される濃厚な亜硫酸ガスは松木沢沿いに北に流れ、渓谷沿いの松木村を廃村に追い込んだ。江戸時代（天保期に戸数約四十、人口二百の記録）以来の大麦・小麦・豆類など豊かな野菜類に、明治になり養蚕業も加えた村の二十五戸が、『亡国の縮図』が出た明治三十五年（一九〇二）中にわずかな保証金で離村させられた。この村のことは一般にほとんど知られることはなく、もとより同書にも認識はまったくない。

筆者（木村）は二〇一五年春、現地を訪ねる機会を得た。雑草のなかに形を留める家々の土台残骸、傾き崩れた墓石の墓地……なお冷たい春風のなかに侘しい姿を晒《さら》していた。広大な旧村域の山肌に今見える緑は有志により進められる再生作業の成果という。ごろ岩の崖状斜面で一度立ち枯れた樹木の再生は土を運び上げ固定する作業からといい、前途遼遠の労苦を偲ばせる。旧村の北端から望むさらなる奥域は、沢を挟む峨々《がが》たる岩陵の山並み。一木一草も生息するように見えない。どこかユーラシア乾燥地帯の情趣とも映るが、鉱毒ガスの壮大なる旧通路であり、甘い感傷に浸る風景ではない。

「新声」四月十五日号には掬汀の三月三日から九日にかけての初の京都・奈良・大阪訪問記が、案内した山田某（磯麿＝平忠宣か）の報告で出ている。彼としては『亡国の縮図』、及びその前よりの鬱なる仕事からの打ち上げ旅行に違いない。四日の嵐山の旅館では酌に出た贅六《ぜいろく》の標本というべき男に、「温厚な掬汀君迄が怒り出して、なに云つてやがるんだいと東京弁で叱り飛ばした」。――秋田の奥から出てきて一年、すでにしっかり江戸っ子ぶりである。

なお『亡国の縮図』の奥付の発行日は活字の「明治三十五年三月十五日」の「十五」が墨二本で消され、手書きの「二十一」である。あの『文壇照魔鏡』と同方式の訂正。今回はしっかり「不許複製」表示。印刷日は「三月十二日」で訂正はないが、この日付は照魔鏡の、訂正された発行日付である。一周年記念ということか。儀助は律儀な男である。

ともかく、お手盛り評かどうかはさて措き、『亡国の縮図』への世の反応は「夢の如く消え去りて」と自ら記すように、期待外れであった。ただし動機の詮索はともかく、知識人の良心的行動には違いない。この書に限らず、そもそも足尾鉱毒事件自体が国民的体験としてどれほど自覚されたといえるか。期待外れだから無意味ということではない。残念ながら社会的不正義が期待通り簡単に解消されることはない。ただ、いま繙《ひもと》けばかなりの自覚的取り組みがあったのであり、『亡国の縮図』もそういう系譜につながる歴史的証言の一つとして評価すべきではあると思う。

後に国務大臣となった文学青年・田中万逸の唯一確認できる小説に触れておこう。『足尾鉱毒惨状画報』から四年、一カ月後に日本海海戦となる日露戦争も終幕期の明治三十八年（一九〇五）四月十五日刊、「天鼓」第三号に載った「生道心《なまどうしん》」だ。田中花浪《かろう》の筆名。

――奈良の由緒深い寺に生まれた園子は、親の勧めに応じて歳の離れたエリート軍人と本意でない結婚をする。夫は晴れのロシア留学をするが、帰国するとすぐ無念の病死……（正月刊の『恋衣』が話題になったときで、不本意な結婚をした登美子がエリートの夫をすぐに失っていたことは文学青年らに知られていた、その影がにおう）。棺を送った闇の庭先に立つのは郷里の幼なじみで刀屋《かたなや》の子、美術画学生の香川敬二だ。二歳下の病死した弟と同年の友だが弟の死後、園子は敬二と二人で会う機会はなかった。風のうわさに画の道の俊英ぶりを聞くばかり。園子の結婚時の逡巡は敬二への思いがあったからだ。「玄関の障子を鎖めて後も、座敷へくる迄、二度、三度、園子は切なさうな、深き〳〵溜息を洩した」――で終わる。

どこか王朝物語風に情緒纏綿、なかなかの筆運びで梅溪作品よりは滑らかである。四百字十七枚ほどの小編、敬二は明らかに安江秋水であり（刀・美術に本阿弥光悦もかけたか）、早く死んだ弟には、優れた友のため自らの思いを封印した万逸の心情が揺曳する。むろん友のため――園子は露子だ。秋水は掬汀作「盲目尊者」に加え万逸「生道心」にも貢献している、ようである。

「生道心」に露子が素早く反応する。一カ月後の五月二十二日「婦女新聞」（明治三十三年春創刊）第七面、読者投稿の「はがきよせ」欄。「ふと手に取りし天鼓三号の小説の作者田中花浪様とは、そはもしや河内は富田林の…………さにておわさずや　御存じの方もおはさば教たまへ　もしさならば君にてあらば故ありてわざとのおとだえの　しばらくに御進歩のあといと〳〵しげき　けふのみ筆誰よりも〳〵うれしとよろこび見るもの　御身の友のこゝにあり候とだに………（石川びと）」と。

ピンと来るところがあり、やはり女心に嬉しいのだろう。半年後の十一月下旬、露子は積極的に関わっていた赤十字社第十三回総会に出席のため上京するのだが、在京中の万逸とのことを晩年に書いている（後述「自伝　落葉のくに」）。まず大会が終わった二十日の夕食時、「お電話がと。いぶかしみつゝとりあげた受話器に入つた万朝（報知の誤り）の田中万逸様の声……」。東京を発つ二十五日、うつろ心で銀座歩きなどした後の駅ホーム、「車窓に見たは万逸氏と（米谷）てる子さん、深みゆく秋はたゞかくて分けゆく鉄路のはて……」と。

このときの露子の様子をてる子が「車窓の孝子姉は田中氏が贈った歌入りのハンカチを口にくわえ、もう一方を片手に持って私たちの見送りに応えた」と後年証言した（松本和男編『石上露子をめぐる青春群像・下』八七五頁）。万逸のプレゼントがダンディなら、露子も大胆に応えている。――そこには紅が印されたに違いなく、どこか登美子のあの「手作りのいちごよ君にふくませんその口紅の色あせぬまで」を連想させる。露子の頭にその作が揺曳していたかも知れない。露子が影響を受けたのはこの先輩で、晶子ではない。

もっとも、万逸および秋水とも、露子の心中を占める本当の悶えを知る由もなかった。

露子はこの上京のとき与謝野家を訪ね初めて晶子と面会し（鉄幹は不在、晶子はホッとしたことだろう）、その夜は遅くまで「婦女新聞」の下中弥三郎（後に平凡社を創立）と同紙投稿家の米谷てる子（磯ちどり）も交え談笑した。同紙で下中の同僚が社会運動家として生きた島中雄三（雄作の兄）で、露子は彼とも親しい交信があった。

石上露子、本名は杉山孝《タカ》。明治十五年（一八八二）、戦国末期より続く河内は富田林、府下第一の大地主の跡取り娘に生まれる。十八歳のとき女性家庭教師に伴われ上京、教師の縁者の高等商業学校生（一橋大の前身）、三歳上の長田正平《おさだしょうへい》と運命的な出会いをする。一年余ほど双方の家が許す交際となるが長田も旧旗本の長男、ことが進まず（明らかに長田の優柔不断もある）、彼は神戸の商社に入り、三十六年（一九〇三）十月、カナダ・バンクーバーに赴任する。同じ月、二十一歳の露子は叶わぬ思いを嘆く三首で明星デビューした。本宅わきを流れる千鳥が名所の石川にちなむ「夕ちどり」の筆名を「露子」とともに使った。

旧家の複雑な家族構成のなか、親の迫る結婚に抗しきれず四十年（一九〇七）末、当時としては遅い二十五歳で葛城山を越えた隣県・奈良の旧家出の入り婿を迎え挙式。十二月号「明星」に載ったのが代表作「小板橋」だ。二連の詩――

ゆきずりのわが小板橋　しらしらとひと枝のうばら　いずこり流か寄りし　君まつと踏みし夕に　いひしらず沁みて匂ひき

今はとて思ひ痛みて　君が名も夢も捨てむと　なげきつつ夕わたれば、あゝうばら、あともとどめず、小板橋ひとりゆらめく

そして文壇から消える。夫に筆を折らされた。が、間違いなく舅（つまり露子の父）の意があった。

大正初期、長谷川時雨が『美人伝』で幻想的にして不正確な露子像を描き、消えた深窓の歌（佳）人伝説が生じる。若き伊藤整、生田春月らの心をとらえたことも分かっている。研究は戦時

中、台北帝大講師の島田謹二の注目に始まり、戦後になって東京女子大の松村緑が本格化させた。

松村は露子にも会い、昭和三十四年（一九五九）秋、基礎文献となる編著『石上露子集』を出す。露子は一月前に死去していた。収められた「自伝　落葉のくに」にはなお韜晦の姿勢があったが（長田の名は明かさずフランスへ渡ったなど）、私財を投じ膨大な資料発掘・提示をしたのが経済評論家が本業の松本和男だ（巻末文献）。長田という人物を突き止め、カナダに渡った後ほどなく邦字紙記者に転じ独身のまま五十一歳で死んだ生涯や、大地主経営の杉山家の実態、露子自身の経営者としての手腕など（夫が精神を病んだこともある）、後半生の実像も明らかにした功績は大きい。

じつは、当人は悲恋の歌姫であっただけではなかった。世の矛盾に鋭い感性を持っており、松村以後の研究はこちらに傾斜していったともいえる。戦後の早い段階で家永三郎が社会主義との関係から注目した。露子にその思想への共鳴があったのは間違いなく、日露戦争初年の七月号「明星」に載った「みいくさにこよひ誰《た》が死ぬさびしみと髪ふく風の行方見まもる」は、翌八月号で歌人・弁護士の平出修《ひらいでしゅう》（後にいわゆる「大逆事件」の弁護担当）が「戦争を謡ってこれほど真摯《しんし》凄愴《せいそう》なもの他に比べるものなし……これぞ文学の本旨」と激賞した。晶子の「君死にたまふことなかれ」はこの二カ月後の九月号だが、こちらは反戦詩として普遍性を欠く点がある、とわたしは指摘したことがある（拙稿「君死にたまふことなかれ、幻想――なぜそれは反戦詩になったか」＝巻末文献）。

露子は社会主義に傾斜する下中弥三郎らが編集する週刊「婦女新聞」への投稿を夕ちどり名で十九歳から始めている。日露戦期になると反戦性の明確な作品が小説・随筆などにも表れる。「みいくさ…」の二カ月前の「婦女新聞」に出た小説「兵士」は、川を渡って出征する兵列に若い女が嬰児を掲げて追いすがると、列中から夫の兵士が出て受け取るや川に投げ込む――夢の中のことという着地の仕方で戦争の非人間性を訴える。

書くだけでなく上述した赤十字活動への参加に見るように社会奉仕活動もした。大阪の富裕婦人の慈善事業体である浪華婦人会が明治三十四年（一九〇一）に創刊した「婦人世界」（五年後に東京で出る同名誌とは無関係）には旺盛な出稿だけでなく編集にも関与したようだ。同誌四十四号には日露戦初年の十一月に開かれた同会秋季茶話会の写真が、大阪毎日記者の宇田川文海を中心に参加者数十人で載っており、露子の斜め下段には袖すり合うように管野須賀子がいる。

土地均分を唱える宮崎民蔵の「土地復権同志会」に加入したことも宮崎の四十年（一九〇七）夏の日誌に書かれている。森近運平が同じころ創刊した「大阪平民新聞」に百円という多額寄付をしたことが、かの事件取り調べ官である大田黒《おおたぐろ》の書類中に記されていた。森近は岡山の温室園芸家、幸徳秋水・管野須賀子らとともにこの国家権力犯罪事件で刑死させられた人。

晩年の回顧にしろ露子自身が「平民新聞が配達されると云ふだけでその筋の眼が光る……平民社に集ふ人々より個人的な文通もしげくあるせゐもあらう」（「落葉のくに」）と書いている。続けて「今日も警察署長が来訪、いたづらつ児の火なぶりの様に云はれる。この温厚な署長とお父様との二人を見て私はかへつてお気の毒でならない」と。理解ある父として書かれているが、府下一の大地主としての存在がものをいっている。権力サイドの取締り報道が過熱するなかで、その年末、婿取り結婚への有無を言わせぬ強制となり、婿を通じての筆の禁圧となった。怨の対象となった夫は誠に損な役回りであり、まさに庶民階級とは異なる家父長制の現実であった。

冷めた自己認識はしていた。「婦人世界」六十八号（明治四十年一月）の「あきらめ主義」では、慈善とはどういうところから出てきたものと思いますかと問うた上で、「薄幸な工女や工夫や、さてはいじらしい貧民の子弟等が見る目も苦しき労働より生じた幾多の血しほの」塊となったのが黄金で、その一たれを彼らに返す――「何のそれが誇るに足るべき事で御座いませう……富家の娘が（酔狂に）幾万分のただの一つを慈善事業と銘打つて、そして世人はうつくしいと讃へて居りますのでは御座いませんか」と。

さて赤十字社第十三回総会に出席した日露戦役二年目の明治三十八年というのは露子に激動のときだった。かなわぬ仲の長田が去って二年、自伝「落葉のくに」に「一たび二たび三たび、はるかにかき交すかなしい文字のかずかずは、月をへ年を越えてそのみたび目に遂に永遠の別れをつげて……」とあるときで、三度目の手紙が「帰国せず」の来信に違いない。商社員の長田は翌年、邦字新聞の記者に転職した。当地で生きる、の決断であったに違いなく、露子との別れであった。幼なじみの文学青年・田中万逸はまさにそんなときに現れたのだ。万逸は彼女から自ずと発せられる深い愁いを、秋水に伝えたかもしれない。恋心の若者が思い違いし易い情況ではある。

露子再発見の松村も「憂愁の色深かったその歌が明治三十八年の秋に至って俄然激情的になり、沈痛の度を加えて、切迫した響き……」（露子集解説）と書いたことから、存命者を含めて改めて勘違いを深めたようだ。その点を明らかにしたのが松本の研究である。長田像の究明を通じて、露子の恋は晶子・登美子らと違い、「〝実らぬ恋〟への絶望感の表出であったがゆえに、より切実な悲痛の思い」（宮本正章）という解釈も生ずる。「求」ではなく「絶」の歌姫という稀な存在、とする。

二年前に加入した明星での活動はそのように始まった。満たされざる心のエネルギーは世の不公正に向かい、開戦とともに反戦色が強まる。旧家の圧力の中で、捌け口は家の外へ外へと向かわざるを得ない。ただ、メジャーな明星や婦女新聞では禁欲的であり、（大阪刊の）「婦人世界」では大胆にふるまう、社会主義への親近性もこの雑誌中でこそ堂々と披瀝することができた——という楫野政子の指摘がある（巻末文献）。

純な精神ほど不正と戦う思想に共感する。ただし、そこに社会主義者まで期待するのもまたムリである。松本（二〇一二年没）は「青春期にかかるハシカ」と筆者に語ったことがある。「同時代の良心的な作家、たとえば有島武郎……は自分の所有地を自発的に農民に解放しているが、孝子は戦後の農地解放まで不在地主・寄生地主として年貢で贅沢な暮らしをしている」（『石上露子アルバム』七六頁）とも。松本は本質は保守反動だなどと言わんとしたのではなく、反骨の精神にこそヒューマニズムがあると言ったのだと思う。社会主義的であるがゆえに文学的価値が高いということはない——ロマンにしろ悲恋にしろ、反骨なき文学はニセもの、ミーハーだということである。露子の場合はかなわぬ恋と、世の不公正への揺れる心のバランスが、牢固とした家《いえ》帝国主義への激しい反骨として作動した。その純な熱気が読み手の心をとらえるのだ。

とはいえ現実には富裕な上流婦人である。文壇人として手紙での交際も盛んで来訪者も珍しくなかった。敬意をもつ異性に宛てた女性の手紙は受け取り側に恋文めいて映るところがある、のか(晶子にも見られた気配)。まして、やさしく典雅な文体と流麗な筆跡だけに、カン違いは生じやすい。秋水(不空)、おそらく万逸も、そして奥座敷に通されてもてなしのミカンを三十幾つも食い散らしただけ(島中の回想)——果ては〝狂死〟とも伝えられる弊衣破帽《へいいはぼう》姿で仙台から来訪した熱狂詩人・宮崎旭濤《みやざききょくとう》(次に訪ねた岩国の米谷てる子に弄ばれたのが直接の因のよう)、それに箏曲家・鈴木鼓村《こそん》など……露子の心境とは違った読み取りをした回想・評論が残されることになる。美貌の磁力はやはり強力であった。

没後いち早く露子は小説になった。三年後に山崎豊子《やまさきとよこ》が「婦人公論」で始めた連載『女紋《おんなもん》』である(一九六四年、中央公論社刊で単行本)。——なお凄艶な容貌を留める河内の大地主である葛城郁子《かつらぎいくこ》はかつて与謝野晶子とならび称された歌人「御室みやじ」だが、今やそのことを知る人もいない。父存命中は自由だった筆を、その死後、入り婿の夫に折らされた怨念から夜叉となり、夫の不調を機に自宅〝座敷牢〟に閉じ込める——。

不調とは株投機に手を染めた現実の夫が大正九年(一九二〇)の戦後恐慌の暴落で大損を出し、六十町余の土地を二十町台まで減らし、隠し子がいることも分かったこと。戸主は離縁できないので露子は長男を戸主にする(十四年後の昭和九年には四十四町まで回復、京大出のこの長男との奮闘による)。

松本研究が明らかにしたことであり、むろん山崎はこれらの事情を知る由もなく創造の能力で小説にした。

山崎は露子一家と同じ屋根の下で暮らしたことがある。二十一歳、敗戦の年三月の大阪大空襲で山崎の実家は焼かれたのだが、兄の今宮中学時代の同期生が露子次男の好彦《よしひこ》（豊子の九歳上）であった縁で、杉山家の浜寺別邸の部屋を提供された。登美子があの不運の歌いかけをした浜寺公園（高師の浜）わき、五百坪の土地に十年前に好彦のプランで建てられた、F・ライト風の鉄筋コンクリート三階建の白亜の洋館。三階に住む豊子の耳に夜な夜な地底からのような低い呻き声が……ということだったらしい（後に作家として成功した山崎はこの近くに豪邸をもつ）。山崎の取材に協力した松村緑らは落胆したというが、文芸作品に起きがちな事実と虚構の問題であり、詮索は措く。

好彦は東大経済学部在学中に航空クラブを創部し、学生名パイロットとして昭和十四年（一九三九）十月二十三日付け東京朝日にも取り上げられた有名人（軍の中国デモンストレーション飛行にも参加）。愛用の外車での羽田および銀座の高級クラブ通い、それに若手映画女優らとの付き合いと七年かけての卒業、むろん母が潤沢に仕送りした。甘いマスクの小柄な美青年の写真が残る。

戦時中は応召されジャワ方面に。戦後は航空機関係の仕事を望んだが、今や女帝と化した母の意に逆らえず（なんと結婚においても）、浜寺邸で文化教室を主宰。地主経営崩壊の苦境のなか、四十歳で自死した（兄はすでに病死）。息子二人に先立たれた露子は残された広壮な本宅（今は国重文で公開）で孤独な死を迎える。愛読誌はその春創刊の「朝日ジャーナル」だった。

――以上、松本データによる。鮮明化された人間的リアリティーがむしろ魅力を深めた。号（筆名）を多く使った韜晦の人だけに、まだ未確認の作も想定されるなど（逆に他人の作が露子とされた例も検証されている）、研究余地の糊しろの広さでも魅力といえるだろう。

本章のテーマの鉱毒問題に戻ると、露子のそれへの直接の言及はなかったと思われる（少なくも筆者は未確認）。例の赤十字社総会のとき日光見物があったが、自伝に「日光への人々の旅程の二日をひとり宿に居残つた」と書く。足尾は日光から東に峠を隔てた隣町、鉱山には西の渡良瀬渓谷からのアプローチ（難路ぶりは次述の夏目漱石『坑夫』に描かれた）より容易だったようで、木下尚江レポート「雪中の日光より」のように報道拠点にもなった。当時その名は足尾イメージを喚起するところがあり、露子は物見遊山に行く気持ちにはなれなかったのかもしれない（その間に与謝野家を訪ねた）。

既述のようにこの問題では木下ほか島田三郎・安部磯雄ら社会民主主義者あるいは同調者と考えられていた人々が新聞・雑誌で活躍していたときである。与謝野家を訪ねた後、下中弥三郎らとの深夜に及んだ「談笑」中にこの話題が出たとしても不思議はない。ハシカではあったにしろ、土地復権同志会への加入や「大阪平民新聞」への多額寄付、そして望まぬ結婚はこの二年後のこと。

進行中の鉱毒問題と直接向き合った稀な小説が掬汀にある。照魔鏡から八カ月後の明治三十四年（一九〇一）十一月号「新声」に載った「夏虫」だ。被害の激甚なことでは群馬県中で最大だった海老瀬村が舞台——村娘お浜は川俣事件（三十年のことと設定）の首謀者とされ牢にいる婚約者の東吉《とうきち》を待ち続ける。豊かな農家だったがすでに収穫はなく、差し入れのため前借金五十円で前橋の機業場に奉公に出る。三年間、「東さん帰る…」の報を心待ちに働く。年季も明けて帰村するが、なお帰らぬ人を義母の手伝いをして待つ決意をする。一日、老いた父が佐野に調査に来たお役人や新聞社のお方に訴えに出るのを、お浜は村境まで送る。

開化の御代だあ云ふけれど、弱い者の云ふ事は道理があッても通らねえ、巡査様《おまはりさん》が人を切ッても、お上の事が矢張道理だッて云ふだ、俺あ何も今当節の事は知らねえけんど、其様《そんな》な無法な事あるもんでねえ……

と夕べの河岸の毒塚のなかを寂しげに辿って行く父の後ろ姿をお浜はひとり見送る。『亡国の縮図』の四カ月前だから掬汀はまだ現地に行っていないで書いている。毒塚などの風景は八カ月前に出た写真・スケッチが載る『足尾鉱毒惨状画報』に依ったのだろう。同時代に書かれた鉱毒文学として稀有な小説である。

ちなみに漱石の『坑夫』はそれから七年後の明治四十一年（一九〇八）の朝日新聞連載。行きずりの人足斡旋業者の口車に乗った都市遊民青年の、動機もよくわからぬ足尾行が描かれる。前年二月に銅山労働者の暴動が起こり、谷中村では土地収用法の適用で残留民十六戸の家屋が強制破壊され、また報道が盛り上がっていたときである。その実態を書いているわけでもないトボケた心理描写の高踏派文芸だが、世の情勢がこの学芸記者を使嗾するところは確かにあったのだろう。

ついつい引き込まれるのは新鮮な文体の力だ。彼より十歳前後も若い梅溪・掬汀の古色蒼然体（とくに梅溪の悲憤慷慨）との差は歴然。掬汀は「女夫波《めおとなみ》」「伯爵夫人」という立身出世の世界を描いたヒット作で短い売れっ子作家だったとき。梅溪は「淑女のかがみ」「乙女の操」（ロングフェロー原作の訳）などですっかり女性道徳論家づき、すでに別々の道にあった。二人とも文壇歴では漱石（三十八年の「猫」でデビュー）より大分前だが、勝負は残酷なまでについていた。

田山花袋（一八七一―一九三〇）の『田舎教師』は『坑夫』の翌年の四十二年刊である。話自体は三十四年春、つまり文壇照魔鏡が出た時期に始まる。

舞台は渡良瀬川合流地点に近い利根川右岸の農村地帯、実在した青年の日記から小説化されたという。熊谷の中学を出た主人公は文学仲間が東京の高等学校などを目指すなかで、家が貧しいため地元・羽生《はにゅう》の小学校の代用教員となり、鬱屈した日々を送る。川を越えた町の遊郭通いを始めるが（これはフィクションという）、肺結核を患い、ロシア軍を追った「遼陽《りょうよう》占領」を祝う提灯行列の喧騒が巷に響くなか二十歳で死ぬ（館林生まれの花袋は友人である寺の住職からその日記を得た）。

青年は「借りてきた『明星』を殆どわれを忘れるほど熱心に読耽り」、「新声」と「文芸倶楽部」（樋口一葉の代表作が発表された）の読者でもあった。東京に出たアンチ明星の友人からは「相変わらずの『明星』攻撃、『文壇照魔鏡』という渋谷の詩人夫妻の私行を暴いた冊子をわざと送り届けて寄越した」など、ときの文学青年の気運がよく描写されている。

対岸は青年が着任する数カ月前に川俣事件が起きたところ。遊郭への土手道を「（両川の合するあたりは）ひろびろとしてまことに坂東太郎の名に負《そむ》かぬほど大河の趣……夕日はもう全く沈んで、対岸の土手に微かにその余光が残っているばかり……雲の名残と見えるちぎれ雲は緑を赤く染めてその上に覚束なく浮いていた。白帆が懶《もの》うさそうに深い碧《みどり》の上を滑って行く」と詩情豊かに描くが、「鉱毒問題」に触れることはない（新聞の一面を賑わす話題として一カ所この言葉だけが出る）。その自然主義の風景とは人と自然界から社会性を引き去った〝残り〟であることが掬汀作品との比較から分かる。

3　『魔詩人』にこだわる掬汀

明治三十五年（一九〇二）十月、田口掬汀の『魔詩人《ましじん》』が新声社から刊行された。『亡国の縮図』から半年後。――利根川の川口近くの秋の夕暮れ、十七、八の色白丸顔の着物姿、この界隈には見られぬほど垢抜けした娘は地元の大醸造家の美世子だ。並んで川縁に立つのは二十六、七の背の高い、色浅黒い肉豊《しゝゆた》かな目に険のある青年、羽織、白縮緬の兵児帯に細い銀鎖を搦んで、象牙柄の洋杖を突いている。天野詩星《あまのしせい》という東京の詩人、我が国古来の詩の憐れむべき情勢に憤激して、欧米趣味の詩想を根底とした新たな詩形を謳いだし、詩壇に一生面を開いたとして、文学界で名の聞こえた人物だ。

詩星「旅先で貴女《あなた》のような天才に遇ふと云ふのは全く奇縁と云ふもの」。娘「あら煽《おだ》てちや厭よ……。兄様《にいさん》が喧《やかま》しいから……商家の娘は歌なんか詠《よ》んぢや不可《いけな》いつて、唐人の寝言を唸つてなんになるなんて、始終叱言《こゞと》ばかり」。美世子は詩星と東京に出奔するが、千円の持参金の話が崩れると、詩星は羽振りのいい株屋の娘の林菊枝を家に入れる（そのとき美世子は押入れに隠れる）。詩星は五百円の工面を頼む。縋りつく美世子を振り放し「何をするか、狂気女《きちがい》め」……。天野詩星を主筆に、新派和歌をうたう雑誌「閃光」が出された。そこには「乳房おさへ目にもの言はす青春の」で名を高めた女詩人・林菊枝の歌が主筆の作と相対して異彩を放っていた。「美世子は何となつたやら…」——で終わる。

すぐに発禁となった、ようだ。昭和女子大刊の『近代文学研究叢書第六十三巻　高須梅溪』（平成二年）では田口が「鉄幹をモデルにした小説『魔詩人』を一条成美の口絵付きで出版したが、ただちに発禁となった」と書く。ただ『同叢書第五十一巻　田口掬汀』（昭和五十五年）では「掬汀の小説に与謝野鉄幹と晶子をモデルにした『魔詩人』があり、「文壇照魔鏡」事件とからんで社会的な影響が大きかった」だけで「発禁」という表現はない。発禁本研究の『斎藤昌三著作集第二巻』

（粋古堂書店、昭和七年＝八潮書店復刻、同五十五年）にはこの年十月のこととして明記されているので、発禁自体は間違いないと思われる。

それゆえか、掬汀は六年後の明治四十一年（一九〇八）二月にこれを再刊している。新声社ではなく精華堂書店（大阪心斎橋筋安堂寺町と東京神田区通新石町と東西二店が奥付表示）からだ。現在、日本近代文学館と国会図書館が所蔵するのはこの再刊版である。さらにもう一度出したらしい。谷沢永一『遊星群――明治篇』（二〇四五頁）には、「改題『魔詩人天野詩星』〈44年3月5日・大阪小説出版協会〉は菊版紙装、折込挿絵、本文百五十八頁」とデータだけの記載をしている。この版の現物、およびこの出版元についても、現在確認できない。それなり豪華な作りを思わせるが、百五十八頁というのは現存の再刊版の頁数と同じだから、この再刊版がベースであることを推測させる。彼は明治四十一年秋に大阪毎日新聞に入社し、大正三年（一九一四）頃まで在阪したので大阪での刊行に便宜があったのだろう。

ともかく掬汀はこの作品に執念を燃やしていたことがわかる。あの「夏虫」の清冽な読後感には遠い、後味の悪い作品であり、筋の展開としても美世子、菊枝と同パターンの繰り返しは（もともとの事実に即しているにしても）小説作法としては拙い。人物名には美世子には登美子、林菊枝には林滝野及び菊に秋（晶子）がそれとなく掛かっているようでもある。それにしても当局がなぜ発禁にしたかがわからない。悪書としてもさほどの作ではなく、事実としてあった女弟子二人連れのこれ見よがしの同宿に比べても、世へのインパクトがあったとも思えない。あるいは、やや過剰だったあの明星発禁の埋め合わせをする意が当局の側にあったのか。

他方、掬汀を駆ったものは何なのか。おそらく偽名で行った誹謗行為が生んだトラウマだろう。筆をもつ人間としての恥、それは癒されねばならない。まずそれは正義の筆としての鉱毒ルポとなった。その半年後のこの作品（初版）であり、業界内では照魔鏡の犯人説が浸透していった時期である。小説で身を立てんとする身に、ことに甘んじているわけにはいかない。正面から小説で応えねばならないと思う生一本さ。しかし、実名で書いた作品に発禁の鉄槌がきた。だから執念の三回もの版重ねとなった、のか。そのことがまた傷を深めたのではないか。このころ梅溪と別れていく――梅溪がこういう傷つき方をする人間ではなかったことも一因か。流行作家の地位を築いた『女夫波』と『伯爵夫人』は『魔詩人』の第一版と第三版の間に書かれた。ほどなく自作を含めた舞台用脚本の仕事が主となる。大正のはじめ、四十歳で美術雑誌の刊行に入り、文学創作からは遠ざかっていく。

孫の立場から祖父・掬汀を描いた印象深い文がある（高井有一『観察者の力』中の「親子の酒」から）。


若い頃は小説を書き、のちに美術雑誌の経営と、公募展覧会の主宰などをやつた祖父は、向う気が強くて派手好きだつたといふ。生涯に何度かの浮き沈みを経験してもゐる。金がなくなると、知合ひの画家のところへ押しかけて、色紙や半切を強要するのだが、そんな時にも、胸を張つて相手を威圧するやうな態度は崩さなかつた、と私に教へて呉れた人がある。雪の深い田舎から出て来て、力づくで世の中を渡つて行つたのであらう。

「夏虫」の系譜の作品にも言及しておくべきだろう。この作の一年二カ月後（『魔詩人』初版からは三カ月後）、明治三十六年一月「新声」に発表した「機動演習」である。――上州前橋から半里余り西、遠く榛名山の肩越しに浅間の煙を眺める、利根の急流を前に控えた△△村（従って渡良瀬川の鉱毒被害地ではない）。いま霜時を前に刈り入れ期だ。若夫婦、働き者の義八と器量よしのお染めは、今日こそ…の決意でむさ苦しい家を出る。そこへ顔役の与平が現れ「今日は野良に出るな、村で演習がある」と。夫婦は今日期限の多額の借金があり（義八が大病をしたため）、収穫を業者がその場で買ってくれることになっていた。

「お国のために我慢せえ……無理に止めやしねえが、怪我はしねえまでも、皆が休んでるのにお前たちだけ出ちゃ、村のもんが迷惑する」と言う与平と押し問答のすえ、義八はお染めの願いも入れ一日でも延ばしてくれるよう貸主の豪家に向かう。東京で法学研究をしたが中退、当世紳士、慈善家との評もある男だ。確かにその金は気前よく貸してくれたが、そのときお染めを手籠めにしようとした…。義八が着くと軍の歓迎事務所へ旦那衆らと出ようとしていた男は、不快な顔色ながら鷹揚に「お前の都合のいい時でいい」。帰り道、行進ラッパの音が聞こえ、小銃が響き、一団の塊が八方に散らばっていく。途端にズドン、ズドドーンと大砲の響き。夫婦は間道から畑へ急ぐ――

一条の小流を隔てた彼方《かなた》は、義八夫婦が丹精を凝らした二反余りの畑である。嗚呼……其生命にも換え難い畑地は運悪く砲兵陣地にせられたので、青々とした西洋菜、目の覚めるような蘿蔔《すずしろ》（ダイコン）などが、瞬く間に見る影もなく荒されて、無惨至極に畑の中には一条の溝が掘られて……（そこに）野菜ぐるみの土を堆《うずたか》く積んで、小さな土塁が築かれて居る、ずらりと並んだ六門の砲車は、絶えず白煙を吐き……（発射の地響きで）其度に土塁の土は、美はしい野菜を包んだまゝに、四方八方に飛散する。

演習は三、四時間で終了。怜悧な連中は早速賠償の請求を差し出した。親切な村人が若夫婦を憐れんで遅ればせながら書類を出させたが、書式に不備があるとかで突き返され、軍会計はその日夕方には村を引き払ってしまった――。

やや図式的ともとれる階級と国家の問題があり、プロレタリア文学という言葉さえ浮かぶ（この用語が現れるのは二十年ほど後の大正末期）。野菜を含んだ土が飛散する描写は凄絶で悲しく美しい。掬汀の感性のしなやかさである。しかし彼はこの路線を追求していくことはなかった。翌年正月から万朝報で長期連載した「女夫波」がヒットするが、トーンはすでに大きく異なっていた。連載開始直後の二月に日露が開戦した。ロシアとの緊迫した状況は前年から盛んに報道され世にその気分が充満していた。

「機動演習」の半年ほど後、八月の「新声」に「密漁船」を出す。――北海道沿岸で密漁するロシア人の漁船にサハリン（樺太）から作業員として乗った流れ者の男が、船長室にいるお露という女を助け出す話。船長に恭順し室にも出入りする信頼を得る。金華山沖でオットセーの大漁の後、酒盛りで皆正体のなくなった中、魚油樽《ぎょゆたる》の間にぼろや木片を詰めマッチで放火し、お露を連れてはしけで脱出する。ざわめき出した甲板上から船長が銃撃して来る。男も小銃で撃ち返すと船上の影が消え、真っ赤な炎が船を包む――。

底辺の漁業労働者が主人公ながら、ロシア人への人としての共感はなく、荒唐無稽な活劇譚のなかに粗暴なナショナリズムが露わだ。すでに「夏虫」「機動演習」からは遠い世界となっている（なお花袋『田舎教師』の二十一項には「機動演習」という言葉を使いその様子が描かれるが、義八お染め夫婦の見た視覚世界が、見る主体が消滅した自然的、あるいは傍観的風景として叙述される）。

日露開戦の一か月前、明治三十七年一月十二日から万朝報紙上で連載が始まった家庭小説と冠した『女夫波《めおとなみ》』はこんな話――。

植村《うえむら》融《とおる》は内務省の若手官僚ながら反権力的意識も持つ。交際していた俊子《としこ》との結婚も学資を頼った恩人である内務次官の娘・富美子（フミコである）との縁談を断ってのことだった。彼の書いた政府批判の論文が新聞に載り苦境に陥ると、次官の肝いりで一人海外留学に出る。留守の俊子は思いを諦めない富美子の嫌がらせと、官金横領で夫が自殺した融の姉の小姑根性からの家庭内騒擾、さらに富美子に岡惚れする青年のおこしたメディア禍を耐え、志操高潔に二年を暮らし、融を迎える。彼は「新に博士の学位を受け、米国総領事に任ぜられ……夫人俊子の手を執つて任地に向けて出発……横浜の桟橋上、縁故ある各省の高等官から近親の知己朋友、総体百余人の見送者が歓喜の声」――。

それなり艱難辛苦の出世物語である。ただし、少々ひねりがかかってはいる。「反」だった人間の体制への順応である。転向ともいえようか。すぐ連想させる人物がいる。陸奥宗光《むつむねみつ》（一八四四―九七）だ。和歌山出身、藩の重臣ながら政争で失脚した父を持つ。江戸に出て苦学し幕末の勤皇運動に加わる。維新後、兵庫・神奈川県知事、外務大承などと栄進するが、明治十年（一八七七）、土佐《とさ》立志社《りっししゃ》の政府転覆計画に関与し免官、国事犯として翌年から五年間、山形・宮城の監獄に入る。

出獄後、幕末時からの伊藤博文《いとうひろぶみ》らとの縁で欧州に二年留学。同二十一年、駐米公使となり美貌の聞こえの高かった後妻・亮子《りょうこ》を伴い任地へ。農商務大臣、外務大臣を歴任、とくに後者のとき日清戦争が開戦し下関講和と三国干渉を仕切った。『女夫波』は陸奥の死後七年に書かれた作品だが、すでに陸奥は国民的英雄である。ときの読者は植村融にすぐ陸奥を見ただろう。ちなみに陸奥は農商務相時代に古河市兵衛と親交し、次男潤吉《じゅんきち》が女婿に入り二代目社長となる。『女夫波』を連載している時の社長は潤吉である。

俊子もすでに「お浜」「お染め」とは違う世界の人間だ。「密漁船」で舞台装置が転換した。『女夫波』で流行作家となった掬汀の長編次作『伯爵夫人《はくしゃくふじん》』前篇は翌年、後編は翌々年いずれも万朝報紙上、その名の通りの世界を描く。掬汀は三十六年の秋、新声社の倒産を機に万朝報に入社していた。このころが梅溪とは別の道となったようである。

掬汀作品への評は少ないが、足尾問題を考える森英一は「毒原跋渉記」「夏虫」に注目し「元来、掬汀は社会的問題に関心の強い作家である。その家庭小説についても婦女子対象の道徳的読み物、というイメージは修正される必要がある」と書く（「足尾鉱毒問題と文学」＝巻末文献）。森の掬汀への真摯な態度は評価するが、わたしは正直、論が逆という感じがする。社会問題に鋭い感覚をもって出発しながら（照魔鏡への関与もその感覚に関わる）、家庭小説なるものに入り込み、それなり盛名を得るなかで、転向出世（脱亜入欧ともいえる）に歓呼する世相に同調あるいは迎合し、当初の意識の喪失をもたらし、結果的に創作の源泉を枯らしてしまったのではないか。森はこの論文で近代文学史のなかで掬汀作品がプロレタリア文学としてカウントされていないことに不満足を表している。

『女夫波』を退屈に読んでいて、目が釘付けになった個所があった。植村のライバルが彼を倒すために誹謗中傷記事を新聞に載せたその画策が暴かれる場面だ。引用中の主任記者が掬汀、鷹山学士を梅溪とし、植村は一応鉄幹と読んでいただきたい（傍線引用者）。

彼《か》の一文（誹謗記事）は雑報主任の某記者が、その親友の鷹山学士に懇請せられて、已むなく掲げたもの……（主任記者によると鷹山学士はこの文書を、今は植村に惹かれているが未来の自分の妻たるべき富美子に頼まれたと説明し）詮方なしに筆を執つたものだ……

が、実際には富美子が頼んだのではなく鷹山が勝手にしたことが明かされる。「私は只、貴女の愛を喚び起こしたいばかり……歓ぶ顔を見たいばっかりで、求めてあんな不徳を働いたのです。恋の奴隷」云々……。以後、話は鷹山の人間的破綻を軸に進み、主任記者はまったく登場しなくなり、植村夫妻のハッピーエンドとなる。

芥川賞作家の高井有一（本名・田口哲郎、一九三二―）に祖父を描いた伝記的小説『夢の碑《いしぶみ》』（新潮社、一九七六年）がある。田口掬汀は河西青汀という名であり、郷里・鷹舞（角館のこと）以来の友であり人生のライバルでもあった棚町鼓山（平福百穂のこと）との絡みが基調をなす。先述の随筆「親子の酒」で書かれた「金がなくなると、知合ひの画家のところへ押しかけて、色紙や半切を強要」した相手はこの百穂である。掬汀が若いときに小説で成功した時期は短かかったのに対して、百穂は日本画家として一家をなした。鼓山との関係において青汀の心の陰りが描かれていく。小説だから事実との違いはむろんある。

例えば明治三十三年末、創美社（新声社のこと）への上京入社時、「同年輩の記者が二人ゐたが（梅溪と薫園だろう）、彼等の書くものには勢ひがないと、田在（佐藤儀助のこと）はこぼしてゐた」。そして「寄稿家たちの間で噂になつたのは、彼の仕事が、嫉妬を交へて注目され始めたためであらう」。さらに「明治三十四年の一年間に、彼は幾つかの筆名を用ゐて、十六篇の小説と二十五篇の感想や論文、六篇の探報記録を書いた」。これらは事実としても、梅溪および照魔鏡のことは出てこない。入社にまず同郷の佐藤との縁があったのは間違いないが、梅溪との強い関係は「よしあし草」や

「新声」が示している。

「かつては青汀にも、鼓山と理想を共有してゐると信じられた時代があつた。『亡国の現実』と題する小冊子…」として、明治三十五年、足尾銅山の鉱毒被害地を、田在鋭之助が主宰する創美社の同人が、こぞって谷中村を視察し実態を世間に訴えた、とも。「二月下旬の二日間に、十余里の道を歩いた一行のなかに、青汀と鼓山もいた」、鼓山はスケッチを寄せたとしている。むろん『亡国の縮図』を踏まえている。このルポは事実上、掬汀・梅溪の作であり、二人が正義意識を共有していたピークのときである。ただ百穂同行のことは書かれておらず、同書は文だけで写真・画はない。『足尾鉱毒惨状画報』の安江秋水及びその写実画と、梅溪がここでは鼓山に重なる形でフィクショナライズされたものと考えられる。

明確に高須梅溪らしき人物もでてくる。一行の一人でニヒルな冷やかしを言う新体詩人・須永芳《すながほう》声《せい》だ。宿での酒の場で、須永が俺たちは馬鹿げたことをしているかも知れない……無力な奴の遠吠えはみっともよくない、というのに対して、「俺はさう思はない……自分の眼で見て、感じた通りを伝へればいい。それは必ず人を動かすに決つてゐるでないか。絵でも文章でも。さう信じられなくなつたら、俺、絵描きを止める」と険しい声で応じたのが鼓山であった。先の鷹山と須永でタカス（高須）！　となる。

小説の価値が事実で決まるわけではもとよりなく、虚構において真実を鋭く提示することにこそ文学作品の真髄がある——逆にうそを上書きするだけの虚作もあり得る。青汀の不器用な生一本さと、どこか蔭を引きながらの清冽な気性が、まさに清冽な文章のなかに浮かび上がる佳品である。

搠汀は晩年、政治の道も期したらしい。福田清人の「尾崎紅葉研究」（『明治文学講座第五巻』所収、昭和七年）にこう書かれている。稿を書くのに疲れた福田が秋晴れの戸外を散歩すると――街角に二つのポスタアが興味ある対照をなして張られていた。

それは新市街のひろがりに伴ふ市会議員の候補者選挙のポスタアで、その候補者に、私は明治文学史のどこかに記憶のある名を見た。紅葉の死の前後『伯爵夫人』『第一者』等の家庭小説をもつて婦女子に相当人気のあつた作者の名前である。本名の側らにその雅号が併記されてあるので、この忘れられた人の曾《か》つて世上に占めた幾らかの評判を、呼び起さうと試み、もつてそれに権威づけようとしてゐるらしかつた。（もう一つは場末の映画館の『新釈・金色夜叉』でこちらは）文学史上に生きてゐるばかりでなく、大衆の中にいまだかく生きてゐる事実を、前のポスタアの政治家に転身した作家のかつての小説と比較して、前者のやうな単なる婦女子向きの家庭小説ではなかつたと思ひながら、三十年後の今日に至つてなほ、市井の間に存在してゐる紅葉山人の人気をまざまざと感じつつ、秋空に煙草の煙の輪を吐いて、私は歩きつづけた。

百十余年後のいまはどうか。ちなみに手元の『増補改訂・新潮日本文学辞典』（一九八八年）で行数を計ると、尾崎紅葉二百二十行、田口搠汀二十九行、高須梅溪十一行、それに平福百穂十三行である。量的には紅葉が圧勝。その分、他に比べても彼が文学「史」中の存在であることを際立たせているようもに映る。

昭和十八年（一九四三）八月十五日の朝日新聞社会面に掬汀の死亡記事が息子の省吾のそれと並んで載った。省吾が先、顔写真つきである。「田口省吾画伯（二科会会員）十四日荻窪の…病院で死去、享年四十七　告別式は……の自宅で営まれる」。これに続けて「田口掬汀翁（本名鏡次郎、省吾氏厳父）去る九日荻窪の…病院で死去、享年六十九、告別式は令息のそれと同時に前記自宅で行われる、氏はかつて操觚《そうこ》（文筆業）界で鳴らし、のち「中央美術」を創刊した」。著名人の息子が五日後に結核で死去したために添えられた記事。なお上記文学辞典に省吾はない。

昭和八年（一九三三）九月、梅溪が高須芳次郎の名で新潮社から『明治大正昭和・文学講話』を出した。このとき五十三歳、発行者は佐藤義亮、かなり大部の書である。「短歌革新の運動」の項で鉄幹についてこう書き出す。「落合直文の歌風を受け継いで、而も自己の個性と趣味とを力強く表現しようとする鋭い意気を示した」。どう示したか読み手は期待するが、すぐ続けて「彼は内的に充実した生命よりも、寧《むし》ろ多く才気、客気、師気を持つた為に、独自の創造性を殆ど示さなかつた」、アレッである。

続けて、和歌革新の風潮を刺激する上では「比較的有意義な」仕事をした。歌壇に出た最初は「粗豪な調子で皮相な覇気衒気《はきげんき》に満ちた空虚に近い歌を多く作つた」。彼はそれを「男の歌」と言い、

「壮士芝居の役者染みた男性的な歌が一部の青年に喝采されたのである」と。ふんぷんの毒気、さらにトーンを高めていく。歌風が漸く成熟して「半ば」粗豪の風を脱したのは、「明星」を発行してからだ。そこには「多少の」才気情熱と清新味があった。彼の功績は門下の才人を育てた方にある。晶子だけでも「一つの成功」である。「一種事務の才があつた」とも。

「明星の星菫《せいきん》主義に共鳴した」晶子論に入る。初期には「美しい夢、放たれた恋の追求者」であり、「河井酔茗と共に詩を志した」――鉄幹以前の存在（男）があったというそれとない言及だ（酔茗についての言及も事実上これだけ）。自身が「鉄幹の友人として出席した」浜寺の歌会に触れ――

晶子は銀杏返《いちょうがえ》しに結つて、顔の色が稍浅黒く見えたが、何となく鋭敏な才気が言動の上に溢《あふ》れて居た……『乱れ髪』が翌年出ると……文壇は頓《とみ》に驚異の眼を瞠《みは》つて、晶子の成功を謳歌した……（「やは肌…」と「春みじかし…」の二首を引用）恋愛歌の代表的なもの、一部である。あくまでも本能的、刹那的……当時私もひどく感服したのだが、今それほどの感興を見出し得ないのは矢張わざとらしい所が目立つ為でもあらう。……幻想的な歌は、彼女自身深い瞑想の人でなくて、単に即興的に奇を求めたと云ふまでで、作為のあとが見えるし、独り合点にも陥った。一歩誤ると言葉の遊戯……。

そして一言で裁断、「内容は寧ろ貧弱であつた」。夫妻ともや、過去の人になった感はあるにしても高名な文化人として存命のとき。あの易水生、健在なり、である。

登美子についてはどうか。晶子論の後に一カ所、こういう形で名前が出る。「明星の歌人中には、窪田空穂・山川登美子・茅野雅子（以前は増田）・水野葉舟・平野萬里・高村砕雨（光太郎）・相馬御風等があつた」。これだけ――。

掬汀はどうか。同様の名前の列記中に三カ所ある。うち「私が関係していた『新声』には、其の同人として田口掬汀・中村春雨（吉蔵）・正岡芸陽《まさおかげいよう》らが居た」が最も長い記述だ。「新声」入社時の熱気、『亡国の縮図』の盟友は存在しない。むろんこのルポへの言及もない。文壇照魔鏡についてはもとより。

鉄幹・晶子への変わらぬ毒気と登美子・掬汀の不在乃至《ないし》は希薄が、逆説的に梅溪にもあったトラウマを物語る。

梅溪著が出る前月の八月、五十八歳の掬汀は四年前に休刊した「中央美術」を復刊していた。十月、生涯の友であり依りどころだった平福百穂が死去、三年後には同誌も終刊となる。最晩年の苦境の入り口にあったと思われる。

梅溪本人（大正末期から本名の芳次郎を使った）はすでに水戸学の研究の権威で通っていた。この昭和八年（一九三三）と翌年にかけて『水戸学全集』六巻を完成させている。昭和に入ると日本主義を唱道する新東方協会を設立し会誌「日本時代」を創刊するなど、国家主義運動に邁進していた。

多筆の才は『日本は世界を征服せん』（昭和六年）、『非常時の日本を如何にすべき乎』（同七年）、『満洲国の王道国家と日本精神』（九年）、『日本精神と女性』（十年）など啓蒙書、そして大著の研究書『水戸学の尊王及び経綸《けいりん》』（十一年）とますます旺盛だった。その仕事を芳賀登著『近代水戸学研究史』は「『水戸学全集』も編纂して、学問的指導者としての地位を確立している」（七八頁）と書く。掬汀の苦境期が、世間的には梅溪の栄光の時代であった。

前述『近代文学研究叢書』六十三巻には梅溪の著作年表が四十ページ余にわたり載る。まさに膨大な一覧だ。そこからは明星を含む西洋ロマン主義への同調——鉄幹発のそれを単純にヒューマニズムと解してはならない——や社会正義を前面に出した明治期、大正ロマン及びデモクラシーを帯びる時期（「江戸情調と悪の讃美」「無産階級に生まれて」など）、そして国家主義傾倒の昭和期という変遷が読み取れる。フランス革命への共感と、自己陶酔的国家主義の極致である水戸学がどうつながるか、そこに内的葛藤があれば思想史的研究の対象ともなり得るが、それは窺えない。ただ世の思潮変遷の理解に便利な一覧表ではある。時代風潮に添い寝するように書く。器用なのである——青春の一件はまことに不器用ながら。

日露戦争勝利の余韻さめやらぬ明治四十五年（一九一二）、バルチック艦隊乗員ウラジミル・セメヨノフの『日本海大海戦・殉国記』（明治出版）を高須梅溪訳として出す。箱入りのなかなか立派な造りの本。英訳はあるがロシア語もできたのだ！（なぜか上記の著作リストには入っていないが）前年の編著『婦人日常座右銘《ざゆうめい》』（博文館）では日本婦人の心得を説く。「一国の治乱は一家の治乱が原因《もと》、

図K　高須梅溪編『婦人日常座右銘』のカラー刷りグラビア

家を修める術《すべ》は時として一国より困難、その家を修めてゆくのは婦人の力」の序文にはじまり、少女・妻・育児・家政などと各期の「務め」を章立てし、吉田松陰・福沢諭吉・貝原益軒・ロック・ベーコン・徳川家康らの有益なお言葉を収める。

巻頭の全面を鮮やかなカラーグラビアが占める（図K）。白い家の庭園、赤・白・青・緑・紫……花々が咲き乱れる。まんなかに黄色いドレスの少女の姿。帽子には白バラと豊かなベールの飾り、お辞儀をするのか少し前傾した姿勢、視線の先の窓に穏やかなまなざしの蝶ネクタイの紳士がいる。少女の足元後ろには三輪の白百合――。その意は偉い人のお話をお聞きなさいだろう。が、少女の前の人物でこそありたかった自分、を感じさせてしまう（あるいは、先の世での夫との再会を祝してか）。西洋の原画があったのだろう。説明は一切ない。登美子逝って二年――思い真摯にしろ面目躍如の少女趣味、心底に西洋ハイカラ嗜好がある。水戸学に行っても矛盾の自覚があったとも思えない。本質的に心は日々是好日の人なのである。

敗戦、水戸学ではもう行けぬと器用人間はすぐ察知する。だが、あまりに巨大な転変は老いた身にはさすがに重すぎたのか、世俗的にはその筋の大家となっていただけに…。鬱屈の日々となり、酒浸りだったらしい。子息の書いた「親子酒」という随筆がある（島田市の俳句同人誌「主流」昭和五十七年九月刊）。

自身酒好きらしい筆者は「思いは亡父と汲みかわした日々にさかのぼっていく」とし、小学五年時、父と仙台へ旅した体験をこう書く。車中、父は駅弁と酒を求めると私にまで盃を差し出し飲めと…、「度胸をきめて二、三杯は飲んだ覚えがある」。仙台で用を終え、「松島に泊まった夜は、芸者まで呼んで夕焼けの松島を眼下に……共に飲んで、食べてスッカラカンとなり、上野駅からタクシーで着払いでわが家に辿りついた」。

そして戦後――「敗戦のショックと学者的良心から悶々の日々を過ごした父」と、復員したばかりで茫然状態の自分は、酒と名のつくものは闇で手に入れ朝から飲み続けた。なかにメチール入りがあったのか、二人とも意識不明になったことがある。母に脅かされしばらくは二人断酒した。しかし、「最後は気が狂ったまま昇天した父との、それが最後の酒の思い出になっている」。――もとより文学的修辞があるに違いないが、たぎる血のままに突っ走っていた青春の姿、裸の梅溪を彷彿とさせる文章だ。どこか憎めない、俊敏なやんちゃ坊主の姿。

昭和二十三年（一九四八）二月二日、満六十七歳で死去。翌三日の朝日新聞朝刊二面に「高須芳次郎氏（文博）」の見出しで八行あり、「水戸学の権威」と。小さな記事には違いないが、当時の新聞が朝刊のみのぺら一枚であったことを考えるとかなりの扱いといえる。著名人だったのだ。「……権威」が悲しい。メディア社会の成立期、その流れに身を置いて生きたメディア人間の早期的一例としての生涯であった。

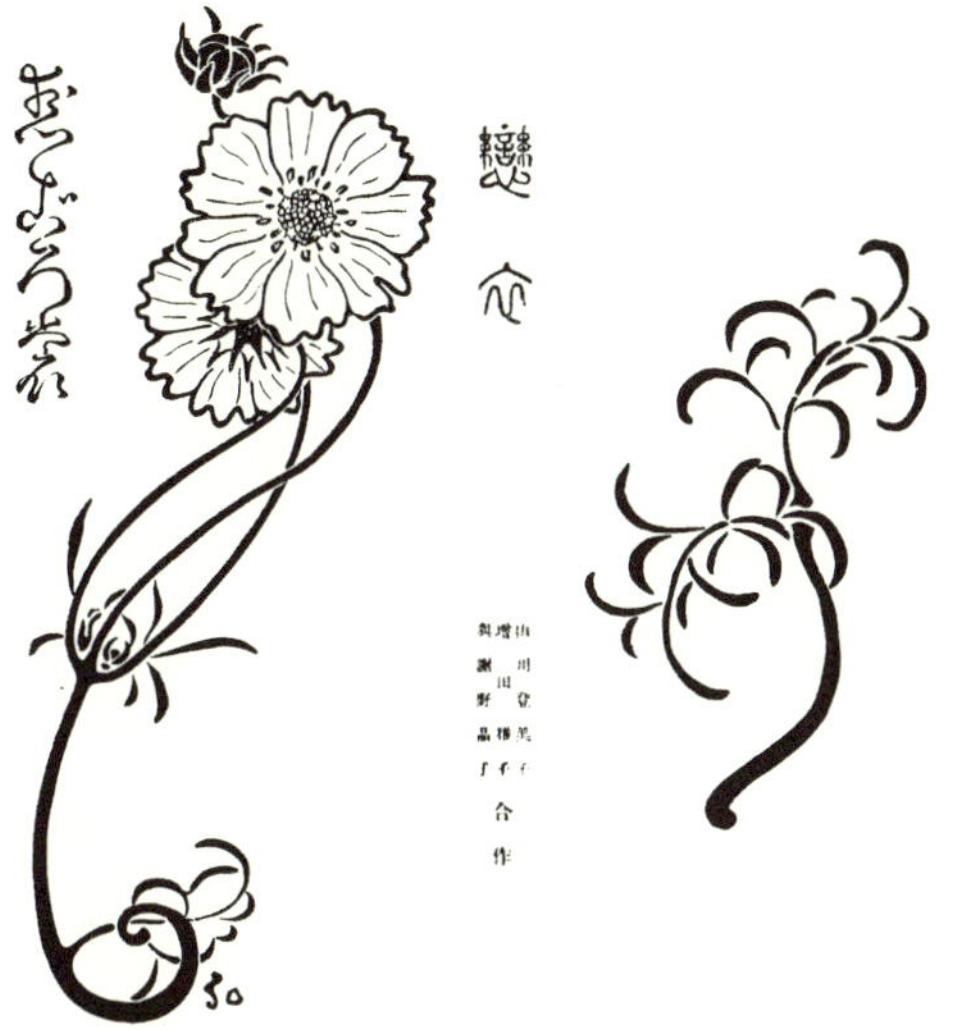

（『恋衣』の表紙カバー）

第４章
登美子の慟哭

1　晶子宛て末着の「廿九日」付け書簡

登美子自身は『文壇照魔鏡』の真相をいつ知ったのか。彼女のメンタリティーからすればそれは重大な事態をもたらすはずである——。その大きな手がかりがあった。登美子が残した手紙に「姉さま」宛てで文末に「廿九日《にじゅうく》」とだけ記された一通がある。署名は「妹」で「姉さま」は晶子だ。静謐ななかに穏やかなユーモアをたたえた登美子書簡のなかにあって、ほとんど絶叫、あるいは慟哭というにふさわしい響きをもつ一文である。

坂本正親編『全集』上巻（三一七頁）に収録されているもので、坂本は引用の冒頭に「年月不詳（明治三十四年か）鳳晶子宛て（巻紙毛筆、封筒なし）」、同末尾に「故正富汪洋氏の旧蔵……文面よりみて結婚直後（明治三十四年六月ごろ）のものかと推定せられる」と注釈する。東京の嫁ぎ先から堺の晶子宛てに出したものであることは確実。坂本注釈の検討は後にしてやや長きに渡るが全文をまず引用する。

おもふ事おほき身も、いまは絶えぐ〵に候。そは当然と君もおぼし玉ふべく、我れ何も申上げざるべく候。たゞ〳〵なが〳〵の御ぶさた、君いかにおぼし玉ふやと、それが明け暮れこゝろに懸りてならぬのに候。されどこは我が運命に候へば、いかなる御推察のもとになし候とも、致しかたおはさず候。か様にかけばいやみの様に候へども、左様なことにてはさら〳〵なきのに候へば。

君姉様、我れはか様な文いくつかきしかしれず候。たしかに十にはあまり候べし。それがいち〳〵みな出し候期のおはさねば、反古になるのに候。いつも〳〵涙とともに、さきてはまたかきなをすのに候。あたらしきのをあたらしきのを思ひて。それおなじことをくりかえすのに候。今日はどうやら出せそうなと、又かき候。これこそかならずとおもひて。

ことぢの君いかゞいらせ給ふ。伺度《うかがいたく》〳〵とはおもひ乍《なが》ら、それもおなじ事にて。ことに明星のことゞも気になりて、いかゞやきかせ玉へ。かなしきあした、むせぶ夕、せめて姉さまのみ文をとおもへど、我かたもかゝるしまつ、いかでかはと又なくのに候。今は外内ともに病人の様に候。

秋とはあまり〳〵ながく候かな。やがて昨年の彼の日も近づき候へども。さて君、秋とは我あり候やおぼつかな。夏にはならず候や。かなたへも文まゐらせ度候へども……。御近状くわしく〳〵御きかせ被下ることは出来ず候や。

我が上申度《もうしたく》候へども、筆にはかきかね候。まみえまつらば、そのときには申せど。さて君、あまりにおそからば。泣菫様いまいづこに、うけ玉はり度、これもかならず。

甥がたずねてくれゝば、その時々に手紙は出されるのに候へども、一寸も参らず、かきつぶしかきつぶし、これまでのところ、なにとぞ〳〵みこゝろひろく。そなたこなた、御ありさまくれ〴〵もをきかせ被下度、願ひ〳〵まゐらせ候。

廿九日　　　　　　　　　　　　　　　妹

姉　さ　ま

かなたへもなにとぞ〳〵よろしく。

明星本月のを、おあきの上はみせていたゞき度。

わたしの現代訳をしておく――。

思い悩むことが多い身に今は息も絶えそうです。それは当然のこととお察しくだることですから、私から何も（弁明）することはございません。ただただ長きのご無沙汰で、あなた様がどうお思いになっているかと、そのことだけが心に掛かってなりません。でもそれが私の運命なのですから、どのように御推察なされようとも、仕方がないことでございます。このように書きますと嫌みのよう（に聞こえる）かも知れませんが、そのような意味ではまったくないのでございます。

お姉さま、私はこのような文章をいくつ書いたかしれません。確かに十以上でしょう。そのひとつひとつ、投函する機会を失って、反古になってしまうのです。いつもいつも涙にくれて、裂いてはまた書き直すのです。（今度こそ納得のいく）新しいのを新しいのをと思いながら。そんな同じことを繰り返しているのです。今日はどうやら投函できそうな、とまた書くのです。これこそ必ず出せる、と思って。

別の道を歩まれるあなた様は、いかがお過ごしでしょうか。伺いたく、伺いたく思いますが、それとて（詮ないことは）同じこと。ことに明星のことが気がかりですが、どのよう（な状況）か、お聞かせくださいませ。悲しみにくれる朝、むせび泣く夕、せめてお姉さまのお手紙を（いただきたい）と思いますが、私自身がこのような始末で、どうしたらいいのかと又、泣くのでございます。今は外内（体も心も）ともに病人のようでございます。

（次に会える機会が）秋とはあまりに長い先のことでございますね。やがて昨年の彼の日（高師の浜の八月六日）も近づいて参りますのに。（と申しますのも）お姉さま、秋には私が生きておれますかどうか、おぼつかないのです。夏にお会いすることはできませんでしょうか。あのおかた（鉄幹先生）にもお手紙差し上げたくは思うのですが…。先生のご近況をくわしくくわしくお聞かせいただくことはできませんでしょうか。

（照魔鏡について）私自身のことを申し上げたくは思うのですが、筆にはしくいところなのです。お会いできれば、そのときはお話しできるのですが。それにしても（秋とは）あまりにも遅いことでございます。泣菫様はいまどちらにおられますのか、お教えいただきたく、これはぜひとも。

甥が訪ねてきてくれれば、その時々に（書き終えた）手紙は出すことができたのでございますが、ちっとも参りませんで、書いては書いては（手元にあるものを）書きつぶしてしまうことに。これまでのこと、なにとぞなにとぞ寛大な御心で（お許しくださいませ）。それやこれや、（先生の）ご様子くれぐれもお聞かせくださいますよう、心よりお願い申し上げさせていただきます。

廿九日　　　　　　　　　　　　　　　　　妹

姉さま

かなた（東京の鉄幹先生）にもなにとぞなにとぞよろしく。

「明星」本月号（五月号＝五月二十五日刊）、読了されましたら見せて頂きたく存じます。

まず、この手紙が正富所蔵品だったということは、晶子宛てながら当人に届かず、滝野の手に落ちた（婆やだったにしろ）ということだ。その場合、「廿九日」は坂本解説の六月ではありえず、五月以外にない。なぜなら晶子は六月十六日に渋谷住居で開かれた新詩社茶話会に出席しており、すでに寛宅の人、つまり滝野・婆やは退去済みなのである。ただし、六月の初め、多分第一週ころまで少なくも婆やはまだ渋谷住居にいる。他方、晶子の五月末は堺の実家にあって出奔秒読みの緊迫時だった。なぜその手紙が滝野側に落手したかといえば、出奔してしまった晶子の行く先を知っていた家人がすぐ転送したのだ。むろん寛宅へ。理解があった母だろう。

登美子がその手紙を五月二十九日当日、あるいは数日後に来た甥に投函してもらったとしても、堺には数日で着いただろう。文明開化の担い手の自覚があったのか、当時の郵便は意外に速い。ということは六月の四、五日ころまでには堺に着いたことになる。母が親心からすぐ転送した。火宅の寛の内情を知らされていたとは思えない（晶子がいうはずがない）。晶子自身は家を出た日も、寛宅に入った日も明確に語っていない。が、堺から出した手紙としては寛宛てに五月二十九日付け、つまり登美子便と同日付けのものがある。及び六月一日もある。

前者には「かくまで神を信じ居るのに候」、後者では「あすにならばなほくるしくなり候べし……君われ苦しく候、一日もはやく、まことにくるしくて〳〵……」とせっぱ詰まってくる。つまり六月一日付けを投函して出奔したに違いない。登美子便と晶子便が東海道線上でクロスしたのだ。一方はすぐUターン。ただし、晶子は東京に直行したのではない。京都で学生生活をしていた妹・里《さと》のところに寄ったのだ。うかつに直行すると追っ手に連れ戻されて危ないことを、その道の先達・酔茗から学んでいたに違いない。

京の途中下車については里の友人である西川文子（旧姓・志知）の証言がある。社会主義的婦人運動家で彼女の兄と里が結婚することになる。こうだ。「晶子さんは先ごろ東京へ上京されるとき、私達の下宿へ寄って行かれた。晶子さんはとても謙遜な姿勢の悪い人であった。毎日のように妹のところへ手紙を書いて、読めぬような字で、いろいろおかしいことを……」（天野茂『増補版・埋もれた明治の青春』二二一頁、不二出版）。「寄って」というのは泊まったということだろう。ともかく、登美子との意識の差は大きかったのであり、手紙が届かなかったことは双方に、とくに晶子にかなり重い意味をもつことにならざるを得ない。

寛が麴町から渋谷に引っ越したのは四月末と思われ、五月初めには確実に完了している。晶子は最初から渋谷住居に入ったわけで、その到着風景が正富『明治の青春』のなかに描かれている。晶子を賛美する立場からは最も不評な一文、「婆やから滝野への手紙によれば、奥様をおくって新橋駅に行かれた旦那様は、その日、顔に髪をふり乱した、その髪の間から眼が光っている、一見おばけのような女を、物好きにも伴れてこられた」。それは「六日」のことで、同じその日に入れ替わった、といっている。晶子の方は自伝的小説「親子」（明治四十二年）のなかで、寛宅に入ったのは「七月に」と書いた。これは小説である。

確かなのは、「明星」七月号の社告が伝える六月十六日渋谷住居で開かれた新詩社の会の出席者十二名中に、晶子の名が「留学のため上京せられ候」と付記付きで明記されている。つまり、また帰省する身という書き方であり、当人としては命がけの出奔に違いないのに、いささか冷たい告知の仕様ではある。寛自身は同十五日付け滝野宛てで「ちぬ人（晶子）十四日に上京致候《いたしそうろう》」と書き、翌十六日便でも「鳳君上京は十四日に候ひし……偽りて何の益ありや」と繰り返す。十四日だとすると晶子は十日間も京の妹の寮に滞在したことになり、それは考えにくい。おそらく婆やから山口の滝野に〝その女〟到着の報がいっていたのだろう。ともかく、滝野サイドが座布団のぬくもりも冷めぬ時間的近接を言おうとしているのに対し、晶子側はできるだけ長い空き時間があったことを言おうとする、せめぎあう心理が読みとれる。

さて登美子「廿九日」書簡である。忌まわしい事件の核心に自分がいることに気づいたのだ。まさに驚天動地、落雷に打ちのめされ、藁をもつかむ心境――。相談相手は「姉さま」しかいない。生涯において唯一取り乱した文章となった。

いくつかのことが読みとれる。まず少し前に晶子から秋に会おうという意向が伝えられていたこと（おそらくその前に登美子の方からの会いたい……があったのだろう）。しかし、晶子は一月の寛との粟田山連泊以来、思いは寛のもとへ駈けることだけだった。すでに「譲る」の滝野の了解も得ていた、照魔鏡の功で――。ここにも登美子との意識の隔絶がある。なのに寛からは、滝野配慮の「待てしばし」要請が何度もかかり、五月末のこの段階はじりじり限界状態にあった。

その秒読み下、いずれ秋までにはすべてかたづくので…の思いが、登美子への「秋に」提案となったに違いない。登美子も晶子の事情はおおよそわかっていたにしろ、細かな進行状況は知るすべもなく、「秋では遅い、八月六日以前、もう今すぐに」となったのだ。意識のズレは大きかった。「廿九日」便のなかで登美子はひたすら一つのことを訴えている。文章ではとても書ききれない、書きたくもない、だからぜひ直接会ってお話ししたい、そのこと（照魔鏡）について――である。

書中に表れる泣菫への期待感は、二週間ほど前の大阪の雑誌「小天地」が唯一「（このような）醜行は鉄幹子として、あり得べからざる事実と信ずる」と正面から擁護した事実を踏まえている。寛自身が高く評価するその著名詩人にすがる思いだったのだ。三年後の登美子が主著者の『恋衣』冒頭の扉位置も「詩人薄田泣菫の君に捧げまつる」となった（寛もとより異存なし）。

ことの真相に気づく以前は、仲間とともに連帯して憤慨していた一連の報道が、いまや自身一人の頭上に天地が崩れるように落ちかかってきた。真相にまだ気づかず、仲間と共有した憤慨は五月二十五日刊「明星」第十二号に載る登美子書簡が示している（この自稿が載る十二号を貸してほしいと廿九日書簡で言っている）。多分、四月なかごろまでの執筆だろう。ここで照魔鏡に絡めてこう述べる。

このたびの明星（三月末刊、第十一号のこと）またさらにまばゆさを加へ給ひ候。けだかさ、いさましさ、うつくしさ、はなばなしさ、世をあげて矢をむけ候なかに、さても君、つよく雄々しくおはし候かな。あまたの君の御歌、とりわき白萩の君、窪田の君、蝶郎の君、砕雨の君、何れも〳〵たたへまつらむに私ことばを知らず候かな。……（それなのにある人々は）あさましくその手ごとに、羨みと譏りと、さまざまの迫害の江もの（得物＝武器）もちて、あらぬかたへ力なげうち候やう。くちをしきことに候。

「世をあげて矢をむけ候」はむろんマスコミの集中豪雨への憤りであり、実に「くちをしきこと」であった。ここでは「明星」の一員として連帯感を込めた怒り表明なのである。

「廿九日」書簡中の甥が訪ねて来ないというのは、婚家の山川家でもなんらかの波紋が生じ、甥自身が気を使って足を遠ざけている様子を推測させる。しかし「明星」が買えないというのは、禁じられたというより、登美子の性格からすると自己呪縛に陥って、自分では買って来られない事態と考えた方がいい。夫や舅・姑が文学活動を禁じたという証拠もない。世を轟かす大事態を招いた張本人としての自分——激しい自己嫌悪の情であり、手足さえ自由に動かない、そういうメンタリティなのである。師の君を泥にまみれさせてしまった自分、痛切な自責となって自らに向かってくる、こういう感受性が登美子なのだ。

家族、新詩社員、そして世間すべてが自分に非難の目を向けているような心理状態であり、登美子の以後の人生を貫く強烈なトラウマとなる。己を罰する——贖罪意識が生じ、以後の作歌活動の根底を規定することになる。従来の研究が全く欠落させていた視点である。この手紙についても嫁・姑関係のことを示唆するくらいのことで済ませており、かつてまともに取り上げられたことがない。照魔鏡一切のことに気づいた瞬間の慟哭が「廿九日」書簡なのだ。

元をたどればメディアによってもたらされた難——メディア禍である。この国の近代社会における最初期のその被害者といっていい。しかも、周囲はそれと気づくこともなく、当人一人が自らの内部で傷ついていた。他方、そもそも攻撃にあったその当人、鉄幹はまことにタフであった。

滝野は四月初め、晶子に夫を譲る決意で帰省したが、寛から「恋しく候」便が相次ぎ（敗訴でのっぴきならぬ経済状態にあった）、五月中旬にまた出て来た。渋谷の新住居に入る。改めて学校に入るため、借家探しの間の一時滞在だったようだが、自分と赤子の体調がともによくなく、同月下旬には再び山口に戻った。この間、晶子は「待てしばし」状態に留め置かれた。この微妙なエアーポケットの中を漂った登美子「慟哭」の手紙は、永遠に晶子の手に届くことはなかった。このことは二人の間に、とくに晶子の方に微妙にして重大な影響を与えたと思われる。独身時代の演劇的ライバル関係ではすまない。登美子が学生となって改めて自分（と寛）の家庭に現れるとき、晶子は青白い火を燃やさざるを得ないだろう。

八月一日刊の「明星」第十四号にまた登美子の書簡が載る。

わたくし鳩守《はと》となりにし候。白鳩に候。三羽、かわゆらしきのに候。されど猶なぐさむべきものにも候はず……さわれ、ものは皆白に候、白が一ばんすきに候。さきごろ百合の花さき候へども、赤かりし故ちぎりて捨て申し候。歌は頓と出来ぬ身に候。と云へ、またお仲間いりしたき思もしながら、とても人様の御足《みあし》には追ひつきがたき今のわたくし、寧ろ高嶺の靄《もや》の美しきを此処《こゝ》にてと惑はれ候。

『みだれ髪』は、その姉君のみぐしをさながら、誠に美しき御名と覚え候。（白百合）

第十二号にあった連帯の怒りではない。真相に気づきトーンが変わった、傷心である。抱きしめるように一人で引き受けねばならないことがらに――。歌が出来ないと書く。禁じられたということではない。そうならこういう投書自体ができない。白が一番好きといい、赤い百合をちぎって捨てたのはただごとではない。赤が、あの蛇いちごを連想させるからに違いない。例の「明星」四号の「露草」の中で「手作りのいちごよ君にふくませんその口紅の色あせぬまで」と紅を歌い、「月の夜を姉にも云はで朝顔のあすさく花に歌結びきぬ」の朝顔も赤を思わせた。

赤を愛《め》でるふつうの少女であった。が、その色からすべてが始まった――。梅溪の「蛇いちご」五首が自作に接してあった。おぞましい記憶でしかない。だから真相を知ったいま、「脱赤」の「白」宣言なのだ。『みだれ髪』は八月十日刊でまだ出ていない、前号に出た広告を見て言っている。

この十四号末尾の社告に鉄幹の筆で次号掲載予告九人の名が出ている。井上哲次郎、島村抱月、上田敏、泉鏡花、徳冨蘆花、國木田獨歩ら歴々八人の最後に「山川とみ子」と。落ち込む彼女への励ましか。その心中を知っていたのは寛一人である。すぐに晶子の処女歌集が出ることも考慮してのことだろう。登美子の歌が復活するのは十一月刊の十七号である。「時雨傘《しぐれがさ》」と題した十首、表題の横にミュッシャ風、百合の花冠のヴィーナスのさし絵がつく。すでに前期の作とは違っている。第一首――

せめてただ女神の冠《かむり》しろ百合の花の一つと光そへむまで

今野寿美著の解説を引かせてもらう。「なにほどでもない自分の身を思いながら、それでもせめて女神の冠を飾る白い百合の花のひとつとして光を添えたい。そうあるまでを今ひたすらな願いにしている、というのであろう。ひかえめに、それでもしいて気分を華やがせるかのようにことばが選ばれ、主題としての絶望の色合いが素材の華やかさよって救われている趣である」（前掲書、一七五頁）。

誌面レイアウトを含めて考えるとき、編集者でありいぜん演出家でもある鉄幹の意図が強く感じられる。彼なりに絶望・失意からの救いを図っているのである。第三首——

地に我《わが》影空に愁ひの雲のかげ鳩よ何処《いづこ》の夕日と往《ゐ》ぬる

天地の間にあって居場所を定められぬ孤独感をうたっているのだろう。鳩は第十四号の書簡「わたくし鳩守となりにし候。白鳩に候」を受けている。ひ弱な守ってあげたい鳩が、実は自分自身なのだ。このようにいったん自己を離れて自分を見直すというスタンスが一つの特徴となっていく。今野解説では「婚家で健気に尽くしながら孤立感を深めている自分の率直な思いがあったのかもしれない」とする。

孤立感は家族だけでなく、社員を含む世間全体からのそれだろう。同居した嫁姑関係なら、あってふつうである（夫死後すぐの復籍もそれを暗示する）。ここでの「夕日」は高師の浜や須磨でのロマン色とは異なる、すでに運命的な色合いを秘めている。どこか置去られ感のようなものも漂う。『みだれ髪』で晶子の名が文壇に浸透していった時期である（この時点では顰蹙の方が多かったとしても）。孤独感にはその感情もあったかもしれない。

生きのびしこの一とせをうらみては野分きの萩に袂かざせし

十首目——上の五・七・五には、照魔鏡への怨がストレートに出る。生きのびし、というのは死にかけたということ、単なる比喩ではない。慟哭の手記で「秋とは我あり候やおぼつかな」と書いた登美子である。トラウマが通奏低音となるのが以後の特徴となるが、とくにざっくり傷口をさらして見せるこのような作が間歇的に登場することになる。それらはひとえに別れた師、すなわち鉄幹への恋心、とだけ解されるようになる。

翌三十五年（一九〇二）は出詠ゼロで、復活は三十六年七月の「夢うつつ」十首となる。年譜的にいうと三十五年は夏に夫・駐七郎が結核を再発症し、伊豆への転地療養後、郷里に帰るが、十二月二十二日死去、三十二歳。おそらく夏以前から体調を崩し看護の日々となったのだろう。献身は心の癒やしであり、看護の労があるとはいえ夫婦水入らずの最良の半年間であったのではないか。一年半の出詠ブランクは当然といえる。

この間、結婚した登美子への晶子の心境をうかがわせる一文が五月二十五日刊「明星」第十二号に載った。東京への秒読みのとき。

しろ百合の君のぼらせ給ひしよし、かの君今は雲の中の人、このくるしき子に近きひとならず候。さはいえ君、

こよひ誰れ枯れ木に似たる人の指に

ちかひあたへて祝《ほ》ぎ歌うくる。

穏やかな表情の駐七郎のインテリ然とした細身の写真が残る。登美子から見せられていたのだろう。山川姓の一族、高等商業学校を出て外務省入りしメルボルン勤務、病気休職から銀座の商社に転じていた。恋争いに勝ったとはいえ、こちらは職も不安定な妻子ある男。すでに登美子の方が「雲の中の人」で、別世界の存在なのだ。――「枯れ木に似たる」のユーモラスな評のなかに、「くるしき子」からの羨望がついにじむ。実際、寛のもとの人となっても苦しさは続いた。

既述のように七月十日刊の十三号誌上で、「留学のため上京せられ候」と突き放したように公示されていた。そのとき寛は熱心に滝野宛てに手紙を出していたときであった。だが、負けない。社に繁く出入りする五つ下の美男の十八歳、水野蝶郎（葉舟）と親しんだ。「その君われより弟なり。まなざしたゆげの人、うつくしき人、をとめの誰と君みたまふべき」と留学告知のその号に「わか

き君」と題した短文を出す。そして九月十五日刊の「文庫」に「逍遥」と題した美文が載る。「いさや川」の署名だが同誌用の晶子の筆名だ。

「ひとは（葉舟にかけた一葉か）の君さは云へどわれよりたけたかき君……」で始まる、青年との自宅しおり戸からの「野にむかへむとて出む二人」連れの逍遥を描く。渋谷宅の周囲はまだ武蔵野の面影を留めていたようだ。「夏寒き雨のかへさより病え給ひしはこの君ぞや…」、病み上がりらしい青年への思いやり。坂道、道なき道の草木を分け、氷川の社へ川つたいに。

ふだんの道に出ると、「かなたに来ますは師のまろうど送りてステーションまで行きたまふなり」。師（寛）に出くわすことになり、道に迷ったのだと青年に口止めされたが、横にいるわが身がどう見えることか――「われさて罪とひたまふな」で終わる。いずれも『みだれ髪』編集作業の傍らの執筆に違いない。納得がいかない寛の態度への、やや思わせぶりな、牽制もあるのか。「文庫」はむろん旧知の河井酔茗編集の雑誌である。

二カ月後、十一月刊「明星」第十七号には「あき」名で「母の文」が載る。母から遠方の娘への気遣いの手紙だが、晶子の創作に違いない。


また何やら萎れて御出なされ候やうの文、武蔵野の空とやらは然う定まらぬ此頃に候や。年が二つも老いし様とは今度上京なされし中山（梟庵）様には候はずや……時々も御暇あらば牛込の河井様方へお話聞きに御出なさるべく候。酔茗様御夫婦を兄様姉様と御思ひなさるべく候。

頼りがいある酔茗を前面に押し出す。島本の『長流』第五巻の「夕暮日記」中に早稲田の酔茗宅に晶子が一人憔悴顔で現れる場面がある。

東京に来て、住む家もきまったからは、一度はたずねて来てよい人が、手紙は書いても今日まで顔を見せないでいて、ようやく今日出て来たというのにこの様子では……。言葉らしい言葉が口を出ないばかりか、殆ど魂をはだかにして何か縋って来るものがある、それがいまうっすりと顔にのぼったはじらいの奥に、だんだん強くあらわれて来、けれどもまた鬼気を帯びてひそむような……。

酔茗の「与謝野君はどうしてますか」に、「わたしがおりますのが、いけないようでございます」。酔茗は一時外出し、中山梟庵と偶然出会ったように装い戻る。堺へ帰りますか、渋谷へ帰りますか、と問う。「わたくし、渋谷へ帰ります」。酔茗、梟庵は明け近い夜道を渋谷まで送った――。一応、小説ではある。

翌年一月、入籍し与謝野晶子となる。この間、『みだれ髪』がヒットしていた。水野は社追放の第一号となる。

2　夫《つま》恋歌「夢うつつ」十首

登美子の短い人生のなかで中期の代表作といえる「夢うつつ」十首は明治三十六年（一九〇三）七月号の「明星」に載った。次掲の冒頭の一首「いかならむ遠きむくいか…」のすぐ後に、「去年よりひとり地にいきながらへて」という添え書きがあるように、前年逝った夫への一連の挽歌である。ただし、近年は後述するある話題性――上記「ひとり」生きる侘しさの因を夫とは見ない説――をもって注目され、いまでは最も有名な登美子作といえるかもしれない。

「地」とは郷里・小浜の地であるのは当然として、新婚わずかでの夫との死別、思い出となってしまった大阪での華やかな文学交流、とりわけ著名な師・鉄幹のこと、そして今やはっきり立場が違ってしまった晶子との距離感など、地の果てに一人置き去られた心境に違いない。二年前の事件後に変容は始まっていたにしろ、一つの心の在り方に着地して歌い出したということである。演劇少女時代の浮いた感覚はない。以下、私の問題関心から見ていく。

① いかならむ遠きむくいかにくしみか生まれて幸《さち》に折らむ指なき

②　地にひとり泉は涸れて花はちりてすさぶ園生に何まもる吾
③　虹もまた消えゆくものか我ためにこの地この空恋は残るに
④　君は空にさらば磯回《いそわ》の潮とならむ月に干《ひ》て往《い》ぬ道もあるべし
⑤　待つにあらず待たぬにあらず夕かげに人のみくるま唯なつかしき
⑥　今のわれに世なく神なくほとけなし運命《さだめ》するどき斧ふるひ来よ
⑦　歸りこむ御魂ときかば凍る夜の千夜も御墓の石いだかまし
⑧　おもひ出づな恨に死なむ鞭の傷《きづ》秘めよと袖の女に長き
⑨　おもへ君枝折戸さむき里の月けづる木音は經《きょう》のする具よ
⑩　夕庭のいずこに立ちてたづぬべきつむ手に歌ありし君

⑧はストレートに照魔鏡への怨をうたっている。発表時から理解されにくかった作のようで、翌八月号に掲載された合評会で一人がまず、この「歌は私に解しかねます」と最初に疑問を呈している。鉄幹は答える。「思い出せば恨み死にする程腹立たしい、他人から受けた侮蔑の胸の痛みを持ッて居る、それを思ひ出さずに、秘めておいて忍ばねば成らぬと云ふのが女の身かと、底に憤ッた作です。袖云云と婉曲に云ふた所が女性の作として殊に宜しい」。じつに的確な返答であることが分かる。

十人ほどの参加者はすぐ悟ったのか、あるいは悟らないまでも深追いしない方がいいと察したのか――再質問はない。照魔鏡視点が欠落した現在までの研究も全くこの歌を理解できていない。「鞭の傷」をとらえられず、かなり恣意的な解釈が生まれることになる。嫁姑論は早くからある安易な謬説である。厳格な家風のなかで嫁としての気苦労ということなら、むしろあって当然。しかし登美子の煩悶はそんなことでは説明できない。

ストレートではないが基調低音がはっきりしているのが①と②である。①の「遠きむくいにかくしみか」は前世の因縁などでは済まない、そのことによって暗転していった人生への悔しさが滲む。②は一人残されて泣きはらす我が身をうたうが、「すさぶ」には吹きすさんだメディア豪雨の影がある。

⑥もこの分類に含まれるかもしれない。「世なく」は夫婦でかろうじて維持していた居場所まで崩されてしまった、ええい、この上はすべて崩れよ――という自暴自棄感さえ漂う。若くして一人残された身にこう感ずる瞬間もあったに違いない。登美子には悲運のうちに終わった結婚生活、さらには文学活動との別れが、すべてが照魔鏡からきた不幸という観念が生じているのだ。

ただ、「神」が多少ひっかかる。「神ほとけ」が普通名詞としての神仏なら上記の意のままでいいのだが、「神」は登美子にとっては（少なくとも演劇少女時代は）鉄幹を意味するからだ。そうだとするとこの歌の意味はやや微妙になる。次述する竹西がいわんとしたことと関わってくるようでもある。しかし、我々にはおなじみのゴッド＝八百万の神として使われている感じはしている。そうとすれば上述の意でいい。

あとの六首は亡き夫への思いを直接歌ったものであり内容的には分かりやすい。③あなたとの幸せな生活は虹のように儚く消えてしまいましたのに、私の恋心は変わりません――。こういうのは厳密には挽歌といえない。夫恋歌である。なぜなら、挽歌は死を承認しているが、夫（妻）恋歌はそうではない。心のなかの生者である。

④磯回は湾曲した磯、つまり入江。今野訳を借りる。「あなたは空に去ってしまった。それならわたしは磯回の潮となろう。潮の満ち干きが月に従うのであってみれば、いつか干あがってあなたのところまでたどる道もあるに違いない――」（前掲書二〇三頁）。天に生きるあなたのもとへ私が会いに行きます、これまた夫恋歌だ。

⑤は人力車で帰宅した夫のことが、夕べ毎にゆめうつつで思い起こされるのである。同じく夫恋歌。⑦あなたの魂が帰ってくると聞きましたら、凍てる夜の千夜も墓石を抱いてお待ちするでしょう。やや過剰な表現を感じるが、同じく…。

⑨しんしんと冷える月夜、聞こえてくる木を削る音は（あなたの冥福を祈る）お経を乗せる机を作る音です。これだけは死者としての駐七郎への思い、つまり挽歌ともとれる。やや陰々滅々感がありと後述のように『恋衣』収録時には取りかえられることになる。⑩あなたが葡萄をつみながら歌を歌っていたそのお姿を、夕べの庭のどこに探せばいいのでしょうか。同断。

挽歌を強く印象付けたのが竹西著『山川登美子――「明星」の歌人』である。同書の書き出し、「山川登美子は、挽歌を詠むために生まれてきたような歌人だと思う」はインパクトがあった。竹西は大槻文彦著「新訂大言海」を引用して、「(一) 柩ヲ挽キテ野辺ノ送リヲナス時、歌フ歌 (二) 哀悼ノ意ヲ述ベタル歌。カナシミノ歌。哀傷歌。挽詩」の二意を提示しつつ、自著では「挽歌」は「平安時代以後一般化したといわれる哀傷歌としての使用、『新訂大言海』の (二) 語釈に該当するもの」として使う、と書く。

厳密な意味での挽歌、つまり死承認の (一) の意ではあふれ出てしまう〝思い〟を竹西は「夢うつつ」に感じていたに違いない。哀傷においてイメージは鋭いカーブを描き、思わざる極論を導きだす。こう微妙な書き方をする。

心ひとつに抑えかねたかなしみといえども、これらの作は、他者の目にさらすことが前提になっている。また夫婦としての親疎の実は、当事者同士にしか分からないことながら、十首が十首、対象を夫の死に絞った哀傷ではないと読まれるのも特色である。(六八頁)

そして、「すべてが亡夫への挽歌とよまなくてもすむ……亡夫一すじの挽歌に終っていない」(八〇頁)、「誰に憚ることもない亡夫への思慕と哀傷が、ただ一すじの思慕、哀傷としてうたわれ得ないところに、二十四歳の寡婦である登美子は立っている」(九〇頁) など、同趣旨を執拗に繰り返す。つまり、挽歌であることを高く言《こと》揚げしながら、じつは挽歌に非ず、さらには哀傷歌でさえない、とする。

竹西はストレートには言わない弁《わきま》えをもっていたが、そのネガ描写で暗示したことをポジ画像で言い切ってしまったのが、直木孝次郎の『山川登美子と与謝野晶子』（塙書房、一九九六年）だ。日本古代史研究家にして歌人、直木は「夢うつつ」十首はすべて鉄幹への相聞歌であると主張した（竹西がそこまで断言していないのは明か）。こう書く。

問題は駐七郎を思う登美子の愛情がどれほど深かったかであるが、彼女が明治三十四年に四月に東京へ行き、駐七郎との結婚生活に入ってから「夢うつつ」十首を発表するまでの約二年間に、『明星』に発表した歌が二回十八首にすぎないことからすると、駐七郎が登美子の歌に理解があったとは考えられぬ。（……生家への早い復籍もあり）故人を慕う心が登美子に強かったとは、残念ながら思えないのである。（二〇頁）

例えば、まごうことなき夫への挽歌と読める⑦についても「あなたの亡魂が私のもとに帰ってくることがあるならば、私はあなたの御墓を凍るような寒い夜に千夜でも抱いて、鉄幹を思っていることをあやまりましょう。どうか私の不貞を許して下さい。十首の流れからすると、これが正解かと思われる」（二六頁）と徹底している。

この説はマスコミで好意的にとりあげられたが（恥ずかしながら、わたし自身がしり馬にのった記事をものしたことがある！）、研究者の反応は芳しくなかったようである。強い反論が登美子の出身校で教える橋本威が直木著の翌年発表した「山川登美子『夢うつつ』十首私解」（「梅花短大国語国文第十号」所収）だ。橋本論では十首すべては夫への慕情を詠んだもので、儚かった幸せへの悲嘆の歌群となる。同論文は⑩に関連させつつ「葡萄は、キリスト教に通うイメージの果物である。夫に死なれて、ひとり葡萄を摘む女のイメージは、修道女を髣髴させる」という言葉で結ぶ。宗教的清純という一つのイデオロギー的解釈があることを窺わせる。

竹西の思い溢れる挽歌説が不倫説を導く論理的必然性をもったのは否めない。現在、わたしは竹西・直木・橋本のいずれの説にも照魔鏡認識がないことを指摘しておきたい。

「夢うつつ」は一部照魔鏡テーマも含むが、基調は心のなかで夫と共にある夫恋歌であり（この点で橋本説に同意）、まさに「夢うつつ」なのである。あまり注目されることはないのだが、「夢うつつ」掲載の翌八月号「明星」に載った「毒草」七首が興味深い。明白な照魔鏡が三首ある。

ふる日記に去年のおもひわれを訪へ蛇のきぬはふ萎《しな》へ白百合
よわき子は天《あめ》さす指も毒に病む栄えを祝へ地なる蛇《ぢや》いちご
神も魔もひとつ女《をんな》に現《い》でぬべし闇にうらどへ日におもてとへ

蛇と魔は梅溪であり、あの「蛇いちご」が揺曳している。それに這われ、噛まれた傷が癒やされない。神はここでは確かに鉄幹である。夢うつつの気分に浸ろうとも、常に足元から毒草がからみつき（あの「露草」の自己拒否……）、痛撃とともに夢を破られる。登美子はそんな人生を生きていくことになる、残された時間は長くはなかったが──。

3 『恋衣《こいころも》』入れ換え歌一首

髪ながき少女とうまれしろ百合に額《ぬか》は伏せつつ君をこそ思へ

この登美子作を冒頭においた共著『恋衣』（第一版）は明治三十八年（一九〇五）一月に刊行された。もとより編集者・鉄幹のもとでなされたもので、登美子生前唯一の歌集である。前年秋から続いていた晶子の「君死にたまふこと勿れ」論争が、非難者の大町桂月が鉄幹と同人の平出修による直談判の問い詰めで、「晶子女史には気の毒なことをした」と降参宣言した大詰め（拙稿「君死にたまふことなかれ、幻想──なぜそれは反戦詩になったか」＝巻末文献）の時期であり、ほぼ一年続いていた日露戦争がこの元日、旅順港陥落で転機を迎えたときでもあった。漱石の『……猫である』も同時期だ。

登美子は前年四月、日本女子大学英文科に入学していた。一年数カ月の郷里での生活を経ての上京であり、大阪の増田雅子も同時に国文科に入学している。ともに鉄幹・晶子宅での新詩社の集まりに出席するようになった。『恋衣』の構成は登美子の「白百合」百三十一首、雅子の「みをつくし」百十四首、晶子の「曙染」百四十八首の順。むろん鉄幹の登美子への励ましの意図があり、すでに別格の地位にあった晶子も余裕で応じたことだろう。

冒頭作について、今野はこの歌が三年余前に雑誌型になった「明星」の表紙画（前掲図F＝110頁）――うつむき加減に一輪の百合の花を手にして、その香をかぐ長い髪の裸身の少女、その背景の闇には輝く大きな星が二つ三つという、一条成美が描いたアール・ヌーヴォー調作品に着想を得たことを示唆する（前掲著一七頁）。明星ロマンのイメージを明示化した画に違いない。

登美子はその表紙絵が出た明治三十三年秋ころに出来ていた未発表作をここに持ち出したのか。あるいは、改めて「明星」イメージを印象づけるために旧表紙絵に即して詠んだ新作なのか。それは分からないが、いずれにしてもこの時点での登美子の気分とは異なり、編集者・鉄幹の意が強く作用した作であることを思わせる。

登美子百三十一首の出所の内訳は「明星」からが九十一首、「関西文学」と「小天地」が各一首、従って計九十三首が既発表作である。残りの三十八首が冒頭の「髪ながき少女…」のような初出作となる。大づかみにいえば制作順の時系列掲載である。つまり後ろの方が総じて新しく最新作が三十七年段階だ（二版、三版では取りかえて以後作も入れている）。ほぼ真ん中に位置する第六十首から六十九首が「夢うつつ」十首だ。

竹西はこの〝挽歌〟が中央部に置かれている事実、つまり挽歌を挟んでの三部構成というつかみ方が出来た時、「小さくない衝撃を受けた」（前掲書一三五頁）と感動を述べる。時系列ベースで並べると二年前のそれは必然的に真ん中あたりに来ることにはなる。ただ全く偶然にそうなったのではなく、登美子は最初にこの十首を中央に置いて、つまり意図的にその構成をとったということは確かに考えられる。一見目立たないが核心の位置にという、それだけ〝夫恋歌〟を重視していたことを示している。竹西の構成的認識は鋭く、以後この三部構成が研究上の基本認識となったようだ。

ここでは十首のうち⑨「おもへ君枝折戸さむき里の月けづる木音は經《きょう》のする具よ」だけが、『恋衣』では次ぎの作に取りかえられていることに注目したい。

燃えて〳〵かすれて消えて闇に入るその夕栄《ゆうばえ》に似たらずや君

初出は「明星」明治三十三年十一月号。あの「それとなく紅き花みな友にゆずりそむきて泣きて忘れ草つむ」とともに掲載された十八作のうちの一首だ。演劇少女時代の絶唱が並ぶ号である。粟田山の夜を済ませ、親の命じる結婚に従う決意をしたとき、「君」はむろん鉄幹、とされてきた。この場合、夕日が赤々と燃え上がっていますが（あなたさまを恋するこの胸の思いのように）、やがてその色も淡く薄れて闇に呑み込まれていくことでしょう。私の恋はそんな儚い夕栄の燃え様《ざま》に似ていませんでしょうか――というような意になろうか。その時点では寛への慕情であっていい。

もともとの「夢うつつ」⑨はお経を載せる台といういかにも抹香くさく、ストレートに葬儀につながる、むろん夫のそれを思わせずにはおかない。新たに女性三人のロマンを売ろうとする鉄幹はミスマッチを感じたに違いない。編集者の判断としてあり得ることである。——いま読むわたしにはその「木音」の音が後述の登美子最末期の作、「わが胸も白木《しらき》にひとし釘づけよ御柩《みひつぎ》とづる真夜中のおと」の、父の柩を閉じる釘打ちの音（まだ三年先のことだが）と共振して響く。

先学の解釈を少し見ておこう。竹西によると、「歌集に収める位置によっては、かつての恋歌も亡夫への挽歌として通用するという見本の一つなのか。それとも通用するという逃げ路をつくった上での、再出発に当たっての鉄幹への無意識の媚びか。恐らくその両方であったろう」（前掲書九〇頁）。

直木はこうだ——鉄幹への恋歌が夫への挽歌となるというのは無節操であり、それでは鉄幹がおさまるまい。自分への恋歌が他人への挽歌に転用されたなら鉄幹は不愉快である。従って「鉄幹への無意識の媚び」も成り立たない、と。要はすべてが鉄幹への相聞歌であるから、愛の表白としてはもの足りない⑨より、「燃えて〳〵」の方が直截であるからと——確かに解釈としては明解に違いない。まさに、嗚呼！　だが。

鉄幹の編集者勘が働いたのだと思う。登美子は『恋衣』収録にあたり「夢うつつ」十首はそのまま載せたいと思ったに違いないが、鉄幹が全体トーンの中で同調していないと判断した。むしろ心の喪を続ける登美子をそこから引き出し、励ます意図があったのかもしれない。この点での寛の善意は信じていいし、編集者としての冴えも感じさせる。かつての自分への「燃えて」作が亡き夫への思いに同調連動し得るとしたところで、したたかな寛がジェラスにとらわれるとも思えない。応じた登美子に媚があるとも思えない。今や③「虹もまた消えゆくものか我ためにこの地この空恋は残るに」と共鳴し、夫恋歌としての文学性を高めているのだと思う。

上京して改めて鉄幹・晶子の前に現れた登美子の存在は、「明星」史のなかで四年前の高師浜に続くラブソングの秋とともに注目されてきた。竹西はこう書く。

鉄幹の正式な妻（非正式な存在があったことの暗示）であり、歌集『みだれ髪』の著者として、賛否両論の渦の中で動かしようもない斯界《しかい》の席を与えられていた晶子は、それにもかかわらず今度は登美子と鉄幹の間に不安を抱く立場に立たされる。晶子の、登美子に対する本当の嫉妬は、明治三十七年（一九〇四）の登美子の上京に始まったと思われる。（同九一頁）

それはそうなのであろう。それを登美子の意図的な再挑戦と書く小説や研究書もある。定着した予断である。彼女に文学上の再挑戦の意図はあったに違いないが、恋愛ではどうか。後者の意味なら登美子のメンタリティーを追ってきたわたしには全く疑問である。彼女の鉄幹に対する意識は、栄光をまみれさせてしまったという強い贖罪感である。自責と謝罪の念こそ、改めて夫婦の前に現れることを支える心情であった。寄る辺ない心境のなかで、かつてなじんだ旧師・旧友に頼むところはあったとしても、非難できるだろうか。

しかし、晶子の方は竹西の書く通りだっただろう。慟哭の手記を読まなかった、否、読めなかったのだ。登美子が改めてそのことに触れたとも思われない。つまり、双方に齟齬感が生じた可能性がある、とりわけ鋭敏な感性の持ち主同士だけに…。鉄幹はどうか。業平《なりひら》意識は変わっていない。晶子の嫉妬の源泉であり、まさに竹西が暗示するところである。登美子との関係は多くの論者がいうように業平ならあり得るといわざるを得ない。改めて照魔鏡は登美子の心に深い傷を与え、当の鉄幹にはかすり傷さえ残さなかった――メンタリティー類型として登美子と掬汀は繊細さにおいて近く、鉄幹と梅溪は粗剛さにおいて重なるところがある。

登美子の心境の変化を説く論もある。松本聡子《あきこ》『白百合考』（一季出版、一九九二年）は竹西の『恋衣』三部構成論を前提に、「神」「恋」など表現素材の使用頻度の数値計測を行っている。それによると『恋衣』の登美子作の中で「神」は、中央部の「夢うつつ」十首を挟んで、前半六回、「夢うつつ」中一回、後半ゼロと急減していく。つまり初期作に多く最近作になるほど希薄化している。白崎昭一郎はこの分析を踏まえ「神はほとんど必要なくなり、鉄幹を神として崇拝することも消え去っている」（『山川登美子と明治歌壇』吉川弘文館、一五九頁、一九九六年）という適切な指摘をしている。

ただ、松本論はやや意外な展開をする。前半の「あからさまな嘆きや甘さ」から、後半の「過去の自分をしっかり見つめている」変調のなかに、「鉄幹へのあこがれや求める愛は、無償の愛へと昇華されていった」と。女としての体験を経ることで、母性愛、あるいは少女期のプラトニック・

ラブに回帰したということか。

わたしが感じるところでは『恋衣』百三十一首中、明確に「神」が鉄幹であるのは第四十五首目の「かずかずの玉の小琴をたまはりぬいざうちよりて神をたたへむ」だけである。明治三十三年九月刊の「明星」六号掲載、つまり高師の浜の後の作で、例の梅溪への「うけられぬ人の御文をなげやれば…」などとともに載った作。このときは躊躇なく神であってもらわなければ困る。

他方、照魔鏡直後の十一号に載った「紅鶯」十五首中、七首が『恋衣』に入ったが、「神」を詠み込んだ三首は一つも入れていない。星菫派宣言のような「こゑあげてよぶにまどひぬ星の世に小百合しら萩もつ神は一つ」さえもないのだ。

鉄幹を指す「星」も松本著によると一回だけ、「明星」掲載分から収録しなかった八十七首中には五回も使われているのに――つまり八〇％採用しなかったのだ。「星」「星の子」は演劇少女時代に多用されたが、ほとんど「捨」選択であったわけだ。全選句に寛が介入したとは思えず、明らかに登美子自身が自覚的に行っているのである。

他方、未刊の歌稿『花のちり塚』（全集上巻収録）には、「かくまでに人の涙をもてあそぶ逆手の神に征矢奉る」「羊さく犠牲《にえ》のちしほのほとばしり濆しまつらむ得せのかみ〴〵」「乱麻たつ顔におごりの春の狂人への神かあやつりの糸」「よみがえる七日の朝のすみれぞらや神にこびむの今は我ならじ」などと異なる相貌の神が登場する。制作時期は不明だが、明らかに照魔鏡以前の前期作ではない。編者・坂本は『恋衣』発刊の少し前ごろを示唆する。

これをどう解釈するか。『恋衣』以後の「明星」には「神」は四首に現れ、基本的に普通名詞だ。うち明治四十年五月号、帰省途上の「西の京に病みて」のそれは「しづかなる病の床にいつはらぬ我なるものを神と知るかな」であり、哲学的な自己認識に入っていることを示唆する。わたしは普通名詞と言ったが、この時点での登美子の意識を忖度すればイエス・キリストがもっとも近いのかも知れない。

ただ上記『花のちり塚』中の「……神にこびむの今は我ならじ」のそれは明らかに普通名詞ではない。橋本威は「筆者は、亡夫への〈追憶〉が鉄幹への〈慕情〉の変質であることを、否定はしない。あるいは〈亡夫追慕〉は〈鉄幹慕情〉と微妙に繋がっている、と言うべきかもしれない」（前掲論文）と寛大にも書くが、どうか。わたしは少なくも『恋衣』以後は心のけじめがついていたと考えている。

——他方、晶子の誤解がとけることはついになかった。

4　絶唱「日蔭草《ひかげくさ》」十四首と漱石『夢十夜《ゆめじゅうや》』

『恋衣』を刊行した年の晩秋、つまり明治三十八年（一九〇五）末、登美子は急性腎臓炎のため駿河台の病院に入院する。夫からの感染と思われる結核の始まりである。翌春退院するが大学は欠席がちになり、七月初め帰省のため東京を発つ。すぐ上の姉みちの嫁ぎ先の京都の竹久家に寄り、京大付属病院で診察を受け肋膜炎と診断された。そのまま京都に留まり療養、一時好転したが年末からまた入院。四十年（一九〇七）春、退学届け（雅子は卒業）、夏・秋は小康状態となる。

この間、同五月号「西の京に病みて」十首など間歇的に明星への出詠を続ける。翌四十一年（一九〇八）一月、重体の父・貞蔵を見舞うため姉みちと大雪の難路を小浜に帰る。自分の足で歩めず、家の男衆の背であった。帰った直後に父死去。精神的痛手も加わり病臥生活となる。

四月号に「雪の日」十八首、そして五月号に「日蔭草」十四首を発表、最後の出詠となる。十一月、「明星」自体が百号を以て終刊。翌四十二年（一九〇九）四月十五日、死去、二十九歳九カ月。一カ月前、自身病床にありながら東京から帰省して看病にあたった末弟亮蔵（後のプロレタリア作家・筆名は山川亮）に、辞世の歌「父君に召されていなむとこしへの春あたたかき蓬莱のしま」を残す。現在残る歌稿類など直接資料の多くは、死の床でいち早く始まった身辺の整理・始末のなか、亮により確保され保存されたものだ。

京都に臥した四十年（一九〇七）六月号には運命の受容が明確に表れた四首。その四首目は輝く夕日となった夫の来訪である。

藤さける山に衣《きぬ》掛《か》けゆく春の鐘なる空に消えも往《い》になむ
いま残るこの半生《はんしょう》はわれと我が葬《はふ》る土ほる日かずなるかな
石を負ひて山ゆくなやみしとしとと寒き汗しぬ夜頃《よごろ》病めれば
君きます焔《ほのほ》の浪をかいくぐり真白き百合を浮木《うきぎ》にはして

そして四十一年四月号、「父君の喪にこもりて」の添え書きをもつ「雪の日」十八首（うち三首は故社友の玉野花子あて）。しんしんと雪の降る深夜、釘付け音が響き、柩をかつぐ白装束の男たちのかがり火が闇に消えて行く――葬送の情景が浮かぶ。押しとどめようにもかなわぬ定め、だから、自身も半ばそちら側の世界に身を寄せて。挽歌である。

ほと息し涙わすれて夢みつと母に語らむ覚めよ哀《かなし》み
雲居《くもゐ》にぞ待ちませ父よこの子をも神は召します共に往なまし
神よりも哀《かな》しなつかし青樫《あをがし》にしらゆふかけて清めまつれば
わが胸も白木《しらき》にひとし釘《くぎ》づけよ御《み》柩《ひつぎ》とづる真夜中のおと
御輿《みこし》舁《か》く白きころもの丁《よろぼ》たち藁靴《わらぐつ》はきぬいかがとどめむ
山うづめ雪ぞ降りくるかがり火を百千《ももち》執らせて御墓《みはか》まもらむ
垂氷《たるひ》するゆふべの谷に泣きからし呼ばば御《み》声をふとか聞くべき

あらがねの斧の嘴《はし》もつ夜がらすよ陰府《よみ》の戸くだけ奪ひ帰らむ
鐘たたき国の境《さかひ》に凍《こゞ》え死ぬ日もあれ八たび父尋ね来む
たのもしき病《やまひ》の熱よまぼろしに父を仄見《ほのみ》て喚ばぬ日も無し
（玉野あて三首、略）
ゆらゆらと消えがての火ぞにほひたるあなうらがなし我のたぐひぞ
ながらへばさびしいたまし千斤《せんきん》のくさりにからみ海に沈まむ
胸たたき死ねと苛《さいな》む嘴《はし》ぶとの鉛《なまり》の鳥ぞ空掩《お》ひくる
海に投ぐもろき我世の夢の屑朽木《くちき》の色を引きて流れぬ
おつとせい氷に眠るさひはいを我も今知るおもしろきかな

末尾五首は苦しい病状のなか、自己への挽歌の色合いを帯びる。次号作に連なっていくものだ。それでも、熱さましの氷嚢の心地よさに氷上のオットセイに思いを馳せる。氷には万感の思いが込められているに違いないが、この期に及んでなおユーモラスなうたい出しをしたことに、登美子の人がらを感じさせる。神が二カ所あるがすでに人間臭には遠いそれである。

翌四十一年（一九〇八）五月号、最後の出詠歌「日蔭草」十四首。竹西が自分自身への挽歌としたものである。これも番号を付しておく。

①　土のそこ穴ほり住めるここちして日も見ず寂《さび》し父はいまさず
②　なほひと目おぼろにうつる御姿の見えよと暗き夜を尋ねゆく
③　路《みち》てらす天《あめ》の火咋《く》いて雲井より父むかへこよしろがねの鳶《とび》
④　死のみ御手へいとやすらかに身を捧ぐ心うるほし涙わく時
⑤　おとしませ億劫《おくごう》さむき幽界《よみ》の底そのいつわりの戀を守らむ
⑥　わかき身のかかる嘆きに世を去ると思はで経にし日も遠きかな
⑦　後世《ごせ》は猶今生《こんじょう》だにも願はざるわがふところにさくら來てちる
⑧　閉づる目に鼓《つゞみ》を鳴らしうづまきぬ悔と咀《ママ》ひと嘲りの色
⑨　悲みに生ける人どち手をとりて行く島ありやわたつみのはて
⑩　うつつなき闇のさかひに靜かなるうすき光をたのみぬるかな
⑪　あたたかに心をめぐる血の脈のひそめるありて稀に音しぬ
⑫　泣かぬ日はさびし泣く日はやや樂しうつろなる身に涙こぼれよ
⑬　矢のごとく地獄におつる躓《つまづ》きの石とも知らず拾ひ見しかな
⑭　わが柩まもる人なく行く野邊のさびしさ見えつ霞たなびく

私の下手な訳はつけない。①はすでに墓石のなかに入っている自分である。一年前に詠んだ「いま残るこの半生《はんしょう》はわれと我が葬《はふ》る土ほる日かずなるかな」の作業が完了したのだ。

②御姿おぼろというのは夫のこと。尋ね行く先は夫である。わたしのなかでは「夢うつつ」の「虹もまた消えゆくものか我ためにこの地この空恋は残るに」と「君は空にさらば磯《いそ》回《わ》の潮とならむ月に干《ひ》て往《い》ぬ道もあるべし」と連動共振していく。いまや夕日は没し、月もなく、たどり行く道もわからない闇夜なのである。

③父の姿はシャープに見えている。今生での頼みの綱はひとえに父であった。④夫、父の二人が待つそこに行くのに恐れはない。

⑤が鉄幹のことか。意に添わぬことだったとはいえ、間違った以上いいわけはしない。⑥あまりに過酷な運命に、無辜な少女時代への懐旧の情がこみ上げる。

⑦は今野訳を引用させてもらう。「死後のことはいうに及ばず、この世の命さえもはや願おうとは思わない。そんな思いに沈むわが懐に、桜はいつの世も変わらぬ美しさでやってきては、はかなげに散っていく――」（前掲書二六六頁）。そして「登美子の作品として最も優れた作と思う。桜を詠んだ古来の歌のなかに置いてもひときわ輝く秀歌である。桜を詠んでいながら、これほど寂しい歌もない」と。書名『わがふところにさくら來てちる』を下二句からとった所以だろう。

すでに実存哲学の鮮やかな芸術表現であると思う。状況とはいったん切断し、孤独・絶望を主体的に引き受ける徹底した人間自由の思想。不安の引き受けでもある。世でその名の哲学思想が語られるのはなお後のこと。確かに東洋的諦観なるものと微妙に重なる要素があり、それが「これほど寂しい歌もない」になるのだろうが、しかしそこには一歩も引かぬ人間精神の漲りがある。この視線で顧みるとき、『恋衣』以後の登美子作にその傾向を示す作品が少なくない。明星ロマン主義云々の話ではない。

⑧は照魔鏡である。鼓を鳴らし渦巻くメディアの喧噪に、死の床までうなされていたことがわかる。咀《かむ》は詛《のろう》の誤植だろう。病床の登美子が照魔鏡を気にしていたことを物語る証言もある。弟の亮の「姉の思い出」には、登美子が急性腎臓炎で明治三十八年末から翌年二月まで入院した後のこととしてこう書く。

（高田病院退院後矢来の山里寮において）……ある時私の本箱の中から姉は二冊の本を取り出した。それは小栗風葉著『美丈夫』と云ふのだつた。「こんな本をあんたは読んでるの。わたしにこれをヲクレ、そのかはりの本を今度買つて来て上げるから」と云つた。姉はその後本は買つてくれなかつたし、またこの『美丈夫』を返してもくれなかつた。恐らく小栗風葉と云ふ名に引かれて姉はこれが欲しかつたのだろう。然しそれは姉の読みたいやうな内容の本でなくて……。（全集下巻、四一一頁）

「風葉」に釘付けになったのだ。『文壇照魔鏡第一編』の巻末に掲げられた「近刊予告」では、第二編として「小栗風葉」が挙げられていた。近親相姦などきわどい世相風俗もので、紅葉門下の兄弟子・泉鏡花より売れていた作家である。

⑩は絶望のなかでわずかでも光を求める人間心理の湧出が自然に歌われている。⑪は⑩に続き、私は生きているのよ、この脈動は微かでも…。女性としての存在証明の控えめな主張だろう。芸術としての自己作品への微かな思いも含まれているかもしれない。これは⑩の「うすき光…」とも連動する永遠性への謙虚な期待である。⑫オットセイの歌に通ずるようなかすかなユーモア、それだけに孤独感が深い。

⑬照魔鏡である。高師の浜で梅溪作に歌いかけたこと、それが躓きの石となった。思いもしなかった運命の暗転を招き、不幸の連鎖が続くことになる。

⑭他者としての自己を見る視線は、最後に自らの葬送を見るに至った。わびしいそれを。

このように、全人生が歌い込まれた十四首であることがわかる。父、夫、師という縁の男三人（梅溪を入れれば四人）、輝かしい青春と愛に気づいた日々、その暗転、すべてがその躓きから始まったとする悔い――。自然にこういう構成になったのだろう。すでに彼岸此岸の境界を越えた領域から、深い喪失感と裏腹に、すべてを見通す透徹した視線。日本近代文学史上の絶唱であると思う。

絶唱はいち早く、確実に受け止められた。偉大な作家によって――。夏目漱石の『夢十夜』である（拙稿「漱石『夢十夜』と山川登美子「日蔭草」――小説、短歌、及び絵画のイメージ比較試論」＝巻末文献）。幻想的でちょっと怪奇な、まさに夢か現《うつつ》かの十話からなるこの短編集は、明治四十一年七月末から八月初めにかけて十回、東京朝日新聞紙上に各回読み切り形式で掲載された。第一話は七月二十五日、つまり登美子の「日蔭草」が載った五月一日刊の「明星」から約三カ月後のことだ。死んでから百年後に百合の花となって再生する女性の話であり、全十話のイメージ・メッセージとなっている。やや長きになるが一部引用する。


　こんな夢を見た。

　腕組みをして枕元《まくらもと》に坐《すわ》っていると、仰向《あおむき》に寝た女が、静かな声でもう死にますという。女は長い髪を枕に敷いて、輪廓《りんかく》の柔らかな瓜実顔《うりざねがお》をその中に横たえている。真白《まっしろ》な頰《ほお》の底に温かい血の色が程《ほど》よく差して、唇の色は無論赤い。到底死にそうには見えない。しかし女は静かな声で、もう死にますと判然《はっきり》いった。自分も確かにこれは死ぬなと思った。……死にますとも、といいながら、女はぱっちりと眼を開けた。大きな潤《うるおい》のある眼で、長い睫《まつげ》に包まれた中は、ただ一面に真黒《まっくろ》であった。……またこういった。

「死んだら、埋《う》めて下さい。大きな真珠貝で穴を掘って。そうして天から落ちて来る星の破片《かけ》を墓標《はかじるし》に置いて下さい…百年、私の墓の傍《そば》に坐って待っていて下さい。きっと逢《あ》いに来ますから」……

　自分はそれから庭へ下りて、真珠貝で穴を掘った。……（数え切れない日が過ぎていくうちに欺されたのではないかと思い出した時）

　すると石の下から斜《はす》に自分の方へ向いて青い茎が伸びてきた。見る間に長くなって丁度自分の胸のあたりまで来て留まった。と思うと、すらりと揺《ゆら》ぐ茎の頂きに、心持首を傾けていた細長い一輪の蕾《つぼみ》が、ふっくらと瓣《はなびら》を開いた。真白な百合が鼻の先で骨に徹《こた》えるほど匂った。……自分は首を前へ出して冷たい露の滴《したた》る、白い花瓣《はなびら》に接吻《せっぷん》した。……遠い空を見たら、暁の星がたった一つ瞬《まばた》いていた。「百年はもう来ていたんだな」とこの時始めて気が付いた。（岩波文庫より）

個人的な体験になるが、大学の「文章表現」の授業テクストにこの作品を使っていた。その年（二〇〇九年）読んでいてなにか既視感に襲われた。前年までの授業の記憶という意味ではない。ふと気付いた。「明星」の表紙絵のこと、既述の明治三十三年（一九〇〇）九月刊、第六号の長い髪の裸身の少女のそれである。うつむき加減に一輪の百合の花を手にし、接吻せんばかりに香りをかぐ。背景の闇には輝く大きな星が二つ三つ――。専属画家の一条成美が描いたアールヌーボー調のそれ、世間にインパクトを与えたに違いない例の作品だ。

明星のイメージを決めた絵――わたしの既視感の正体が続けてはじけた。例の『恋衣』冒頭の登美子作、「髪ながき少女とうまれしろ百合に額《ぬか》は伏せつつ君をこそ思へ」のことだ。今野が一条の表紙絵から着想を得たとしたものであり、すぐまたここから連想が作動した。「日蔭草」である。漱石は表紙絵とこの登美子最後の詠から着想を得たのではないか。

もう死にます、「死んだら、埋《う》めて下さい」という女は①であり、④の境地である。作家は⑦に胸を突かれたに違いないが、⑩⑪を再生への契機に読み替えて小説としてロマン化したのではないか。そのため②で夫を追う登美子を、逆転して恋人に待ち続けられる女にした。むろん「真白《まっしろ》な頬《ほお》の底に温かい血の色が程《ほど》よく差して」は⑪を踏まえている。なにより、死にゆく女の半ば彼岸の側からの澄んだまなざし、どこか心の傷をも秘めたそれが、作家の琴線に触れ、彼自身にも記憶のある表紙絵のそれと回線が直結し、創造の歯車が動き出したのではないか。かくして死から再生への永遠の生命サイクルのドラマがなったのだ。むろん、さらに底には、漱石自身の何らかの現実的な心の疼き、尋常でないそれが埋葬されていることが予測されるのではあるが。

ちなみに「明星」第六号は奥付で明治三十三年（一九〇〇）九月十二日刊だが、三十三歳の漱石は四日前の八日、ロンドン留学のために横浜港をドイツ船で発っている。二年四カ月後の三十六年一月、東京着。「明星」が日付通りの刊行なら（ズレることはあっただろうが）この雑誌を見たのは帰国後にバックナンバーでということになろう。「夢うつつ」十首の方は帰国した年の七月にリアルタイムで見られたことになる。

留学中の三十三、四年の『漱石日記』（岩波文庫）には、子規主宰・虚子編集の俳句誌「ホトトギス」が折々届き、それに雑誌「太陽」、短歌誌「心の花」、「読売新聞」も送られてきた記述が表れるが、「明星」はない。三十四年二月二十日の日記には「晩に虚子より『ホトトギス』四巻三号を送り来る。うれし。夜『ホトトギス』を読む」とある。

この時期、パリ、ロンドンはアールヌーボー、あるいはラファエル前派と呼ばれる世紀末美術の爛熟期だった。漱石の美術愛好は、途中のパリ、そしてロンドンに着いてからの美術館巡りの日記からわかり、「Ｈｏｌｂｏｒｎにて…Ｍｏｒｒｉｓを買う」（三十四年七月九日）などにも表れている。アールヌーボーの創始者、ウイリアム・モリスの画集を買ったのである（これらのことについては江藤《えとう》淳《じゅん》『決定版　夏目漱石』中の「漱石とラファエル前派」「漱石と英国世紀末美術」に詳しい）。

漱石の「明星」に対する明確な評は確認できないが、ある距離感、はっきりいえば嫌悪感を持っていただろうことは容易に想像がつく。『吾輩は猫である』の冒頭部に主人の苦沙味先生が、「新体詩を明星に出したり」という描写がある。先生自身が揶揄の対象であることからすると、その行為が一例証として挙げられているのかも知れない。

アールヌーボー志向では同じながら、本場を知るこの精神貴族には明星のキッチュ性が許せなかっただろう（当の寛のなかにその鬱屈があり後にフランス渡行を生むことになる）。親しい友の子規が鉄幹と歌論で対立していたことは措くとして、鉄幹の丈夫調はもちろん、明星の星菫調にしても、感覚に合わなかったに違いない。彼の感性には野卑と映ったはずである。

子規の没後、虚子の主宰となった「ホトトギス」三十八年一月号に『吾輩は猫である』を発表して作家デビューした（上記、新体詩を明星に……もこの号）。『恋衣』も一月刊と同時であり二つの話題作となる。登美子の冒頭歌「髪ながき少女とうまれしろ百合に額《ぬか》は伏せつつ君をこそ思へ」も読んだに違いない。

それ以前のロンドンでの日記にこういう記述がある。「薔薇二輪６ｐｅｎｃｅ、百合三輪９ｐｅ

nceを買う。素敵に高いことなり」（三十四年五月四日）。帰国後の日記にも、「リリー・オフ・ゼ・ヴァレー（谷間の白百合か）を大丼《おおどんぶり》に浸し紫檀《したん》の机の上に置く。その下に昼寝す。異香あり」（四十二年六月十五日）と。確かに百合好き、白百合の少女に惹かれるベースは十分にあったのだ。この描写は同六月二十七日開始の『それから』のなかで、三千代が大きな白い百合の花を三本ばかり提《さ》げて訪ねた代助の家での行動にすぐ生かされた。

　むろん漱石が登美子と面識があったわけではない。彼のなかに伏在する過去の記憶を展開して見せたのが、江藤である（前掲書）。江藤は嫂《あによめ》・登世《とせ》の存在を指摘する。漱石と同じ年。兄・和三郎は妻に冷淡だった。彼女は明治二十四年七月二十八日、懐妊中に悪阻《つわり》をこじらせ二十四歳で死去。江藤説は、登美子の歌から漱石の内なる思いが誘発され、文章表現でのロマネスクが造詣されたというわたしの説と整合する。「日蔭草」に至る晩期の登美子は「明星」レベルを超えていた。七月二十五日という『夢十夜』の連載開始日も登世の命日を意識してのことだろう（学芸面の編集責任者でもあった）。江藤著もこのことを指摘しているが、あえて加えれば、同一日にしなかったところに配慮がある。詮索されたとき窮地に陥るからだ。

　登美子の死の二カ月後、つまり明治四十二年（一九〇九）六月から始まった上述の新聞連載『それから』では、再び夢十夜「第一夜」を思わせる濃密な白百合の描写を背景に、三角関係の果て、死への道行きを予感させる男女の満たされない愛が描かれる。江藤は「第一夜」および『それから』を軸に、漱石における百合の花の意味をぎりぎり追求する。百合は西欧文学ではキリスト教的純潔の象徴として用いられるのがふつうだが、漱石においては性と「罪」の匂いを含んだ濃密な情緒の象徴に転じているとして、こう続ける。

相手は嫂の登世以外にはあり得なかったものと思われる。いま登世の写真をかたわらに置いて『夢十夜』の女の顔の描写を検討してみると、「長い髪を枕に敷いて、輪廓の柔らかな瓜実顔を其の中に横たへ」た女のイメージは、そのまま銀杏返しか銀杏崩しに結っていると覚《おぼ》しい髪を解いて垂らした場合の登世の顔と重り合う。あるいはこの描写の背後には、翌二十四年春から夏にかけての病床の登世の記憶が隠されているのではないだろうか。（江藤前掲書四四一頁）

精神レベルを含めて近親禁忌のことを論じている。
江藤が重視するのが登世の死から七日、つまり初七日の八月三日付けで子規に宛てた長い手紙だ。こんな文章が表れる。「一片の精魂もし宇宙に存するものならば二世と契りし夫の傍か平生親しみ暮せし義弟の影に髣髴《ほうふつ》たらんかと夢中に幻影を描き……」（四四八頁）。そして「衷情《ちゅうじょう》御酌取り」いただきたくと哀悼の十三句が末尾に添えられた。うち六句――

朝貌《あさがほ》や咲た許りの命哉
君逝きて浮世に花はなかりけり

何事ぞ手向《たむけ》し花に狂ふ蝶
聖人の生れ代りか桐の花
仮位牌焚《た》く線香に黒む迄
通夜僧の経の絶間やきりぎりす

花にちなむ詠が多い。末尾二句はわたしには「夢うつつ」の「おもへ君枝折戸さむき里の月けづる木音は經のする具よ」と共鳴し出す。あるいは漱石も、「夢うつつ」を読んで自己の旧作を思ったかも知れない。ここでは初期の漱石には百合が表れていないことに留意したい。それが表れるのは三十四年のロンドン日記「百合三輪9ｐｅｎｃｅを買う」であった。百合の描写を好んだミュシャらアールヌーボー絵画の影響ともとれる。

そして四十一年七月、『夢十夜』第一夜で突如あふれんばかりの百合の花となる。むしろ、それまでは百合が希薄でさえあった。その間に存在するのが、「明星」における「白百合」登美子の諸詠である。

三十六年一月に帰国して三年前の「明星」の一条表紙絵を見たとしても、その時この鑑賞のプロがどう感じたかは分からない。ただ、嫌いなトーンでないのも確かといえる。漱石の意識をとらえたのはむしろその七月の「夢うつつ」十首の方ではなかったか。「…木音は經のする具よ」もそうかも知れないが、何よりも深い喪失感のなかにツマ（夫・恋人）を思うその詠全体が心に来たのではないか。
三十八年の『恋衣』冒頭歌で改めて一条の表紙絵を意識したかもしれない。そして四十一年五月の絶唱「日蔭草」に会うに至り、墓下に百年眠る少女の第一話が造形化されていく――。登美子を媒介項とすることで江藤説は構造的に完成する。

父の死を詠んだ「雪の日」以前の登美子の病床作を「明星」から抜粋しておく――

人知らず終りの歌は書きてあり病いよいよ良からずもあれ
おとろへて枕をあぐるも扶けられ窓にしたしき星を見るかな
戸の風もわがつく息もしづかなりこのひましばし恋がたりせむ
窓にさすこがねの色の夕映《ゆふばえ》をえも見ず額《ぬか》に氷するかな
百合が来て輪なし慰む枕辺とおぼせ心は静に清し
（以上、三十九年一月号「都に病みてよめる拾首」から）
桜ちる音と胸うつ血の脈とつめたし涙そぞろ落つる日
ただよへる海路《かいろ》に疲れ燈台のひかり見出でつ君に往く時
（同五月号、「新詩社詠草」十八首から）
とこしへに身は斯く病めり心さへはた悲まず冷えて朽ちなむ

われ招く死《しに》のすがたか黒谷の鐘なる暮の山出づる雲
わが死なむ日にも斯く降れ京の山しら雪たかし黒谷の塔
（四十年二月号、「新詩社詠草」十首から）
わが病める宵寝の床に川こえて花の香をまく智恩院の鐘
（同三月号、「新詩社詠草」その参、十二首から）
みすくひの御船《みふね》のぞみて海に墜つ汗しづくして目ざめぬるかな
おとろへを早とむらふとすきま洩る闇の夜かぜぞ髪に来て泣く
（同五月号、「西の京に病みて」十首から）
変化《へんげ》きてわが髪みだりいと重き鉛の冠おくと苦しき
灰色のくらき空より雪ふりぬわが焚《た》く野火を消さむと
（同六月号、「新詩社詠草」十二首から）

九年前、あの「新声」明治三十一年（一八九八）九月号に載った美文「墓守」さながらの人生（本書二章一節）――。が、文豪により別の形においても永遠性を得た。

上述、大学での授業テクストの話に戻る。「そういえば、今年は登美子さんの没後ちょうど百年だね。天井あたりにボーッと着物姿のきれいな女の人が浮かんでないか」――学生諸君をちょっと気味悪がらせる冗談で終えた、『夢十夜』講義であった。

・本書で直接引用できなかったものもあるが、いずれからも教えられ、示唆を得られたことに感謝したい。

【参考文献】

〈高須梅溪・田口掬汀関係〉
廓清會編『文壇照魔鏡　第一編　与謝野鉄幹』(復刻:「近代日本学芸資料叢書第十五輯」湖北社、一九九〇年)
佐藤儀助編、田口掬汀・金子薫園・高須梅溪・児玉星人『亡国の縮図』新声社、一九〇二年
高須梅溪『明治大正昭和　文学講話』新潮社、一九三三年
同『暮雲』新聲社、一九〇一年
同訳、ロングフェロー『乙女の操』新潮社、一九〇六年
高須梅溪『婦人日常座右銘』博文館、一九一一年
同『江戸情調と悪の讃美』岡村書店、一九一八年
同「ふらんす革命夜話」天佑社、一九一九年
同「古代日本文學の第一印象」(「文藝懇話會」所収、一九三六年一一月号)
同『作家に描かれた女性』萬葉出版社、一九四八年
田口掬汀『女夫波』万朝報、一九〇四年連載(『明治文学全集93』所収、筑摩書房、一九六九年)
萩原延寿『陸奥宗光』朝日新聞社、一九九七年
芳賀登『近代水戸学研究史』教育出版センター、一九九六年

伊藤整『太平洋戦争日記1』新潮社、一九八三年
小谷野敦『〈男の恋〉の文学史』朝日選書、一九九七年
鈴木貞美『日本の「文学」を考える』角川選書、一九九四年
有泉貞夫『星亨』朝日新聞社　一九八三年
岡保生「『文壇照魔鏡』の筆者」(『明治文学論集2――水脈のうちそと』所収、新典社、一九八九年＝初出は「学苑」No．426、一九七五年)
高井有一『観察者の力』筑摩書房、一九七七年
同『夢の碑』新潮社、一九七六年
石丸久「『文壇照魔鏡第壱与謝野鉄幹』について」(全国大学国語国文学会機関誌「文学・語学」創刊号所収、一九五六年九月)
同「『文壇照魔鏡』事件とその影響」(「国文学」所収、一九六四年一〇月)
谷沢永一『遊星群　時代を語る好書録　明治篇』和泉書院、二〇〇四年
福田清人「尾崎紅葉研究」(『明治文学講座第五巻』所収、木星社書院、一九三二年)

〈山川登美子関係〉
『複製版「明星」全百冊』臨川書店、一九六四年
坂本政親編『山川登美子全集　上・下巻』文泉堂出版、一九九四年
竹西寛子『山川登美子――「明星」の歌人』講談社文芸文庫、一九九二年

今野寿美『わがふところにさくら来てちる』五柳書院、一九九八年
白崎昭一郎『山川登美子と明治歌壇』吉川弘文館、一九九六年
直木孝次郎『山川登美子と与謝野晶子』塙書房、一九九六年
安田純生監修『夭折の歌人　山川登美子の世界』青磁社、二〇〇七年
橋本威「山川登美子『夢うつつ』十首私解」（「梅花短大国語国文第十号」所収、一九九七年一〇月）
松本聡子『白百合考』一季出版、一九九二年
逸見久美『恋衣全釈』風間書房、二〇〇八年
『図録　山川登美子――その生涯・こころの歌』「若狭を謳う」実行委員会など編集・発行、二〇〇〇年
夏目漱石『夢十夜他二篇』岩波文庫、一九八六年初版
平岡敏夫編『漱石日記』岩波文庫、一九九〇年
江藤淳『決定版　夏目漱石』新潮文庫、一九七九年
木村勲「「関西文学」終刊から『文壇照魔鏡』事件へ――初期「明星」のメディア史的考察」（「研究紀要　第五〇号
人文科学・自然科学篇」所収、神戸松蔭女子学院大学学術研究会、二〇〇九年）
同「漱石『夢十夜』と山川登美子「日蔭草」――小説、短歌、及び絵画のイメージ比較試論」（「同　五一号」所収、
同、二〇一〇年）＝なお学術文献刊行会編『国文学年次別論文集「近代Ⅱ」（平成23年）』（朋文出版、平成二七年四
月刊）に収録
同「山川登美子の鳳晶子宛て「廿九日」付け書簡――届かなかった手紙の軌跡」（「神戸松蔭女子学院大学研究紀要文
学部篇No1」所収、二〇一二年）

〈よしあし草＝関西青年文学会関係〉
明石利代『関西文壇の形成――明治・大正期の歌誌を中心に』前田書店出版部、一九七五年
河井酔茗『酔茗詩話』人文書院、昭和一二年刊（『近代作家研究叢書84』として日本図書センターが一九九〇年に復刻）
島本久恵『長流』（全八巻、みすず書房、一九六一―六二年再刊）
真銅正宏ほか編『小林天眠と関西文壇の形成』和泉書院、二〇〇三年
宮崎修二朗『神戸文学史夜話』天秤発行所、一九六四年
明石利代「『よしあし草』『関西文学』の改題」（「解説『よしあし草』・『関西文学』復刻版　別冊」所収、一〇頁）＝財団法人日本近代文学館、一九七六年
宮本正章「「明星派歌人中山梟庵伝」の試み――『よしあし草』（『関西文学』）と『明星』を通して」（「四天王寺国際仏教大学紀要　文学部　第二十七号」所収、一九九五年三月）

〈与謝野鉄幹・晶子関係〉
清水宥聖・千葉眞郎編『与謝野晶子書簡集――影印・翻刻』大正大学出版会、二〇〇二年
逸見久美編『与謝野鉄幹晶子書簡集成第1巻』八木書店、二〇〇二年
逸見久美『評傳与謝野鐵幹・晶子』八木書店、一九七五年
同『新版　評伝与謝野寛・晶子明治編』八木書店、二〇〇七年

正富汪洋『明治の青春――与謝野鉄幹をめぐる女性群』北辰堂、一九五五年（『晶子の恋と歌』と改題されて山王書房から一九六七年再刊）
伊藤整『日本文壇史5　詩人と革命家たち』講談社文芸文庫、一九九五年
同『日本文壇史6　明治思潮の転換期』講談社文芸文庫、一九九六年
佐藤亮雄編『みだれ髪攷』修道社、一九五六年
永岡健右『与謝野鉄幹伝――東京新詩社成立まで』桜楓社、一九八四年
与謝野寛『与謝野寛短歌全集』明治書院、一九三三年＝巻末に「寛年譜」収録
与謝野寛・晶子『満蒙遊記』大阪屋號書店、一九三〇年
島本久恵『明治詩人傳』（筑摩書房、一九六七年）中の「伊良子清白」「与謝野鉄幹」
稲村徹元監修『近代作家追悼文集成24　与謝野鉄幹』ゆまに書房、一九九二年
岡部伊都子『女人無限』創元社、一九七九年
芳賀徹『みだれ髪の系譜――詩と絵の比較文学』美術公論社、一九八一年
内海繁『播州平野にて――内海繁文学評論集』未来社、一九八三年
角田房子『閔妃暗殺――朝鮮王朝末期の国母』新潮社、一九八八年
永畑道子『憂国の詩――鉄幹と晶子・その時代』新評論、一九八九年
赤塚行雄『決定版　与謝野晶子研究――明治、大正そして昭和へ』学藝書林、一九九四年
崔文衡『閔妃は誰に殺されたのか――見えざる日露戦争の序曲』彩流社、二〇〇四年
木村幹『高宗・閔妃――然らば致し方なし』ミネルヴァ日本評伝選、二〇〇七年

金文子『朝鮮王妃殺害と日本人――誰が仕組んで、誰が実行したのか』高文研、二〇〇九年
入江春行『与謝野晶子とその時代――女性解放と歌人の生涯』新日本出版社、二〇〇三年
青井史『与謝野鉄幹――鬼に喰われた男』深夜叢書社、二〇〇五年
神崎清「鉄幹と晶子の戀愛――日本戀愛史の封建と近代の分水嶺」(「婦人画報」、一九四八年一一月号)
西川文子「松岡荒村の思い出――浪漫時代の青春の記」(天野茂『増補版・埋もれた明治の青春』所収、不二出版、一九八二年)。注＝西川は旧姓・志知で、京都府高等女学校国漢専攻科で鳳里と同級。同志社出身の社会主義者・松岡荒村と結婚するが、二年に満たずに夫死去。後に平民社の西川光二郎と再婚した。
木村勲「明星ロマン主義に見る国民国家意識――『君死にたまふこと勿れ』を中心に」(比較法史学会編『世界法史の単一性と複数性　Historia Juris　13』所収、未来社、二〇〇五年)
同「鉄幹と閔后暗殺事件――明星ロマン主義のアポリア」(比較法史学会編『歴史のなかの国家と宗教　Historia Juris　16』所収、未来社、二〇〇八年)
同「君死にたまふことなかれ、幻想――なぜそれは反戦詩になったか」(「季報・唯物論研究　第一三三号」所収、二〇一五年一一月)

〈足尾鉱毒事件と田中正造関係〉
高橋昌郎『島田三郎伝』まほろば書房、一九八八年
佐藤儀助編、田口掬汀・金子薫園・高須梅溪・児玉星人『亡国の縮図』新声社、一九〇二年＝なお同書と松本隆海編『足尾鉱毒画報』、及び庭田源八『鉱毒地鳥獣虫魚被害実記』、須永金三郎『鉱毒論稿第一編　渡良瀬川・全』の四書

を収めた『足尾鉱毒　亡国の惨状――被害農民と知識人の証言』が一九七七年に東海林吉郎・布川了の編・解説で現代ジャーナリズム出版会から復刻刊行された。
稲田雅洋『自由民権の文化史――新しい政治文化の誕生』筑摩書房、二〇〇〇年
赤上剛『田中正造とその周辺』随想社、二〇一四年
原田伊織『明治維新という過ち――日本を滅ぼした吉田松陰と長州テロリスト』毎日ワンズ、二〇一五年
森英一「足尾鉱毒問題と文学」（田村紀雄責任編集「田中正造とその時代　創刊号」所収、青山館、一九八一年）
木村勲「戦前における思潮としての「地方の時代」――雑誌『地方』および新渡戸稲造、小田内通敏の著作を通して」（尼崎市立地域研究史料館紀要「地域史研究」9巻2号、一九七九年十月）
同「兵庫県出身の先覚的民権家・肥塚龍――「国会論」を中心として」（同「地域史研究」13巻1号、一九八三年九月）

〈石上露子関係〉
松村緑『石上露子集』中公文庫、一九九四年＝初版は一九五九年同社
山崎豊子『花紋』新潮文庫、初版は一九六四年中央公論社
佐々木幹郎『河内望郷歌』五柳書院、一九八九年
大谷渡『管野スガと石上露子』東方出版、一九八九年
同編『石上露子全集』東方出版、一九九八年
松本和男個人輯「石上露子研究　第1輯～9輯」私家版　一九九六年―九九年

松本和男『評伝　石上露子』中央公論新社、二〇〇〇年
同編「石上露子文学アルバム」同、二〇〇九年
碓田のぼる『夕ちどり――忘れられた美貌の歌人・石上露子』ルック、一九九八年
同『長田正平――その生涯と作品』光陽出版社、二〇一〇年
宮本正章『石上露子百歌　解釈と鑑賞』竹林館、二〇〇九年
月刊会紙「小板橋」大阪府富田林市、石上露子を語る集い（宮本正章代表）
楫野政子『石上露子と「婦人世界」――露子作品「宵暗」「王女ふおるちゆにあ」への疑義と新発見「霜夜」について』二〇一五年、個人刊

あとがき

福井県小浜市にある山川登美子記念館に、開いた扇面の裏側白地に八人の墨書の署名がある古びた扇が展示されている。右から月啼・鉄南・鉄幹・梟庵・晶子・雁月子、そして梅溪と登美子。明治三十三年八月六日、高師の浜の歌筵のときの記念品である。中山梟庵レポート——

女の方があるので八時半の氣車で歸ることにした。……そこへ粗末ですがと呉れたのが宿の扇八本、何か八人の形見をと思ひ居たるをりとて、八人揮毫することにした、歌は間に合わぬといふので名だけ書く、其連筆が今日を思ひ出の一番難有ものとなつた。（「関西文学」第二号）

つまり、登美子が持ち帰った分である。雁月子と梅溪の間が一折れ分空いている。だから、梅溪と登美子だけがグループから離れて、二人寄り添う形になっている。明らかに梅溪が気を利かして（登美子には迷惑だったろうが）こういう位置関係になるものを作って、彼女のものと交換に手渡したのだ。可憐な恋の小細工である。

気の毒ながら、これまで書かれた多くの登美子論のなかに彼の姿は全く存在しない——当然とはいえ。あるのは鉄幹だけ。ニュアンスの強弱こそあれ、登美子及びその歌はひたすら鉄幹慕情で語られてきた。「君」はいわばアプリオリに鉄幹なのであると、研究レベルを含め牢固とした固定観念があった。あの運命の歌い掛けとなった梅溪への儀礼歌、「蛇さへもしたひよるてふ君が笛を……」の君も、条件反射のように鉄幹とする書もある。ロマンに浸るのは自由にしろ、その反応はいただけない。贔屓《ひいき》の引き倒し感が深く、歪んだ人物像を誘発する。

すさまじいメディア禍、その因を自らに引き受けてしまう登美子の心理……。夫の死、自らの発病、そして父の死と悲運は続くが、ここで自己を内部から支える力が湧出する。短歌である——文学の力といっていい。本当の登美子歌が始まる。「魔」の影も現れるが、深い人間精神の発露があった。

とくべつ偉人である必要はない、一個人の情念がどう他者を揺るがせ、世人を刺激し、時勢のダイナミズムさえ生み出すのか。新たなメディアが確かに、ことを容易にした。人間の親疎愛憎の連鎖をできるだけ視野に入れながら（自ずと社会性にもなる）、そこからとらえなおす——個人と歴史の創生の関係性、などというと面映ゆいが、永遠にすれ違った男女を通して一つの近代文化史を描けないか、という分不相応な心算もあった。もとより未熟な出来だが、ある幻影を、追い続けた人間（はた迷惑ながら、どこか身につまされる）、まさに持続するロマンの心の人間に、他方ではある種の羨望のようなものも感じつつ書いた。なにもなければなにも生まれない。

本書は大学の紀要などに書いた論文（前掲参考文献中）をベースに全体を改めて一本に再構成した。元の論文の大幅な加筆、逆に削除もしたが、実質的に新たな書下ろし部分が過半を占める。

——始まりは三十年以前になる。関西のある市史の近現代文化編を担当することになった。編集室が基本史料として用意してくれたのが「よしあし草（関西文学）」（復刻版）だった。諸事遅々たるペースながら、それでも本書のテーマに収斂したのは二十年以前にはなると思う。メディアの引き起こす弊害というものを、凡庸な記者生活ながら自分なりに考えるようになり、そこで朧に視界に入ってきたのが明治の不可解なその事件であった。改めて先の史料が役立つことに気づき、別の角度から読むようになった。

本業わきの作業である上、もともと鈍な性。近年はまた別のテーマも抱え込み、長い中断が生じた。まさに亀の歩み——。ともかく近ごろようやく学の専修になり得る立場になったが、しょせん初学の身である。多くの人々に教えられつつ、ここまで漕ぎつけた。人生の師でもあった方々は、気づけば皆すでにおられない。行く川の世の常にしろ、改めて感慨を深くする。心に念じつつ拙いながらの本書を捧げたいと思う。

このたび国書刊行会から上梓されたことを光栄に思っている。編集担当の中川原徹氏の倦むことなき兎の仕事で、亀の時間は鮮やかに本書の形に凝縮されていった。スタッフ及び編集協力して頂いた萩尾行孝氏と合わせ、心より感謝の意を表したい。

二〇一六年五月　小雨の夕

龍田川を望む寓居で　　木村　勲

ヤ

ナ

サ

タ

カ

<人名索引>

ア

著者略歴

木村　勲（きむら　いさお）

1943年、静岡県生まれ。一橋大学社会学部卒、同大学院社会学研究科修士課程修了。朝日新聞記者を経て関西大学非常勤講師、神戸松蔭女子学院大学教授を務めた。日本社会史・近代文芸研究者。著書に『日本海海戦とメディア——秋山真之神話批判』（講談社選書メチエ）など。

鉄幹《てっかん》と文壇《ぶんだん》照《しょう》魔《ま》鏡《きょう》事件《じけん》——山川登美子《やまかわとみこ》及《およ》び「明星《みょうじょう》」異史《いし》

2016年6月24日　初版第1刷発行

著　者　木村勲

発行者　佐藤今朝夫

発行所　株式会社 国書刊行会

〒174-0056 東京都板橋区志村1-13-15

TEL 03（5970）7421　FAX 03（5970）7427

http://www.kokusho.co.jp

装　幀　真志田桐子

印刷・製本　三松堂株式会社

ISBN 978-4-336-06025-9